« … BONS AUTEURS DE SA GÉNÉRATION. »
Québec français

« DE L'INTELLIGENCE; DE L'INTELLIGENCE ET DE L'IMAGINATION, VOILÀ CE QUE NOUS OFFRE FRANCINE PELLETIER. »
Canadian Children's Literature

« L'AUTEURE JOUE DU FUTUR ET DU PRÉSENT AVEC UNE FACILITÉ DÉCONCERTANTE, MET EN PLACE SES ÉLÉMENTS AVEC UNE EXTRÊME MINUTIE. LES SÉQUENCES PALPITANTES SE SUCCÈDENT SANS JAMAIS DÉCEVOIR... »
Le Devoir

« L'IMAGINAIRE DE FRANCINE PELLETIER POURRAIT ÊTRE COMPARÉ À CEUX DE DEUX AUTRES ÉCRIVAINES DE SF QUÉBÉCOISE : ÉLISABETH VONARBURG ET ESTHER ROCHON. »
Lettres québécoises

Le Sable et l'Acier

1– Nelle de Vilvèq

Du même auteur

Le Rendez-vous du désert. Roman.
Montréal, Paulines, Jeunesse-pop 59, 1987.
Le Temps des migrations. Recueil.
Longueuil, Le Préambule, Chroniques du futur 11, 1987.
Jardins de lumière. Court roman.
Boucherville, Graficor, 1988.
Mort sur le Redan. Roman.
Montréal, Paulines, Jeunesse-pop 64, 1988.
Le Crime de l'Enchanteresse. Roman.
Montréal, Paulines, Jeunesse-pop 66, 1989.
Monsieur Bizarre. Roman.
Montréal, Paulines, Jeunesse-pop 70, 1990.
Des vacances bizarres. Roman.
Montréal, Paulines, Jeunesse-pop 74, 1991.
La Forêt de métal. Court roman.
La Salle, Hurtubise HMH, 1991.
Le Septième Écran. Roman.
Montréal, Paulines, Jeunesse-pop 80, 1992.
La Saison de l'exil. Roman.
Montréal, Paulines, Jeunesse-pop 82, 1992.
Par chemins inventés. Collectif.
Montréal, Québec/Amérique, Clip 10, 1992.
La Bizarre Aventure. Roman.
Montréal, Paulines, Jeunesse-pop 86, 1993.
La Planète du mensonge. Roman.
Montréal, Paulines, Jeunesse-pop 89, 1993.
Le Cadavre dans la glissoire. Roman.
Montréal, Paulines, Jeunesse-pop 92, 1994.
Une nuit bizarre. Roman.
Montréal, Médiaspaul, Jeunesse-pop 92, 1994.
Le Fantôme de l'opérateur. Roman.
Montréal, Médiaspaul, Jeunesse-pop 109, 1996.
Cher ancêtre. Roman.
Montréal, Médiaspaul, Jeunesse-pop 115, 1996.
Damien mort ou vif. Roman.
Montréal, Médiaspaul, Jeunesse-pop 119, 1997.

Le Sable et l'Acier
1. *Nelle de Vilvèq*. Roman.
Beauport, Alire, Romans 011, 1997.
2. *Samiva de Frée*. (1998)
3. *Issa de Qohosaten*. (1998)

LE SABLE ET L'ACIER

1– NELLE DE VILVÈQ

FRANCINE PELLETIER

ALIRE

Données de catalogage avant publication (Canada)

Pelletier, Francine, 1959-

Le sable et l'acier : roman

L'ouvrage complet comprendra 3 v.
Sommaire: 1. Nelle de Vilvèq

(Romans; 11)

ISBN 2-922145-12-3 (v.1)

I. Titre. II. Titre: Nelle de Vilvèq.

PS8581.E396S22 1997 C843'.54 C97-941079-7
PS9581.E396S22 1997
PQ3919.2.P44S22 1997

Illustration de couverture
GUY ENGLAND

Photographie
LORRAINE CARPENTIER

Diffusion et distribution pour le Canada
Québec Livres

Pour toute information supplémentaire
LES ÉDITIONS ALIRE INC.
C. P. 67, Succ. B, Québec (Qc) Canada G1K 7A1
Télécopieur: 418-667-5348
Courrier électronique: alire@alire.com
Internet: www.alire.com

Dépôt légal: 3e trimestre 1997
Bibliothèque nationale du Québec
Bibliothèque nationale du Canada

10 9 8 7 6 5 4 3e MILLE

À Luce

Table des matières

Chère Issa,

Je confie ce paquet au capitaine dans l'espoir qu'il te trouve en bonne santé et toujours active à Qohosaten. Il y a déjà longtemps que je n'ai reçu de nouvelles du « petit peuple », comme tu nommais les tiens. Pourquoi me décidé-je soudain, après toutes ces années, à te faire parvenir mon cahier ?

J'ai beaucoup réfléchi, ces temps derniers, à ce que tu disais de nous – de Samie, de Rinnie, de moi, de toi – à propos du Changement et de ce que nous représentons pour les gens de Qohosaten. Je vieillis aussi, il faut croire... et plus rapidement que toi, je parie. Je me suis rendu compte que je ne serais pas toujours là pour rappeler à mes concitoyens de Vilvèq qu'il existe un monde au delà du désert, que nous y avons des sœurs et des frères, ou à tout le moins des amis avec qui nous pouvons échanger et, si nous le souhaitons, de qui nous pouvons apprendre.

Tu vois, j'ai bien retenu tes leçons.

Alors, j'ai pensé qu'il existait un moyen pour m'assurer que cette ouverture vers l'extérieur me survivrait : c'est de laisser un témoignage, une trace concrète de mon expérience. Un testament, en quelque sorte.

Pourquoi t'envoyer à toi ce cahier alors que j'aurais pu le faire publier ici, en ville ? D'abord, le papier reste rare à Vilvèq. Et puis, je voudrais, tant qu'à faire, que mon témoignage déborde les murs de la cité.

J'ai pensé que Samie et toi pourriez vous livrer au même petit travail de rédaction. Je sais que Samie ne voudra pas perdre son temps à écrire, mais, à tout le moins, tu pourrais confier vos témoignages à quelque clerc de Qohosaten qui rédigerait la partie manquante de notre histoire. Pour ma part, je n'ai pas retouché à ce cahier, sauf pour y ajouter le témoignage que j'avais fait de vive voix devant le Grand Conseil, et même ce petit ajout date déjà de plusieurs années. J'ai pourtant une bonne idée de la forme que cela pourrait prendre. Il pourrait y avoir trois parties, chacune racontant notre histoire et portant simplement notre nom, pour que les lecteurs comprennent bien qu'il s'agit de l'histoire de femmes ordinaires (en ce qui nous concerne, Samie et moi), des femmes qui ont vécu les bouleversements de ces dernières années en gardant toujours la conviction d'avoir œuvré à la construction d'un monde meilleur.

De toute façon, voici la partie qui pourrait s'intituler « Nelle de Vilvèq », en attendant que tu décides s'il y aura une « Samiva de Frée » et une « Issabelle de Qohosaten ». Quoi que tu décides, je t'en prie, ne te moque pas de moi !

Tu sais, j'ai vécu ces dernières années auprès des vieilles personnes très sages, dans la ville basse, et je crois que j'ai beaucoup appris. Entre autres, on m'a raconté d'anciennes légendes qui remontent à l'époque de la venue du Voyageur. L'une d'entre elles est le récit de la création du monde. On raconte que lorsque Créateur eut fait les êtres humains, notre mère Terra (qui était l'âme de Créateur) lui révéla qu'ils nous avaient façonnés à son image. Créateur voulut vérifier par lui-même. Il souffla sur l'océan pour en apaiser les eaux et les transformer en glace. Ainsi, il vit que les humains étaient à sa ressemblance et à celle de Terra. Mais il voulut aussi se regarder de plus près. Alors, il souleva le miroir qui se brisa aussitôt. Des éclats, en tombant, déchirèrent la toile du monde... et ce serait par ces déchirures que Voyageur se faufilerait entre les univers.

On dit aussi que toutes les histoires contenues dans toutes les bibliothèques sont les récits de faits vécus dans les autres univers et qui nous apparaissent, à nous des univers voisins, comme de la fiction.

Alors, tu vois, moi aussi je veux contribuer au mythe, je veux raconter l'une de ces histoires de l'un de ces univers : la mienne.

À toi de décider de son sort,

Nelle

NELLE DE VILVÈQ

La main qui glisse un plateau de repas par le guichet de la porte semble parler dans son langage muet. Une profonde ride se creuse dans la pliure du poignet et la main se met au diapason de mon ennui. « Elle est longue, si longue, cette nuit », dit-elle.

Il faut bien meubler le vide silencieux de ma prison. J'ai parlé aux murs, à la chaise de métal fixée au plancher, à la couchette étroite dont j'ai lissé les draps en me levant tout à l'heure, comme tous les matins de mon existence – vieille habitude de l'Institution. Et je vais parler à ce cahier, maintenant, assise à la petite table, essayant, à force de noircir ses pages, de chasser ma peur. Car, de ce voyage, je sais qu'il n'existe pas de retour.

Alors...

Voilà, j'ignore par quel bout commencer. Ou plutôt, je sais trop bien ce que je voudrais raconter : les visages que le temps efface déjà de ma mémoire ; des scènes qui me reviennent par bouffées, sans queue ni tête, et qui s'imposent à ma pensée.

Mais, puisque je dois raconter mon histoire, autant commencer par le début.

CHAPITRE 1

J'étais toute petite quand, pour la première fois, j'ai rencontré le Voyageur. Léane m'avait emmenée voir le fleuve, elle m'avait entraînée hors de la haute ville. Je ne suis pas certaine de me souvenir de tout. Il y a des images confuses dans ma mémoire, je ne sais plus lesquelles sont d'hier, lesquelles sont d'aujourd'hui. Seules les émotions, peut-être, sont restées vraies.

L'aube se levait à peine sur la Ceintane. Les équipes sanitaires s'affairaient à asperger les pavés, à vider les poubelles, à gratter la rouille sur la structure des auvents et sur les bancs. Dans le vent frisquet du petit matin, le silence, la grisaille du pavé mouillé et la senteur pénétrante des détergents tranchaient sur mon souvenir de cet endroit. D'habitude, Léane et moi y déambulions aux heures de marché dans la cohue indescriptible, le fouillis des vêtements soyeux ou rugueux qui effleuraient nos visages ; dans la cacophonie des voix qui s'interpellaient, celles des marchands, celles des clients. À évoquer ce souvenir, la chaleur m'enveloppe d'un doux cocon. Les vives couleurs des étals se sont imprégnées sur ma rétine et les odeurs – celle, âcre, du tissu fraîchement teint mêlée à celle, plus sucrée, des fruits dans les paniers – persistent dans ma mémoire. Les jours de marché, de lourds chariots se rangeaient de chaque côté de la rue, protégés par les auvents qui grinçaient dans la brise.

D'où venaient ces marchandises, qui les apportait ainsi avec une régularité rassurante, je le demandais fréquemment à Léane et c'est pour cette raison, du moins je le suppose maintenant avec mon raisonnement d'adulte, qu'elle m'a emmenée ce jour-là contempler le bateau à quai. Je savais bien que nous faisions pousser les fruits et les légumes que nous mangions (il y a eu un autre jour sous le dôme des cultures, en compagnie de mon guide). Je savais également que les poissons « poussaient » dans les grands bassins de la basse ville, mais j'avais vu trop d'objets inconnus pour croire que nous les fabriquions tous dans notre ville cernée par le désert.

Alors, il y a eu le port.

Je savais où se situait l'escalier vers la basse ville – tous les enfants de l'Institution le savent. Des compagnons plus âgés nous racontaient l'énorme porche en pierre fermé par la barrière devant laquelle se tiennent les miliciens. Au delà, selon certains, commençait un escalier aussi à pic qu'une échelle sous une voûte obscure. « Mais non ! protestaient les autres : il est à ciel ouvert ! » À nos yeux d'enfants, l'escalier constituait un gouffre où nous craignions d'être engloutis.

Ce jour-là, j'ai suivi Léane avec réticence. Pourquoi cette descente vers les ténèbres, tandis que le soleil nous attendait sur la Ceintane avec la promesse de sucreries, avec le plaisir d'admirer un jongleur ou un bouffon ? La main de Léane a pesé sur mon épaule.

—Par ici, Nelle.

Après la barrière où des miliciens suspicieux ont examiné nos laissez-passer, nous avons pénétré sous le porche de pierre qui nous recouvrait de sa blancheur glacée. Je me souviens de ma peur, à la vue des étroites marches qui s'enfonçaient dans l'inconnu, du vertige que j'ai ressenti alors.

L'escalier n'était pas si obscur, même s'il ne se trouvait pas vraiment non plus à ciel ouvert. De chaque côté montaient de hauts murs qui le plongeaient dans une pénombre froide et humide. Une mousse chétive y poussait. Des araignées se sont enfuies à notre passage, marrachant des cris à la fois effrayés et ravis. Nos pas sonnaient sur les degrés de métal que je me suis amusée à marteler, produisant tout le vacarme que je pouvais.

Nous n'étions pas seules à descendre : un homme en gris marchait juste derrière nous. Je lui ai jeté de fréquents regards parce qu'il gardait toujours la même distance avec nous, même si ses longues jambes pouvaient certainement le porter très loin devant.

Puis le bruit d'une cavalcade retentissante m'a paralysée sur place et j'ai rentré la tête dans les épaules pour me faire toute petite. Deux jeunes gens ont surgi au-dessus de nous, de grands garçons ricaneurs qui ont dévalé les marches à toute allure, bousculant Léane au passage. De sa poigne solide l'homme en gris l'a empêchée de tomber. Les mains de Léane ont serré mes épaules.

—Ce n'est rien, Nelle.

L'homme en gris est resté derrière nous.

En bas, nous sommes entrées sous un nouveau porche où flottait une odeur d'urine, de poisson pourri, de sueurs et d'excréments. Une dizaine de miliciens montaient la garde d'un air ennuyé.

Pourtant, l'escalier ne se terminait pas là. Depuis le large espace où se tenaient les miliciens, je contemplais une sorte de ruelle descendant par paliers successifs entre des maisons peintes de couleurs vives où dominaient le rose et le rouge. Chaque maison possédait, au rez-de-chaussée, un renfoncement terminé par un auvent où la dame du lieu s'asseyait pour prendre le frais, en après-midi. Et il devait faire terriblement chaud dans ces demeures parce que, quand nous sommes remontées plus tard, les bourgeoises de l'escalier portaient toutes une tenue très légère.

Mais, au petit matin, les renfoncements étaient déserts, les portes et les fenêtres fermées d'un volet. Léane m'a encouragée à descendre et nous avons vite atteint le niveau de la rue. Nous nous sommes retrouvées au pied de la falaise, sur une voie étroite dont les commerces n'étaient pas encore ouverts. Nous y avons fait quelques pas, mais je n'aimais pas l'endroit : une rue mal pavée que personne ne songeait à nettoyer, bordée de gros bâtiments tristes offrant la même façade aveugle, les mêmes fenêtres closes, les mêmes volets abaissés. Je me suis exclamée :

— C'que c'est sale, ici !

Léane a pris ma main.

— Viens.

Nous avons tourné bientôt pour prendre un nouvel escalier, une volée de marches qui nous a amenées dans une autre rue étroite aux façades aveugles. Un bruit de pas derrière nous : c'était l'homme en gris qui m'a fait un clin d'œil.

Des grincements métalliques m'ont indiqué que les marchands levaient leurs volets : les rues allaient commencer à s'animer. Que de mystérieuses boutiques à explorer ! Mais Léane m'entraînait toujours plus loin sans me laisser le temps de regarder. J'apercevais parfois un bric-à-brac de morceaux de métal tordus à réusiner, de vieilles chaises au siège percé, des plats cabossés, des ustensiles rouillés, des vêtements aux couleurs ternes, comme effacées. On aurait dit des boutiques entières d'objets perdus, de fonds de poubelle. Il ne m'est pas venu à l'esprit que ces objets pouvaient avoir été rapportés par des chasseurs de métal, ceux qui autrefois exploraient la Désolation en quête de biens à récupérer. Ces aventuriers n'existaient plus dans Vilvèq, du moins c'est ce qu'on nous enseignait à l'Instit.

Tout à coup, je me suis trouvée devant la large porte d'une maison, volet levé sur un antre sombre où s'empilaient des caisses en plastique. Nous ne sommes pas entrées, nous sommes restées sur le seuil à respirer l'odeur d'humidité qu'exhalait cette salle. Deux hommes aux vêtements souillés chargeaient les caisses sur un chariot. Ils m'ont dévisagée avec un regard aigu. Léane m'a poussée en avant :

— Allons, viens, Nelle.

— Qu'est-ce qu'il y a dans ces caisses ?

— De la nourriture.

J'ai levé vers Léane un regard méfiant : comment pouvait-elle le savoir ? Nous avons cheminé en silence pendant quelques instants, mais j'étais bien incapable de m'empêcher de poser des questions : d'où provenaient ces caisses, comment parvenaient-elles jusqu'ici ? Je me souviens du geste apaisant des mains de Léane tandis qu'elle me parlait du port, vers lequel nous allions, du bateau qui apportait toutes sortes de choses utiles. Cependant, les caisses que j'avais vues ne montaient pas vers la ville, puisqu'elles provenaient de nos cultures ; elles descendaient plutôt vers le port pour être emportées par le bateau.

Le bateau ! Que diraient les fanfarons de ma classe quand je leur raconterais ? Aucun d'entre eux n'était jamais venu jusqu'ici, mais tous connaissaient la chanson :

Il brave la Désolation
sur son navire de saison,
le Voyageur.

Des pays sous d'autres soleils
il nous rapporte les merveilles,
le Voyageur.

Ce n'est qu'un extrait de la chanson. Il me suffirait sans doute de fredonner cet air durant quelques minutes pour que d'autres couplets me reviennent à la mémoire... La partie que je préférais, c'était la plus menaçante (d'autant plus que je n'en saisissais pas le sens) :

Mais ne touche pas à ses voiles
il te glace jusqu'à la moelle,
le Voyageur !

Tout excitée, j'ai demandé si j'allais l'apercevoir, *lui*, le Voyageur. Quand j'avais évoqué cette perspective devant mes camarades de classe, ils s'étaient moqués de moi : cela faisait bien cent ans que la chanson avait été composée. Le Voyageur, celui dont on parlait avec la majuscule, il était mort depuis longtemps ! Léane ne s'est pas moquée, elle a souri avec indulgence.

—Je ne crois pas.

Un roulement métallique a résonné dans la rue, attirant mon attention. Nous avions fini de descendre pour aboutir à l'esplanade qui longe le fleuve jusqu'au port. Je connaissais l'endroit pour l'avoir aperçu depuis les fenêtres de l'Instit. De là-haut, cela m'avait paru une place étroite et longue mais, vu d'en bas, c'était un endroit gigantesque comme les éfans, large, balayé par le vent, et qui s'étendait sur une distance fabuleuse. Sur ses pavés inégaux, j'ai vu surgir une sorte de monstre de métal, serpent tressé d'une multitude de chariots que des éfans tiraient en soufflant avec bruit. Un homme était debout, accroché à l'arrière. Il nous a jeté un regard surpris avant d'adresser un signe moqueur à Léane et à l'homme en gris, qui se tenait toujours près de nous. Le bruit a diminué, les chariots se sont éloignés vers le port. J'ai demandé :

—Ils s'en vont au bateau chercher des marchandises ?

Léane a acquiescé.

Nous avons avancé sur leurs traces, longeant la façade des hauts entrepôts entre lesquels s'activaient les débardeurs et les éfans tout au long de l'esplanade. Ici, les hommes étaient trop affairés pour s'occuper de nous. Nous avons marché longtemps, longtemps, tant qu'à la fin je trébuchais de fatigue.

J'ai recouvré mon énergie en apercevant le fleuve. Enfin, je contemplais de près cette entité mystérieuse dont Hironde, mon institutrice, refusait de parler. Depuis nos fenêtres, en haute ville, j'avais vu un ruban gris, parfois bleu quand le soleil brillait, quelque chose qui ressemblait à une plaque de métal liquide. De l'esplanade, je découvrais le même ruban, juste un peu plus large, enserré dans sa bordure brune qu'on appelait la frange. Nous nous sommes avancées, Léane et moi, jusqu'au bord de l'esplanade, pour apercevoir la surface malodorante sur laquelle naviguait le bateau pour atteindre le port.

Je me suis penchée, si bas que Léane m'a agrippée par l'épaule. Je lui ai souri pour la rassurer. Elle n'a rien dit. Comme j'aurais voulu toucher cette surface brune et puante ! Je n'y comprenais rien.

—C'est quoi, la frange? Pourquoi le fleuve se trouve au milieu ? Pourquoi c'est dangereux d'y toucher?

Avec patience, Léane m'a expliqué. La frange, c'était aussi le fleuve, mais desséché : une croûte de déchets et de boue que le temps avait formée sur le bord du fleuve. Durant la saison des pluies, la frange devenait plus liquide, comme maintenant, et le bateau pouvait rejoindre Vilvèq. Mais la frange n'en était pas moins acide, à un point tel qu'elle corrodait le métal des bateaux. C'était pour cette raison que nos pêcheurs ne pouvaient s'éloigner beaucoup : le métal de nos coques, fondu et refondu maintes fois, était trop affaibli pour permettre à nos pêcheurs de naviguer très longtemps sans danger.

—Mais le bateau du Voyageur, il est fait dans quel métal ?

—Je l'ignore. C'est un alliage que nous ne connaissons pas. De toute façon, où trouverions-nous le minerai pour le fondre, dis-moi ?

J'ai froncé les sourcils.

—Le Voyageur pourrait nous en apporter.

Léane a souri, mais elle n'a rien répliqué. J'ai souhaité rencontrer le Voyageur, lui poser la question. Plus tard, quand je serais grande, je ferais commerce avec lui. J'irais dans les régions lointaines, « sous d'autres soleils », et je trouverais le minerai qui nous permettrait de fabriquer des super-bateaux pour voyager partout, partout.

Nous marchions, encore et encore. J'avais chaud. Et soif. Qu'il se trouvait éloigné de nous, le fleuve ! Sous la surface à l'aspect métallique, je le savais ondoyant. Liquide. Là se trouvait l'eau que nous buvions dans la haute ville.

—Comment est-ce qu'on peut boire l'eau si elle se trouve si loin ?

—De longs tuyaux vont la chercher jusqu'au cœur du fleuve.

J'aurais bien voulu disposer d'un long tuyau, à ce moment-là, pour aller me chercher un peu d'eau !

J'avais oublié ce que les grands racontaient : une pompe, actionnée par les éfans, aspirait l'eau durant toute la saison des pluies pour l'accumuler dans les réservoirs. Ensuite, quand le temps s'asséchait, commençait la période de rationnement (la saison préférée des enfants : on évitait de se laver !).

Je bredouillais de fatigue, mais la ronde des questions continuait dans ma tête.

—Mais, Léane... si la frange ronge tout le métal... comment on fait pour le tuyau qui va chercher l'eau ?

Son visage s'est troublé comme celui d'Hironde, l'institutrice, quand je lui posais une question embarrassante.

—Eh bien, je crois que le Voyageur nous a donné un peu de son alliage spécial, une fois. Sinon nous serions morts de soif.

—Mais pourquoi il en a donné pour les tuyaux et pas pour les bateaux ?

—Hum... je ne sais pas trop. Qu'en penses-tu ? Peut-être qu'il s'est dit qu'il n'aurait plus rien à faire si on avait des bateaux comme le sien.

—Mais c'est pas juste !

Léane m'a caressé la tête avec un sourire triste.

—Non, ce n'est pas juste, mais c'est comme ça.

Décidément, j'avais de plus en plus envie de rencontrer le Voyageur ! Comment pouvait-il être à la fois notre bienfaiteur tout en gardant pour lui la plupart de ses richesses ? Pourquoi ne nous donnait-il pas la chance de devenir des voyageurs, nous aussi ?

La main de Léane a touché mon épaule.

—Regarde, Nelle.

Je suis restée muette de saisissement. Nous venions de déboucher sur le port et je n'avais plus assez de mes deux yeux pour voir.

L'immense bassin se situait dans un renfoncement entre la ville et le désert. Tout au fond, derrière les piscines où l'on élevait les poissons et les éfans, j'apercevais des montagnes de scories, résidus de sable, de poussière et de débris divers que nos ancêtres avaient balayés hors de la ville afin de dégager leur espace vital. Les cônes de ces énormes dunes se faisaient montagnes sur le côté est du bassin, derrière les hauts murs des entrepôts. Car il y avait des édifices sur tout le pourtour : certains ressemblaient à des fourmilières tant les débardeurs y paraissaient actifs ; d'autres semblaient désaffectés. Du côté nord se dressait le mur séparant le port des piscines. Je savais qu'autrefois ces bassins n'en avaient formé qu'un seul. On entendait souvent les maîtres discuter des difficultés posées par ces piscines dont l'eau devait rester saine et vive, alors que le port lui-même devenait frange à la saison sèche.

Du côté ouest, où je me tenais avec Léane, se trouvait le bâtiment blanc de l'Annexe, une succursale de la Genète. Des apprentis de l'Instit y travaillaient, mais on ne les rencontrait plus jamais en ville, ces grands-là. Quand mes compagnons de classe apprendraient que j'avais vu le port de mes propres yeux !

Mais ce qui accaparait mon attention, bien sûr, se trouvait *dans* le bassin : un immense navire, la coque recouverte jusqu'à mi-hauteur par des lambeaux de limon séché. À chaque extrémité de son pont, de grands panneaux étaient posés de guingois sur les mâts, comme si les ouvriers avaient été interrompus pendant qu'ils les décrochaient. Ces panneaux n'étaient pas lisses, au contraire, on aurait dit un vaste treillis rigide.

—Oh, Léane, qu'est-ce que c'est ?

Le soleil, a-t-elle expliqué, venait nourrir les panneaux lorsqu'ils étaient redressés, pour faire avancer le navire. J'ai demandé encore :

– Comment ils font quand il n'y a pas de soleil ?

Dans le bateau, des accumulateurs engrangeaient du soleil pour les temps nuageux.

L'électricité, bien sûr ! Il y en avait, à la Genète, mais pas à l'Institution.

Et le bateau ! Il se trouvait amarré à une longue jetée, flanqué d'une passerelle qui montait vers le pont. Sur le quai, deux grues plongeaient leurs câbles dans son ventre pour en extraire les caisses, à l'aide d'un treuil que les éfans actionnaient en poussant des « han ! » titanesques. Leur peau grise luisante était couverte de poussière. Avec leurs grands bras dépourvus de main, ils avançaient, rampant à moitié, propulsés par leur queue, ce moignon de jambes, vrai pilier de chair qui s'agrippait au métal du quai. Leurs lèvres charnues grimaçaient sous l'effort. La peau fine de leurs membres, celle qui lie leurs bras au corps et qui forme leur queue, devenait translucide au soleil, formant un voile pourpre.

J'adorais observer les éfans. Léane m'avait appris que les gens bien élevés disent « genéfans » (c'est leur vrai nom) mais, moi, je préférais dire « éfans », parce que ce mot prenait plus aisément une couleur de rêve. Il n'évoquait pas la Genète, ni quoi que ce soit de fabriqué par les humains. É-fan : é-norme, fan-tastique.

Des débardeurs s'activaient près des éfans à guider les charges vers les chariots. Le bateau remuait parfois lorsqu'on retirait des pièces lourdes de sa cargaison.

—Mais, Léane, d'où il vient, le bateau?

Je pensais à la chanson, bien entendu : « Des pays sous d'autres soleils... »

—Il vient d'ailleurs, Nelle.

Quelle drôle de réponse! Ailleurs, ce n'est pas un pays! Je commençais à soupçonner que même la savante Léane ne savait pas tout. Du reste, personne n'avait jamais accompagné le Voyageur: comment aurait-on pu connaître cet ailleurs?

—Pourquoi il va ailleurs, le bateau?

Léane m'a jeté un regard sévère, celui qu'elle réservait pour les moments où, à son avis, je «faisais le bébé».

—Tu le sais très bien, on en a parlé cent fois: il commerce, il rapporte les choses que nous n'avons pas.

—Mais pourquoi ailleurs ils ont des choses qu'on a pas?

—Ils ont sans doute plus de place pour construire des usines, des cultures, ils ne sont peut-être pas entourés par le désert. Je ne sais pas, enfin, personne ne sait ce qu'il y a au delà du fleuve.

Nous sommes restées silencieuses à contempler le travail des débardeurs et des éfans – Léane avec un soupir las, moi à me dandiner sur place. Ailleurs, au delà du fleuve... Qu'est-ce qu'il y avait, là-bas, est-ce qu'on y trouvait aussi des villes, des ports, des éfans? Je me suis rappelé les paroles des grands, lorsque j'avais soulevé ce sujet lors des récréations, dans la cour de l'Instit.

—C'est vrai que les éfans viennent de l'eau libre?

Léane a acquiescé. Alors, les grands ne racontaient pas toujours des mensonges, comme le prétendait Hironde, la maîtresse de ma classe ? Mais pourquoi diable les éfans avaient-ils quitté l'eau libre ?

—Leur race était en train de mourir, Nelle, nous les avons sauvés.

—C'est pour ça qu'ils travaillent avec nous, maintenant, pour nous remercier ?

À nouveau, Léane a eu son sourire triste.

—Non, ils n'ont pas choisi de travailler pour nous.

—Comment ça ?

—Eh bien... Nous les avons sauvés, puis nous leur avons dit quoi faire.

Cela ressemblait à l'Institution : quand j'étais toute petite, les maîtres étaient gentils avec moi. Maintenant, quand je voulais m'amuser, ils me disaient : « Fais ceci, fais cela. Touche pas à ça, Nelle. Écoute-moi quand je te parle, tête de roche. »

Ah, mais si j'avais été un éfan... Je ne resterais pas ici une minute de plus, en tout cas pas avec le fleuve, l'eau libre et bleue, à proximité. Pourquoi les éfans n'y retournaient-ils pas ?

—Parce qu'il leur faudrait d'abord traverser la frange et qu'ils y mourraient étouffés.

Pourquoi ne trouvaient-ils pas un autre moyen de fuir ? J'ai montré leurs silhouettes gigantesques, de taille à écraser les humains : ne pouvaient-ils se révolter, voler un bateau ? Ils étaient bien plus gros et bien plus forts que nous !

—Ils ne peuvent pas, à cause de la barrière.

—La barrière ?

Dans leur tête, un implant greffé dès leur naissance. Les éfans ne pouvaient agir de façon violente, ni tenter de s'échapper. Hironde avait dit quelque chose, à ce sujet : nous n'avions pas à craindre les éfans que nous rencontrions, ils n'étaient jamais méchants, ils étaient nos amis...

— Qu'est-ce que c'est, un implant, comment on les fabrique ?

— C'est une machine minuscule. Mais on ne les fabrique pas, elles viennent d'ailleurs, elles aussi.

Encore cet ailleurs ! Léane a penché vers moi son visage au sourire pâli, mais je n'ai pas fait attention.

— Où c'est, ailleurs ?

— C'est très loin, tellement loin qu'on ne peut pas y aller.

Sa voix m'a paru bizarre, un peu morne. Léane me répondait en général avec sérieux, mais cette fois sa réponse était si absurde que j'en suis restée interloquée. Si loin que fût cet ailleurs, le bateau du Voyageur s'y rendait bien, lui ! Sinon comment toutes ces marchandises nous parviendraient-elles ? Les doigts de Léane ont effleuré mes lèvres pour me forcer à me taire ; ses bras m'ont entourée, enveloppants.

— Viens, Nelle, il se fait tard, rentrons, maintenant.

Nous avons fait demi-tour et mon regard est tombé sur l'homme en gris qui se tenait quelques pas derrière nous.

— Encore lui ?

— C'est un ami, ne t'en occupe pas.

Pourquoi n'était-il pas venu nous parler, si c'était un ami ? Léane avait de drôles de réponses, aujourd'hui.

Le dos tourné au bassin, j'ai aperçu la falaise surmontée d'un haut édifice rectangulaire : la Genète. Juste derrière se trouvait l'Institution. Alors, de là-haut, on devait apercevoir le port, et le bateau à quai... Pourquoi les grands en stage à la Genète n'en disaient-ils rien ? C'est vrai qu'on rencontrait rarement les grands après qu'ils avaient été acceptés en stage là-bas... En tout cas, moi, quand ce serait mon tour, je dénicherais une fenêtre d'où je pourrais observer le port et les visites du bateau. Il ne m'est pas venu à l'idée que, si je souhaitais commercer comme le Voyageur, je ne ferais pas le stage de la Genète, du moins pas le *vrai* stage, celui qui oblige les grands à habiter là-bas et à ne plus revenir aux dortoirs.

Sur le toit de la Genète, les éoliennes tournaient à bonne vitesse. Rue de la Cité, entre la grande cour centrale de l'Instit et la Genète, on devait percevoir le grincement régulier des machines à vent. Combien de mes compagnons de classe se trouvaient là, en ce moment, à écouter tourner les pièges à énergie ?

Nous avons repris le chemin de l'interminable esplanade. Tout cela à marcher pour rentrer ! J'ai risqué une plainte.

—J'ai mal aux pieds...

Léane m'a fait les gros yeux.

—Je t'avais prévenue, Nelle. Tu m'as dit que tu étais assez grande pour venir avec moi.

Je me suis empressée d'acquiescer. Bien sûr que j'étais assez grande ! Mais, parfois, même les grands ont trop marché.

Léane a souri.

—On va s'arrêter bientôt. Tu veux voir la place du marché ?

L'endroit où se négociaient les « merveilles » rapportées par le Voyageur ? Bien sûr que je voulais le voir ! Est-ce que c'était très loin ?

—Nous allons marcher moins vite.

J'aurais voulu y être tout de suite ! Pour me distraire, j'ai regardé du côté de la falaise. Plus loin, j'apercevais le gros cap qui forme une avancée au-dessus de la basse ville. À certains endroits le rempart devenait visible dans la lumière du soleil. On distinguait même le sommet des monticules de scories qui formaient un second rempart derrière le premier, notre ultime défense contre le désert et ses sauvages habitants.

L'esplanade s'était animée, à l'instar de toute la basse ville. Des chariots passaient, poussés par des éfans lorsqu'ils transportaient des caisses, réunis en serpent quand ils étaient vides. Des ouvriers désœuvrés flânaient en crachant dans la frange ; ils lançaient des rires et des sifflements à l'adresse de Léane qui ne semblait pas les entendre. Derrière nous, l'homme en gris s'était rapproché.

Je commençais à traîner les pieds, butant contre les pavés inégaux, quand Léane m'a poussée sur la droite, pour emprunter une ruelle étroite constituée d'un escalier aux degrés peu élevés. Ah non, pas encore des marches à monter !

Tout à coup, il y a eu une bousculade en haut de l'escalier. Des hommes en blanc à la peau très brune écartaient les passants. Des protestations ont fusé, puis se sont tues. Léane m'a prise par les épaules et nous nous sommes tassées contre le mur. L'homme en gris s'est placé devant nous. J'ai étiré le cou pour voir les hommes en blanc. Quel sans-gêne ! Ils repoussaient les badauds sans ménagement. Au milieu d'eux marchait un gros bonhomme vêtu d'une tunique ample qui lui tombait jusqu'aux genoux, par-dessus un pantalon qui moulait ses jambes grasses. Malgré la chaleur, pas un pouce de sa peau n'était exposé à la vue : les manches de la tunique, longues, le couvraient jusqu'aux poignets ; il portait des gants ; sur sa tête, un chapeau terminé par une voilette dissimulait son visage. Les gens murmuraient dans son dos, mais il ne semblait pas s'en apercevoir.

—Qui c'est, celui-là?

La main de Nelle a serré mon bras, m'encourageant à me taire. Déjà, l'étrange cortège était passé, les gens dévalaient l'escalier dans un sens ou dans l'autre, et l'homme en gris faisait signe à Léane de se remettre en mouvement. J'ai répété :

—Qui c'était ?

Léane a répondu d'un air soucieux :

—Des marins, les gens du bateau.

J'ai tressailli. « Mais ne touche pas à ses voiles ! Il te glace jusqu'à la moelle, le Voyageur. » Ses voiles ! Je venais de comprendre la chanson.

—Dis, Léane, c'était *lui* ? Le Voyageur ?

Un vieux monsieur qui se trouvait à notre hauteur a fait un drôle de geste avec sa main, les doigts croisés. Il s'est écrié :

—Éduquez cette gamine, dame, elle va nous porter malheur !

Léane s'est penchée vers moi tout en marchant :

—Il ne faut pas parler de lui, Nelle. Fais comme s'il n'existait pas.

Quoi ? Comment pouvait-on ignorer la présence d'un être aussi fabuleux ? Bien sûr, ce n'était pas le Voyageur de la chanson, celui qui était survenu un siècle plus tôt, apportant pour la première fois des marchandises de l'extérieur... Mais c'était l'un de sa race, un homme extraordinaire, le maître des marins ! Et je ne pouvais pas parler de lui ?

— Pourquoi ?

Léane a eu un soupir exaspéré.

— Ici, dans la basse ville, les gens croient que ça porte malheur d'en parler.

Quelle drôle d'idée ! Moi, quand je serais grande, je n'aurais pas peur de l'homme à la voilette. Même que je lui demanderais son nom !

Nous avons atteint le haut de la ruelle et débouché sur un vaste espace encombré de chariots et de gens. Il y avait des crieurs publics, des marchands ambulants, des miliciens aussi. Les gens jouaient du coude, ils se bousculaient, se jetaient des insultes à la tête. Moi, je souriais, fascinée. Bien sûr, aucun jongleur, aucun artiste n'occupait la place, comme en haute ville. Dommage. Mais les cris de ces marchands valaient bien un spectacle de marionnettes !

Léane m'a entraînée jusqu'aux échoppes qui occupaient le rez-de-chaussée des maisons. Une marchande nous a vendu des jus de fruit. À un boulanger, Léane a acheté des petits pains ronds, comme en haute ville. En fait, je ne voyais pas bien la différence entre les gens d'ici et ceux de là-haut.

— Pourquoi il faut un laissez-passer pour venir ici ?

Léane a mis du temps à avaler sa bouchée de pain.

—Eh bien, c'est pour nous protéger en haute ville...

—Nous protéger de quoi ?

Elle a eu un geste de la main pour écarter ma question.

—Je t'expliquerai une autre fois, Nelle. Finis ton pain, on va remonter.

J'ai protesté :

—Mais on devait passer toute la journée ensemble !

—Tu n'as pas dit que tu étais fatiguée ?

—C'était tout à l'heure ! Je veux voir les boutiques, je veux...

Elle s'est penchée à nouveau vers moi, enveloppante.

—Nelle, tu veux toujours tout voir mais, cette fois, c'est moi qui suis trop fatiguée.

Elle était ma bourgeoise. Il faut obéir, c'est ce qu'on nous apprend à l'Instit. J'ai grimacé un peu, mais j'ai mangé mon pain et repris la main de Léane.

Zut ! Il restait l'escalier à remonter.

Sur les divers paliers, des bourgeoises prenaient le frais dans des poses plutôt osées. Je les regardais, interloquée, quand Léane a attiré mon attention sur les insectes qui peuplaient l'escalier.

Nous avons achevé la montée en silence, ce qui m'a laissé le temps de réfléchir. Une fois là-haut, après avoir repris mon souffle, j'ai demandé :

—Une autre fois, est-ce qu'on pourra visiter le bateau ?

Léane a ri, comme si ma question était stupide.

—Bien sûr que non, Nelle.

—Pourquoi ?

—Les marins n'aimeraient pas beaucoup avoir une petite fille curieuse dans les jambes...

J'ai fait la moue.

—Mais toi, tu es grande... Tu es déjà montée sur le bateau ?

Léane a détourné la tête.

—Non.

—Pourquoi ?

Léane a soupiré.

—Écoute, personne ne peut monter sur le bateau.

—Pourquoi ?

—C'est défendu.

Quand elle soupirait ainsi, elle me faisait penser à Hironde, ma maîtresse. Cela ne m'a pas arrêtée. J'ai demandé encore pourquoi, mais Léane n'a plus répondu.

J'ai traîné les pieds autant que possible, pour retarder le retour à l'Instit. Il y avait marché sur la Ceintane et Léane a cédé à ma supplique. Nous sommes allées admirer un jongleur. Ici, la foule semblait moins bruyante, moins grouillante aussi. Et Léane paraissait très fatiguée. Elle m'a ramenée finalement à l'Institution, m'a dit au revoir d'un baiser affectueux, me faisant l'offrande d'un dernier sourire.

Debout derrière la grille qui s'était refermée, je l'ai regardée s'éloigner avec l'homme en gris qui lui emboîtait le pas. Elle me laissait, encore une fois, la tête pleine de questions – questions que je poserais à Hironde, ma maîtresse, Hironde qui, comme toujours, les éluderait jusqu'à ce que, de guerre lasse, il ne lui reste plus qu'à me punir de ma curiosité.

◆◆◆

Ma prison tangue, maintenant. J'entends des grincements, des craquements étranges qui percent le silence.

Tangue, ma prison. Tu ne m'empêcheras pas d'approcher l'étroite ouverture, placée tout en haut de la cloison, caricature de fenêtre par laquelle je regarderai la fin du jour, la lente marche de l'obscurité envahissant le bleu du ciel, avant que la nuit ne nous enveloppe de son manteau.

Tangue, mon souvenir.

Chapitre 2

C'était une fille maigre, d'une maigreur qui aurait pu être laide, mais qui lui conférait plutôt l'aspect fragile d'un bibelot.

Je l'ai remarquée la première fois à la grille de l'Institution, alors qu'un bourgeois la reconduisait avec une mine épanouie, tenant la petite par la main avec délicatesse comme s'il avait peur de la briser. J'allais souvent de ce côté parce que, parfois, on pouvait entendre la rumeur du marché de la Ceintane. Visage collé contre la grille, je fermais les yeux et je me voyais dans la rue, circulant entre les étals colorés...

Il y a plusieurs issues à l'Institution, mais celle-ci était la plus fréquentée parce qu'elle donnait sur les bureaux du tutorat. Là venaient les bourgeois pour prendre à l'essai leur futur héritier. Un prolongement de la Ceintane, en quelque sorte. Le marché aux enfants...

Ce jour-là, j'étais restée plus tard qu'à l'accoutumée près de la sortie. La grille s'est ouverte pour laisser entrer la petite qui s'est retournée dans un gracieux mouvement de sa longue chevelure noire, saluant de la main le bourgeois qui s'éloignait. C'est seulement quand elle a décrit un nouveau demi-tour pour entrer qu'elle m'a aperçue.

À cet endroit, le mur de pierres qui entoure les bâtiments de l'Instit se fait moins élevé et assez large pour que je puisse m'y jucher. En équilibre au sommet, j'esquissais quelques pas de danse. La gymnastique était l'une des rares activités scolaires qui m'intéressait encore et je mêlais souvent des mouvements appris en gymnase aux pas de mon invention. J'avais même donné un court spectacle, quelques mois auparavant – avant que l'une de mes rébellions n'entraîne une terrible punition.

La petite a jeté un bref coup d'œil au gardien qui se moquait bien de mon « spectacle ». L'enfant s'est plantée devant mon perchoir, le menton pointé dans ma direction en une attitude de défi.

—Qu'est-ce que tu fais là ? T'as pas le droit de manquer la classe !

J'ai répliqué aussitôt :

—Et toi ?

Elle a montré la rue avec orgueil :

—Moi, j'étais sortie.

Sa fierté pleine de sous-entendus se faisait l'écho des remontrances de nos maîtres. Je pouvais presque entendre la voix satisfaite d'Hironde : « Alors que toi, Nelle... Hein, tout le monde sait que tu n'es pas sortie depuis longtemps. Quel bourgeois serait assez fou pour s'encombrer de pareille rebelle ? »

Ô Léane, pourquoi n'étais-tu pas venue me chercher ? Comment pouvais-je comprendre ton silence, tes absences ?

J'ai menti – une chose que Léane ne m'avait pas apprise.

—Moi aussi, j'attends une visite, ai-je lancé avec prétention.

—C'est pas vrai.

Je suis restée interloquée d'être si rapidement découverte, et par une jeune en plus ! J'ai sauté en bas du mur, trop intriguée pour songer à protester. La petite a paru intimidée – je la dominais de la taille, debout à côté d'elle –, puis elle s'est expliquée :

—Je te connais, tu es Nelle, celle qui danse et qui est restée une semaine dans l'isoloir.

Cet exploit, plus que mon soi-disant talent pour la danse, avait laissé des traces. Hironde, qui en était responsable, avait été « rétrogradée » dans une classe de niveau inférieur. Depuis, nous avions un nouveau maître, nous, les grands.

J'ai esquissé un entrechat.

—C'est vrai. Et toi, comment t'appelles-tu ?

Elle a levé les yeux vers moi, en un regard direct, tout à coup.

—Je suis Béryliane. C'est Micha qui m'a parlé de toi, il est dans ta classe. C'est mon ami.

Ah. Gloire éphémère ! Je me suis immobilisée. Un peu inquiète, Béryliane s'est tournée du côté des bâtiments.

—Il ne faudrait pas rentrer ?

—Pourquoi, on n'a pas le droit de prendre l'air ?

Elle m'a reproché, avec un air coquin, obstiné :

—Tu vas te faire disputer.

J'ai haussé les épaules. Abélar, le nouveau maître, n'était pas très enclin à la discipline. Je sais maintenant qu'il était trop jeune. Nous étions sa première classe – et combien de fois, ces temps derniers, ai-je regretté ma rébellion ! – mais, à l'époque, il ne représentait pour moi qu'un adulte de plus, quelqu'un à défier.

Béryliane s'est approchée pour me demander tout bas :

—Tu n'as pas peur de retourner dans l'isoloir ?

L'isoloir... Une semaine de paix et de silence !

En réalité, non, bien sûr, plutôt une semaine de crainte et d'espoir : crainte des blattes qui, au dire de certains « vétérans », venaient vous dévorer vivant pendant la nuit, puis, à mesure que je restais saine et entière, espoir de voir la porte s'ouvrir, de voir Léane surgir pour me prendre dans ses bras...

—Je n'ai pas peur. Et même...

J'ai hésité. La vantardise pouvait me mener loin, mais c'était si difficile de résister ! Béryliane a eu l'intelligence de ne rien dire. J'ai continué :

—Je pense que je vais sortir d'ici très bientôt.

—Mais comment, pour faire quoi ?

J'ai montré la grille refermée, le pavillon du gardien. Tous les matins, un livreur venait porter les provisions achetées au marché. Le gardien bavardait quelques minutes avec lui et, pendant ce temps, la grille restait ouverte. J'avais surveillé deux autres sorties de l'Institution – celle au bout de la rue de la Cité et celle de la rue Au Dos Fin – et c'était sur celle du tutorat que j'avais jeté mon dévolu. Les autres grilles ne s'ouvraient pas assez souvent...

Impressionnée, Béryliane a eu un ample hochement de tête.

—Si tu sors, ce sera une fugue ?

—Bien sûr.

—Alors, tu vas retourner dans l'isoloir.

Ce ton catégorique de grande personne ! Je me suis mise à rire :

—Peut-être, mais, crois-moi, ça en vaut la peine.

Elle a tourné vers moi ce regard plein de gravité. Mon rire s'est éteint.

—Qu'est-ce qui vaut tellement la peine, Nelle ? Dans un an, tu vas avoir l'âge de l'apprentissage, tu vas quitter l'Institution, tu vas pouvoir circuler à ta guise !

Circuler librement ? Quelle idée : les apprentis passaient leur journée à courir de tous côtés au service de leur bourgeois et maître, sans avoir même le temps de découvrir la ville autour d'eux. Alors, pourquoi ne pas sortir *maintenant*, si on en avait envie ?

Béryliane n'a pas eu le temps de répondre : Hironde, devenue la maîtresse de sa classe, est apparue sur le seuil d'une porte pour l'appeler. Aussitôt, la petite a eu un geste d'obéissance. Je l'ai retenue par le bras :

—Attends ! Tu ne diras rien de mon projet, tu me le jures ?

Hironde approchait, furieuse. Béryliane a acquiescé, puis a jeté furtivement :

—Je ne dirai rien si tu m'emmènes avec toi.

J'ai laissé son bras, elle s'est éloignée. De loin, Hironde a crié :

—Tu devrais être en classe, Nelle ! N'as-tu pas honte de perdre ton temps à flâner ?

Béryliane avait les yeux rivés sur moi. J'ai souri:

—Non, Maîtresse.

La petite a réprimé un rire tandis qu'Hironde la poussait vers les bâtiments avec une exclamation exaspérée.

Je suis retournée sans me presser vers l'aile où se trouvait ma classe, en sautillant d'un côté et de l'autre, rentrant à pas nonchalants. Le maître, Abélar, a interrompu les explications qu'il adressait aux élèves pour me regarder avancer entre les tables.

—Eh bien, Nelle, tu as fait une bonne promenade?

Son ton m'a paru ironique. Je me suis laissée tomber sur ma chaise, avec un soupir.

—D'une tranquillité absolue!

Les autres se sont permis de rire (quand on est dans la classe des grands, on acquiert une certaine audace). Des yeux, j'ai cherché Micha, l'ami dont Béryliane m'avait parlé. Un garçon pâle et replet, peu digne d'intérêt. Abélar est venu vers moi, très calme.

—Tu es fière de toi, n'est-ce pas, Nelle?

J'ai levé les yeux avec une lenteur calculée (mais le sang battait à mes tempes).

—Disons que je suis surtout libre.

—Alors, dis-moi: qu'est-ce que c'est, pour toi, la liberté?

Il essayait de me coller devant toute la classe! Je me suis redressée.

—C'est d'aller et venir comme je veux, quand je veux. C'est de ne pas avoir à répondre tout le temps à des questions stupides.

La classe a encore rigolé. Abélar a jeté un coup d'œil irrité autour de lui. Est-ce que j'arriverais à lui faire perdre son calme ?

—Tu n'as jamais pensé, Nelle, que la liberté n'était pas une chose gratuite, un cadeau qui tombe du ciel, que cela se gagne ?

—Et comment ça se gagne, en rampant sur le sol ?

Nouveaux rires. Abélar a souri, un tout petit sourire plein de pitié.

—Ça se gagne en respectant les autres, Nelle, en prouvant qu'on est digne de mener sa vie soi-même. Lorsqu'on doit répondre de ses actes devant autrui, c'est généralement parce qu'on n'est pas en mesure de se prendre en mains.

Belles paroles destinées à ôter aux autres toute envie de m'imiter ! Je me suis appuyée au dossier de ma chaise pour bien montrer combien cette conversation m'ennuyait. Je n'avais pas à rendre des comptes à qui que ce fût. Abélar a pris un air chagriné – il se moquait de moi, c'était évident.

—Quel dommage qu'une fille aussi talentueuse se gaspille de cette façon. Qui voudra de toi en apprentissage, que feras-tu de ton existence ?

—Je vais m'associer au Voyageur.

Quelqu'un derrière moi a lancé :

—Ton Voyageur, ça fait cent ans qu'il est venu en ville. S'il est pas mort, il est pas fort !

Les autres ont ri de cette répartie. Un garçon a enchéri :

—Pauvre idiote, personne ne peut monter sur ton fichu bateau. On ne peut pas quitter la ville.

Je ne me suis pas retournée ; j'ai fixé les yeux sur Abélar, furieuse qu'il ait réussi à ranger la classe de son côté.

—Est-ce que quelqu'un s'est jamais demandé pourquoi on ne peut pas monter à bord du bateau? Qui nous en empêche, qui a décidé ça?

Abélar m'a contemplée en silence. Les autres n'ont sans doute rien trouvé à répondre. Aucun obstacle ne pouvait faire entrave à ma volonté, à ma liberté. J'ai ajouté, à voix basse, qu'il y avait d'autres moyens de quitter la ville.

Une voix ricaneuse a répliqué:

—Ah oui, à pied dans le désert? Y a même plus de chasseurs de métal qui y vont!

—Ça suffit.

La voix d'Abélar avait tranché, incisive. Les autres ont repris leur mine studieuse et le maître a regagné le devant de la classe.

—Revenons à nos comptes, si vous voulez bien, pour que le marchand qui vous adoptera ne vous trouve pas trop ignorants...

Il a poursuivi, comme si rien ne s'était produit, comme si je n'existais pas, et je suis restée là, au creux de ma chaise, à éviter les regards.

◆

Les élèves s'empressaient de quitter la classe et je m'étais faufilée parmi eux lorsqu'Abélar m'a saisie par la manche.

—Je peux te dire un mot, Nelle?

Je suis restée plantée devant lui, tandis que les derniers élèves disparaissaient par la sortie. Ah non, je n'allais pas supporter qu'on me fasse la morale! Mais il ne m'a adressé aucun reproche, il a plutôt commencé d'un ton hésitant:

—Tu sais, je ne connais pas la réponse à tes questions. Je n'ai jamais prétendu le contraire...

Il me regardait, attendant peut-être une concession de ma part. Je n'avais aucune intention de m'amadouer; je me suis renfrognée en silence.

—Je voulais te dire, aussi... J'ai longtemps travaillé au tutorat. Parmi les « bourgeois » qui cherchent des apprentis, il y a des artistes. Si ça t'intéresse, je pourrais en parler au secrétaire. Ton dossier pourrait être proposé à un danseur ou une danseuse...

Pendant un bref instant, j'ai tourné les yeux vers lui. Durant cette fraction de seconde, j'ai été prête à lui accorder ma confiance, à croire qu'il cherchait vraiment à m'aider. Mais il a ajouté:

—Pour ça, bien sûr, il faut quand même que tu finisses ton cours, que tu sois admissible à l'apprentissage.

Il avait failli m'avoir ! Tout ce qu'il cherchait, c'était à me faire rentrer dans le rang, à me faire tenir tranquille. Il n'était pas différent des autres maîtres.

Je me suis détournée avec un haussement d'épaules. Abélar s'est tu. *(Oh, mon ami, que serait-il arrivé de moi, de toi, si je t'avais écouté ce jour-là ?)* Au bout d'un moment, il a dit:

—Bon, très bien.

Puis il est sorti d'un pas vif, me laissant seule devant la classe vide.

◆

—Tu t'es fait disputer.

J'ai sursauté : la petite se tenait tout près de moi. Dans la cour centrale, les grands faisaient du tapage et je ne l'avais pas entendue arriver. L'Instit était si vaste – une ville dans la ville, disaient nos maîtres avec fierté –, alors pourquoi n'arrivais-je jamais à y trouver la solitude ? Dès que je m'isolais dans un coin, un maître ou un élève plus âgé venait me harceler, me pousser jusqu'à ce que je réintègre le groupe. Pourtant, je parvenais de plus en plus souvent à m'isoler au sein même du groupe : mes questions sans réponse, mes gestes rebelles éloignaient les autres de moi. Sauf Béryliane, bien sûr.

J'ai grimacé :

—Pas vraiment. C'est Micha qui t'a raconté ?

Elle a acquiescé. J'ai cherché le garçon du regard et je l'ai aperçu, au milieu d'un groupe en grande conversation. J'ai eu un geste moqueur dans sa direction : pourquoi ne venait-il pas me voir en même temps que sa petite amie, avait-il peur de ma mauvaise réputation ?

—Il est comme ça, il n'aime pas les ennuis.

—Et toi, t'as pas peur d'être vue en ma compagnie ?

Elle est restée songeuse un moment, puis elle a soupiré :

—Pourquoi tu t'obstines contre Abélar ? C'est un bon maître, il est gentil. Je voudrais bien être dans sa classe.

Peut-être qu'il était trop gentil, trop mielleux. *(Pauvre Abélar, seul dans la grande maison.)*

—Pourtant, a continué Béryliane, je suis sûre qu'il voudrait t'aider, sincèrement.

M'aider ! À quoi donc ? À m'*adapter*, à m'encourager dans cette vie morne qui se préparait pour nous ? Après avoir grandi entre les murs de l'Instit, rien d'autre ne nous attendait que l'apprentissage chez un bourgeois stupide et avaricieux qui ne nous adopterait peut-être même pas!

—Tu as beaucoup de chagrin, n'est-ce pas, Nelle?

Le chagrin, maintenant. Où allait-elle chercher tout cela?

—Tu as du chagrin parce que ta bourgeoise, celle qui t'emmenait partout voir des choses extraordinaires, n'est pas revenue depuis très longtemps. Elle te manque.

Je suis restée à la contempler, muette. Elle m'a rendu mon regard avec gravité. Une sorte de fou rire m'est monté à la gorge.

—Voyons, Béryliane! Je me bats pour ma liberté.

—Tu te bats contre tous et chacun, et tu es toute seule.

Mais qu'est-ce qui lui prenait de me parler sur ce ton sentencieux, comme un maître ? Je l'ai bousculée, je suis devenue brutale: est-ce qu'elle voulait que je me batte contre elle aussi ? Elle a regardé vivement autour de nous, pour s'assurer que personne ne nous observait, puis elle s'est rapprochée de moi.

—Nelle... Ne dis pas ça. Je veux être ton amie.

—Alors, cesse de me faire la morale!

Je regrettais déjà ma brusquerie: après tout, il fallait du courage pour rechercher mon amitié. Nous sommes restées sans rien dire un long moment. J'ai avancé de quelques pas, elle est demeurée à ma hauteur.

—Et toi, petite, qu'est-ce que tu vas faire quand tu seras grande?

Elle a hésité:

—Moi aussi, je veux être libre...

Je n'ai rien dit; elle a continué:

—Mais moi, je veux tout avoir. L'argent, les amis...

—Attention, tu vas devenir une brave bourgeoise comme les autres.

Je l'ai vue se refermer sur elle-même. J'ai voulu battre en retraite: je n'avais pas toujours raison, après tout, et elle n'était pas obligée de copier son comportement sur le mien.

—Ne m'écoute pas, je suis d'une humeur de milicien.

—Est-ce qu'on ne peut pas être libre et riche en même temps?

À mon tour d'hésiter: je n'avais pas encore une grande expérience de la liberté. Béryliane est retombée dans le silence, j'ai observé ce petit visage volontaire avec une attention nouvelle.

◆◆◆

Ma nouvelle prison n'a pas de murs.

Ma nouvelle prison, c'est le désert – silencieux, infini. Une immensité de roc, de poussière, sous l'écrasante omniprésence du soleil.

Et si c'était la mer, la mer rêvée par Devon, devenue poussière sous l'implacable chaleur ? Non, ne pas laisser ma pensée s'embourber dans le désespoir.

Le voyage ne fait que commencer.

Chapitre 3

Au début, j'ai mené la petite par les épaules : je ne pouvais l'abandonner parce qu'elle ne regardait même pas où elle mettait les pieds. Elle avançait en trébuchant, le nez en l'air comme si elle voyait la ville pour la première fois. À peine sorties de l'Instit, nous nous sommes arrêtées dans le parc du Fondateur, à proximité du tutorat, et j'ai laissé Béryliane courir près de la pièce d'eau, non sans jeter de fréquents coups d'œil par-dessus mon épaule. Rien. Le gardien ne s'était pas rendu compte de notre passage, personne ne nous avait suivies.

Le soleil dansait dans les gouttelettes de la fontaine, sur la surface plissée tout autour, le soleil dansait comme j'avais dansé moi-même des années plus tôt, tandis que Léane s'était tenue à ma place, assise sur ce banc, à l'ombre de la sculpture en métal tordu. Béryliane n'était qu'une enfant, elle n'avait encore rien vu.

— Viens, on va sur le rempart !

Je voulais lui montrer combien le monde est immense. Je voulais lui faire respirer l'odeur de la liberté, celle des vastes espaces, du désert ouvert qui encerclait la ville, je désirais lui apprendre à regarder au delà des monticules de scories, à chercher la beauté des territoires sauvages au delà de la Désolation. Peut-être, alors, ressentirais-je à nouveau l'exaltation que les sorties en compagnie de Léane m'avaient fait connaître.

Car ma liberté prenait un goût amer : la ville n'était pas plus belle ni plus grande du fait que je m'y promenais sans permission, et Léane m'y semblait encore plus absente. Au moins, l'une d'entre nous n'avait pas encore perdu ses illusions.

Béryliane courait au-devant puis revenait vers moi, haletante, les joues rouges et les yeux brillants.

—Tu as vu l'échoppe du marchand de cuir ? Il vend des chaussures en rat !

J'ai essayé de la retenir :

—Attends !

—Que c'est beau !

Elle s'extasiait devant une vitrine (pourtant célèbre) où l'on exposait des meubles de bois, le plus rare, le plus précieux des matériaux. Ces échoppes étaient parmi les plus connues de la Ceintane. Même à l'âge de Béryliane, je les avais vues maintes et maintes fois.

—Où t'emmène-t-il donc, ton bourgeois, quand il te sort ?

Les yeux de la petite se sont éteints, pareils à une lampe qu'on a soufflée.

—Il m'emmène chez lui.

Elle a ralenti le pas un moment, l'air boudeur. J'ai revu en pensée le brave bourgeois satisfait qui l'avait ramenée à l'Instit, l'autre jour, j'ai imaginé ses mains boudineuses parcourant le corps mince et nu de Béryliane, le corps frissonnant d'une enfant désarmée.

J'ai demandé avec douceur:

—Ton bourgeois, est-ce qu'il te fait...

Elle a eu un rire saccadé.

—Qu'est-ce que t'imagines?

En bande, durant les récréations, il était facile d'évoquer les choses du corps, celles que nous n'osions pas nommer. À l'âge de Béryliane, un grand m'avait raconté ce qu'il arrivait aux filles qui se laissaient trop facilement entraîner dans le réduit sous l'escalier des dortoirs, ou bien derrière le muret du jardin : leur ventre se mettait à gonfler comme un ballon et, quand il était bien gros, bien rond, on ne les revoyait plus jamais à l'Instit. Facile d'imaginer le ventre qui explose, les morceaux d'entrailles répandus partout. Mais pourquoi cela n'arrivait qu'aux filles ? Et les garçons, alors ? Quelle injustice ! Le grand idiot n'avait pas su répondre. Je lui avais flanqué une taloche et l'affaire en était restée là.

Le petit ventre plat de Béryliane avait-il été souillé par la *chose* de son bourgeois, lui qui la conduisait avec des gestes de propriétaire?

Béryliane me regardait sans ciller. L'innocence que je lisais sur son visage m'a fait renoncer. Pourquoi assombrir cette journée de fête ? Allons vers le rempart!

Elle m'a retenue un moment, ses yeux soudain inquiets rivés aux miens.

—Nelle, si tu partais, tu me laisserais pas derrière, hein?

Gênée, je me suis sentie mise à nue par ces yeux.

—Je croyais que tu voulais devenir riche?

Petit front buté...

—Je veux partir avec toi, Nelle.

D'une main hésitante j'ai effleuré ses cheveux, puis je me suis redressée.

—Tu viens?

J'ai essayé de me rappeler le chemin du rempart. Ce n'était pas une destination très excitante pour Béryliane, qui aurait sans doute préféré rester sur la Ceintane. Là, disait-on, à quelque extrémité de la rue que l'on se tînt, on se trouvait toujours au cœur de la ville, aussi loin que possible de la Désolation. *(Ce qui n'était pas exact, évidemment, mais les bourgeois aiment ce genre de certitudes.)* Et puis, sur la Ceintane, peut-être pourrais-je apercevoir Léane par hasard? J'aurais tant voulu que Béryliane fasse sa connaissance, qu'elle oublie son bourgeois!

Mais le rempart m'attirait, j'étais comme un papillon de nuit fasciné par la chandelle qui lui brûlera les ailes.

Le chemin le plus court pour approcher du rempart était la terrasse du Forain, où s'élevaient les édifices neufs des bureaux municipaux. De là, on avait une vue imprenable sur le fleuve – non pas sur la frange brune, mais sur le «vrai» fleuve, mince ruban gris serpentant entre les bancs de sable. Cependant, chaque fois que je m'étais promenée là avec Léane, nous avions croisé quelqu'un de l'Instit, soit le directeur ou le secrétaire du tutorat. Aussi la terrasse du Forain était-elle pour moi un territoire à éviter. Il suffisait, dans mon souvenir, de remonter la rue en pente raide qui venait mourir sur la Ceintane pour atteindre le rempart. Je me trompais, bien sûr.

Il y a eu un premier carrefour. J'ai hésité. Gauche ou droite ? À droite, pour s'éloigner des bureaux municipaux. Je ne me rappelais pas être passée par ici... Encore un tournant et il m'a semblé que les murs se resserraient autour de nous. D'instinct, Béryliane a pris ma main et je ne l'ai pas repoussée. En haut de la pente, nous avons débouché sur une voie plus large et j'ai respiré plus librement. Ouf ! Je reconnaissais les lieux. Il suffisait de remonter l'avenue. On apercevait déjà le haut mur et, au delà, les cônes de scories.

J'ai pourtant hésité encore avant de m'y engager, car les lieux avaient changé. Beaucoup d'immeubles en rénovation sur ce bout d'avenue. Une grue géante (elle faisait au moins quatre étages) pointait son nez vers le ciel ; un éfan actionnait le treuil, d'autres tiraient une charge jusqu'à la plate-forme de montée. En hiver, les pluies torrentielles corrodaient le métal des édifices. Il fallait démonter les plaques protectrices, les refondre, les remodeler, puis tout remettre en place tant que durait l'été. Léane m'avait expliqué tout cela.

Nous nous sommes arrêtées, Béryliane et moi, pour voir travailler les éfans ceints d'un harnais qui leur cisaillait la peau. Ils peinaient dans la poussière du chantier. Sans cesse les lourdes pièces de métal montaient vers les étages supérieurs.

J'ignore pourquoi j'étais restée aussi attachée à ces créatures aperçues sur le port. Peut-être parce qu'elles et moi, nous n'avions pas demandé à naître. Aux éfans, on ne laissait jamais le choix : travailler, peiner toujours, harnachés à leur treuil comme j'étais harnachée à mon pupitre dans la salle de classe. Au lieu de danser dans la cour, je trimais comme un éfan.

Mais les géants de mon enfance ne ressemblaient pas aux éfans de la haute ville. Mon souvenir, bien sûr, les avait grandis.

Les éfans, le port... Si la petite et moi descendions dans la basse ville, si nous marchions jusqu'au bassin d'où provenaient les éfans... En voir naître un, l'approcher avant qu'on ne lui implante la barrière... Empêcher l'implantation de toutes les barrières et, avec nos amis éfans libérés, conquérir Vilvèq, y imposer la liberté...

Béryliane posait des questions que je n'entendais pas. Comme je ne disais rien, elle a pris mon bras et m'a entraînée dans la rue.

—Viens, on va plus près.

Devant nous, un uniforme noir s'est soudain dressé. Béryliane s'est immobilisée net. Notre route était coupée par un milicien au visage dur, un jeune qui ne voulait pas s'en laisser imposer, qui voulait faire la loi.

—Qu'est-ce que vous faites-là, les enfants ?

Les enfants ! Non, mais il ne s'était pas regardé ? Cependant, ce n'était pas le moment de lui chercher querelle, alors qu'il nous fouillait de son regard inquisiteur.

—Je suis apprentie, la petite m'aide à faire des courses.

—Montre-moi ta plaque d'identité.

Nous avons décampé d'un seul mouvement. La petite se maintenait presque à ma hauteur dans la rue en pente. J'ai été étonnée par la rapidité de Béryliane à me suivre, mais le milicien courait vite, lui aussi ; il allait bientôt nous rattraper.

Soudain, un fracas a déchiré le ciel. Je me suis arrêtée et Béryliane m'a heurtée brusquement. J'ai oublié le milicien, le monde autour – tout n'était plus que bruit, grincement de métal tordu, cris et hurlements. Cela a duré une fraction de seconde ou l'éternité puis, comme le temps qui reprend son cours, le monde s'est remis à l'endroit.

Le milicien m'a dépassée, courant droit devant lui sans plus s'occuper de nous. De l'autre côté de la rue, la grue s'était écroulée entre deux immeubles, emportant un échafaudage dans sa chute et, avec lui, les ouvriers qui, dans les hauteurs, travaillaient à fixer les plaques protectrices au mur de l'édifice. Autour des pièces effondrées, des gens affolés criaient des mots indistincts, certains s'agitaient dans tous les sens, d'autres titubaient, en état de choc.

Un ouvrier, qui m'a semblé le seul à avoir gardé son sang-froid, a essayé de faire reculer les badauds accourant déjà sur les lieux. Quelques-uns de ses compagnons ont paru reprendre leurs esprits, ils se sont activés dans les débris. L'immeuble en rénovation n'avait pas été touché, lui, mais il avait l'air nu tout à coup sans la grue qui l'avait flanqué. Autour de la structure écroulée, les ouvriers écartaient les débris, découvrant peu à peu l'éfan qui avait actionné le treuil, emprisonné là-dessous. L'animal poussait de petits gémissements que n'arrivait pas à couvrir le bruit de la foule.

La main de Béryliane a trouvé la mienne, nos doigts se sont serrés.

Sous la structure de métal, l'éfan commençait à s'agiter. Je n'apercevais que son œil gauche qui paraissait fixe, cerclé de rouge. On ne voyait pas de sang. La queue de l'animal demeurait inerte, seule sa tête remuait. Un homme s'est approché, mais il a dû reculer, car la tête de l'éfan se tournait d'un côté et de l'autre, au risque d'écraser les secouristes. Des miliciens ont surgi par dizaines, ils se sont organisés, ont dressé des barrages pour éloigner les badauds, puis certains d'entre eux ont couru vers le boulevard. Des voix criaient des ordres.

Et l'éfan prisonnier est devenu fou. Il s'est mis à donner des coups de tête sur un montant de métal qui émergeait des débris, une pièce d'échafaudage coupée en deux par le poids de la grue et qui offrait une arête coupante comme un couteau. L'éfan s'y frappait la tête avec un effort pénible. Le sang a giclé jusqu'aux miliciens les plus proches qui ont reculé en criant d'horreur. La main de Béryliane est remontée au long de mon bras pour s'accrocher à ma veste, mais la petite n'a pas détourné la tête.

L'éfan s'acharnait à se mutiler, il frappait encore et encore. Sa blessure s'ouvrait sur la chair ensanglantée. À travers les muscles qui se déchiraient, une pièce brillante est apparue, objet étranger que l'animal cherchait, dans sa fureur, à expulser de son corps. L'implant est tombé sur le sol dans un flot de liquide pourpre. Béryliane a poussé un gémissement tandis que l'éfan exhalait un cri de triomphe. Sa tête s'est posée par terre, chair grise dans une mare de sang, et il a cessé de bouger.

J'ai tiré Béryliane en arrière. Nous avons reculé en vacillant sur nos jambes. J'ignore comment j'en ai trouvé le chemin, mais nous avons abouti au parc du Fondateur. La petite s'est appuyée contre un banc pour vomir. Je suis restée près d'elle, bras ballants. Quand elle a eu fini, je me suis penchée pour l'aider à se redresser. Son visage avait les traits tirés, si pâles. J'ai serré la petite aux épaules, plongeant mon regard dans le sien.

—Écoute-moi, Béryliane, on va rentrer à l'Institution, maintenant, mais il ne faudra rien dire de ce que tu as vu, à personne.

Ses yeux n'ont pas cillé, mais sa voix manquait d'assurance.

—Pas même à Micha?

◆

—Inconcevable, inconcevable!

La voix grave du directeur me parvenait et, par la porte demeurée entrouverte, je percevais aussi le timbre aigu d'Hironde. Comme elle devait jubiler, mon ancienne maîtresse, de se voir ainsi réhabiliter par ma dernière frasque ! Il y avait aussi Piar, maître de gymnastique avec qui, pourtant, je m'entendais assez bien, puis Marki, une vieille représentante du conseil municipal. Enfin Abélar, bien sûr. J'entendais leurs voix mêlées, mais je n'écoutais pas. La petite et son visage sans couleur, ses lèvres blanches... *« Je veux partir avec toi, Nelle. »* Ils ne me laisseraient pas la voir, surtout tant qu'elle serait à l'infirmerie.

J'ai regardé mes mains, posées sur les accoudoirs du fauteuil, mes mains calmes qui ne trembleraient pas. Je n'avais pas peur d'eux, ni du châtiment qu'ils pouvaient m'infliger. Qu'ils m'envoient passer des jours dans leur isoloir, ce serait autant de journées de paix et de tranquillité. Qu'ils me surveillent, qu'ils me surchargent de travail, rien de tout cela n'importait – si seulement je pouvais voir Béryliane, lui expliquer que cette horreur, cette laideur qui l'effrayait tant, c'était la ville, c'étaient ces gens, pas la liberté.

Le silence s'étant fait dans la pièce à côté, j'ai tout à coup distingué la voix d'Abélar qui disait :

—Ce genre de châtiment est absurde et barbare. Nelle est presque une adulte. Il vaut mieux tenter de la raisonner.

Qu'est-ce qui lui prenait, à lui, de me défendre ? Je préférais de beaucoup une punition à l'obligation de jurer obéissance ou quelque autre bêtise du même genre. Me raisonner ! Me convaincre qu'il était bon de ne jamais sortir, sinon en étant accompagnée d'un adulte ?

La voix grave du directeur a répondu :

—Cette fille ne peut être raisonnée. Elle n'a aucun sens des responsabilités. Elle n'a pas pensé une seconde qu'elle et l'enfant auraient pu être impliquées dans cet accident.

Comme si j'étais une imbécile ! Bien sûr que j'avais pensé aux conséquences de notre fugue, mais on ne peut tout prévoir. Des adultes avaient été tués dans l'accident, et on ne blâme pas les adultes de circuler seuls sur la voie publique !

Abélar a insisté :

—Je crois tout de même qu'il faudrait lui parler.

Un nouveau silence, qui s'est prolongé un instant, puis la voix du directeur:

—Voilà qui règle la question. Vous êtes en minorité, Abélar.

Et plus fort:

—Nelle, tu peux venir dans le bureau.

Je me suis levée d'un bond, mais je me suis contrainte à un pas mesuré. Ce n'était pas la première fois que je pénétrais dans ce bureau, bien sûr, je connaissais la table nue, le fauteuil droit sans confort – il n'y avait pas d'autre siège, à l'intérieur de cette pièce –, les classeurs beiges, les murs couverts de tableaux sombres dont l'un représentait un bateau parvenu au bout du monde, en train de glisser dans l'abîme avec son équipage accroché à la coque. Le dessin était imprécis, pas même réaliste, cependant il y avait quelque chose de sinistre dans la représentation de cette chute inéluctable.

Ils guettaient mon entrée, les uns avec un œil sévère (Marki et le directeur), d'autres avec la mine satisfaite (Hironde, bien sûr, et le prof de gymnastique – mais qu'est-ce que je lui avais fait, à *lui* ?). Piar tenait d'ailleurs entre ses mains un objet dont j'ignorais la nature, enveloppé dans une couverture qui n'était pas faite de tissu, plutôt d'une matière lisse et souple comme du plastique, sur laquelle les doigts ne glissaient pas. Piar serrait ce paquet contre sa poitrine, et c'est avec méfiance que j'ai fait mes derniers pas dans la pièce.

Abélar, quant à lui, se tenait à l'écart; son visage paraissait fermé, ses yeux m'évitaient. Je me suis arrêtée devant le directeur, puis j'ai croisé les bras sur ma poitrine.

—Vous vouliez me voir?

Le directeur a soupiré:

—Oui. Nelle, il semble que nous ne sachions pas très bien que faire de toi. Tes refus d'obéissance ont épuisé nos ressources. Le conseil scolaire a décidé de te punir chaque fois que tu te rebellerais.

J'ai esquissé un sourire. Allez-y, envoyez-moi à l'isoloir!

Mais le directeur a fait un signe à Piar qui a posé le paquet sur le bureau et l'a déballé avec précaution. C'était une boîte, ou plutôt une épaisse plaque de quatre centimètres d'épaisseur, grise et lisse comme un miroir. À aucun moment Piar n'y a touché directement, il la manipulait à travers la couverture. Le directeur m'a fait signe d'approcher. J'ai obtempéré avec défi, il a montré la plaque.

—Pose tes mains ici, Nelle.

À quoi rimait cette mise en scène? Sans doute à jauger jusqu'où irait ma rébellion. J'ai choisi d'obéir, peut-être dans l'espoir de le décontenancer.

Mes mains n'ont qu'effleuré la surface grise, j'ai bondi en arrière – la surprise ou le choc, difficile à dire. Cela m'avait traversée très brièvement comme si une bille était passée dans mes veines à la vitesse d'un éclair. Le directeur me contemplait toujours de son regard sévère. À nouveau, il a désigné la plaque.

—J'ai dit: pose tes mains ici, Nelle.

Mais je ne pouvais pas!

Mon regard a fait le tour de la pièce. Les autres attendaient en silence. Abélar fixait la plaque. Le directeur a répété mon nom. Je suis revenue vers lui, incrédule. J'ai obéi. Cette fois, mes doigts sont restés collés à la surface grise, la douleur m'a secoué tout le corps et la pièce a disparu à mes yeux aveuglés. C'est Abélar qui m'a tirée en arrière en me saisissant à bras-le-corps à travers la couverture, qui m'a soutenue jusqu'à ce que mes jambes cessent de trembler.

Lorsque j'ai redressé la tête, le directeur m'observait toujours. Si j'en avais eu la force, je lui aurais craché à la figure. Il a dit, tout simplement :

—Cette plaque sera fixée au mur de ta classe. Ton maître s'en servira chaque fois que ce sera nécessaire.

Chapitre 4

La main de Léane a effleuré mon visage. J'ai eu envie de me pincer pour être bien certaine que je ne rêvais pas. Elle avait répondu à mon appel et je n'avais même pas la force de me redresser pour appuyer mon front contre sa poitrine. Elle s'est penchée vers moi, je me suis accrochée à elle.

—Nelle, qu'est-ce qu'ils ont fait de toi ?

Ils n'avaient rien fait de moi parce que je n'avais pas cédé. Ils n'avaient pas réussi à me faire plier, sinon en m'épuisant avec leur engin de torture. J'étais plus têtue qu'eux. Si seulement j'avais eu la force de me lever...

—Léane, emmène-moi loin d'ici.

Elle a hoché la tête et serré mes mains entre les siennes.

—Je ne peux pas, Nelle, je ne suis pas plus libre que toi. Quand tu seras une apprentie...

—Je ne serai pas apprentie !

Abélar et le directeur l'avaient compris avec justesse : qui voudrait de moi ? Moi, je ne voulais de personne.

Léane a esquissé un sourire faux.

—Tu sais ce que tes compagnons de classe vont visiter, la semaine prochaine?

Elle n'attendait pas vraiment de réponse et je n'avais aucune envie d'entrer dans le jeu.

—La Genète. Certains d'entre eux y resteront en stage, pour devenir genétiens.

J'ai haussé les épaules. Elle a eu un léger froncement de sourcils, premier signe indiquant combien mon entêtement altérait sa patience.

—Ça ne t'intéresse pas? Ça ne t'intéresse pas d'en apprendre un peu sur la façon dont on conçoit les enfants?

Je lui opposais le mur de mon visage fermé.

—Et les éfans? Je croyais que tu t'intéressais au moins aux éfans.

J'ai dû tressaillir, car elle s'est penchée un peu plus vers moi, le regard satisfait, certaine de capter mon attention avec ce sujet.

—Ce sont les genétiens d'autrefois qui ont fait évoluer les éfans, tu le sais, ils en ont fait nos amis, nos outils de travail... Mais je ne peux pas t'en dire plus: il y a des tas de choses que seuls un genétien doit savoir.

J'ai dégagé mes mains qu'elle tenait encore.

—C'est trop tard, maintenant. J'ai manqué trop de classe pour aller en stage.

—Toi, si intelligente? Tu pourrais rattraper ça en moins de deux! Nelle, tu n'as qu'à dire...

—Je m'en fiche.

Elle a d'abord pris le parti d'en rire.

—Comment? Où est passée la petite Nelle qui demandait toujours « pourquoi » ? Je n'en crois pas mes oreilles!

Qui comprendrait ma détresse ? La Genète, ce n'étaient que d'autres murs à l'intérieur des murs de l'Instit. À preuve : ceux qui entraient là étaient tenus au silence ; quant à ceux qui travaillaient à l'Annexe, sur le port, on ne les revoyait jamais. Des murs, des grilles, des silences ! Alors que, moi, je voulais danser dans les rues, crier ma liberté.

J'ai répliqué d'un ton qui m'a paru trop enfantin.

—Moi, je voudrais juste me promener quand j'en ai envie et qu'il n'y ait pas toujours quelqu'un pour me dire quoi faire.

—Mais ça viendra, Nelle... Il faut seulement être patiente.

Patiente ? Je n'avais plus de patience. Je ne pouvais plus attendre. Il fallait que je sorte *maintenant*.

La tristesse au fond de ses yeux m'a fait demander tout bas :

—Est-ce qu'il n'y a aucune liberté possible ?

Sa main fraîche s'est posée sur mon front.

—C'est ici, Nelle, c'est dans ta tête qu'existe la seule liberté. Si tu ne peux pas comprendre ça, tu seras toujours malheureuse.

J'ai fermé les paupières. Je comprenais mieux qu'elle ne le croyait, mais ce n'était plus suffisant : il me fallait quitter l'Instit ou mourir.

Je le lui ai dit. Elle a souri, Léane, j'ai deviné ce sourire dans la tristesse de sa voix et j'ai ouvert des yeux incrédules.

—Ma pauvre Nelle... Il faut être raisonnable. Tu te fais du mal pour rien. Je ne peux pas t'aider. Tu dois terminer ton temps à l'Institution et ensuite...

J'ai acquiescé, très vite, pour l'empêcher d'en dire plus, l'arrêter avant qu'elle ne brise tout le respect que j'avais pour elle, toute l'admiration, tout l'amour qui s'était nourri de la confiance que je mettais en elle. J'ai serré les poings en silence.

Léane, Léane, pourquoi m'abandonner ? Ses lèvres ont effleuré mon front.

—Il va falloir que je m'en aille. Tu me promets de guérir très vite ?

J'ai promis tout ce qu'elle voulait et, d'une voix mal assurée :

—Mon amie, Béryliane, ils ne l'ont pas laissée venir me voir...

Un nouveau baiser.

—Je vais arranger ça. Dors, maintenant.

J'ai fermé les paupières sur mes yeux qui resteraient secs. Un froissement de tissu. La porte s'est refermée.

Léane, je t'aimais.

◆

Béryliane est entrée avec le même petit sourire faux, tellement semblable à celui de Léane que j'ai eu pitié d'elle. Depuis des jours, depuis la visite de Léane, Abélar me répétait que Béryliane ne voulait pas venir me voir. Avait-elle peur pour elle-même ou ne pouvait-elle supporter de me voir alitée ? J'allais mieux maintenant. *« Elle ne* veut *pas. »* Je comprenais désormais ce qu'il avait voulu dire.

Elle s'est assise au bout de mon lit. Je me suis redressée sur mes oreillers. J'avais repris des forces, j'aurais même pu retourner en classe, mais le directeur n'y tenait surtout pas.

—Eh bien, comment ça va, la petite ? Qu'est-ce que t'as fait, ces temps derniers, pour être tellement occupée que t'as pas pu venir rendre visite à une pauvre malade ?

Tandis que je débitais ces bêtises, je la regardais pâlir, puis rosir là où s'arrondissaient si joliment ses joues innocentes. Je ne l'avais pas revue depuis notre fugue en ville, des mois auparavant. Elle avait vieilli, Béryliane.

—J'avais du retard à rattraper, si je ne veux pas être placée dans une classe inférieure...

Son regard a brillé dans un moment de défi.

—Et puis, je suis sortie cette semaine. Éridon est venu me prendre.

Son bourgeois ? Comment avait-elle pu retourner auprès de lui ?

—Il a dit qu'il avait des projets pour mon apprentissage. Il est très riche, tu sais.

Un silence, entre nous, un mur de glace qui a fondu tout à coup quand elle s'est écriée :

—Oh, Nelle, pourquoi faut-il que tu t'acharnes contre toi-même ?

Elle est venue près de moi, j'ai pris ses mains et serré ses poignets si fins, si délicats.

—Béryliane, il faut que je parte d'ici. Veux-tu m'aider ?

Elle n'a pas tenté de se dégager.

—Personne ne peut t'aider que toi-même, Nelle. Il faut que tu reviennes à la raison.

Les mêmes paroles que m'avait servies Léane. Non, pas Béryliane aussi ! Pourtant je le savais, bien avant qu'elle entre dans cette chambre minuscule, dans ce confortable isoloir. Je me suis entêtée.

—Tu as dit que tu partirais avec moi.

—Je ne savais pas ce que je disais.

J'ai serré ses poignets encore plus fort.

—Et la liberté, Béryliane, tu n'y as jamais cru?

—La liberté?

J'ai laissé ses poignets, mais elle ne s'est pas éloignée, se contentant de masser l'endroit où mes doigts avaient imprimé leur marque.

—Nelle, je sais où se trouve *ma* liberté, c'est tout ce qui compte pour moi.

—Alors, tu vas vivre ta minable petite vie de bourgeoise sans aucun regret, tu vas être toujours docile, comme si tu portais une «barrière»?

—Pas une barrière, Nelle, seulement un masque. C'est précisément parce que je veux rester libre que je vais porter ce masque.

Elle s'est penchée vers moi, chuchotante:

—Est-ce que tu ne vois pas que c'est le seul moyen ? Mentir, jouer leur jeu, jusqu'à ce que j'aie l'âge de sortir d'ici. Charmer, séduire cet imbécile d'Éridon qui ne demande que ça. Tu sais pourquoi?

J'ai répondu, dégoûtée: pour être riche.

—Exactement. Pour être riche et faire ce qui me plaît. Ma méthode me semble plus sûre que la tienne, tu ne trouves pas?

—Va-t'en.

Elle s'est levée, sans un mot, a traversé la pièce. Sur le seuil, elle s'est arrêtée, les yeux tournés vers moi. La rappeler, la supplier de ne pas m'abandonner à son tour. Qu'elle me prête son masque? Non.

Elle a hoché la tête et la porte s'est refermée derrière elle.

◆

Depuis de longues minutes, je tournoie sur moi-même, je multiplie les bonds, les sauts et les pirouettes par-dessus le lit, faisant ruisseler la sueur sur mon corps avec l'espoir d'épuiser toute l'énergie qui est revenue en moi, avec l'envie de m'effondrer sur le plancher froid et de ne plus jamais, jamais, me relever. Je n'ai pas dansé ainsi depuis qu'ils m'ont retirée du dortoir – j'aimais bien, alors, effrayer les autres filles avec mes roues et mes culbutes, mes entrechats et mes jetés. Cette fois, seule une surveillante a passé le nez par le judas. Elle n'a pas osé ouvrir, bien sûr, elle est allée chercher Abélar.

Il est entré à pas lents.

— Qu'est-ce qui se passe ? Tu es devenue folle ?

J'ai bondi par-dessus le lit et pirouetté autour de mon jeune maître, les bras levés vers le plafond, haletante.

— Je vais bien, je vais très bien, tu ne vois pas ? Je suis en pleine forme, pleine de joie de vivre.

Il m'a saisie aux épaules pour m'immobiliser.

— Ça suffit, arrête.

Je lui ai ri au nez, il m'a giflée. Je suis retombée au sol, d'un coup, comme si le bref contact des mains d'Abélar sur mon corps avait aspiré mes forces hors de moi. J'ai vu la porte se refermer. Voilà, à nouveau seule.

Un instant plus tard, il était de retour, planté devant moi, un verre d'eau à la main. Il était allé calmer la surveillante, la renvoyer au dortoir. Il m'a tendu le verre que j'ai repoussé d'un coup brusque. L'eau s'est répandue sur le plancher. Un rire m'a secoué tout le corps et il m'a fallu un moment pour me rendre compte que je pleurais. Les mains d'Abélar se sont refermées sur ma tête, elles l'ont serrée comme dans un étau. À cet instant, sans doute, il aurait pu me tuer. Je ne lui en aurais pas voulu.

L'étreinte s'est relâchée, il m'a forcée à me redresser. J'ai glissé au sol, lui opposant le poids de mon apathie.

—À quoi tu joues, Nelle ? Tu pourrais encore revenir en classe, terminer l'année... Mais non, il faut que tu bouleverses tout, que tu brises le cœur de ceux qui t'aiment.

—Pas le tien, en tout cas.

Il s'est accroupi près de moi, sur le plancher trempé.

—Si tu ne veux pas écouter ceux que tu aimes, veux-tu écouter quelqu'un que tu détestes ? Reprends tes esprits, Nelle !

Je me suis encore mise à rire et à pleurer, et ses mains se sont à nouveau posées sur mes épaules.

—Tu peux t'en sortir, tu le dois !

Sortir ? J'ai crié :

—Je veux sortir d'ici !

Il s'est relevé et m'a remise sur pied sans ménagement.

—Tu veux être libre ? C'est vraiment tout ce que tu comprends, tout ce qui compte pour toi ? Rien ne peut te faire changer d'idée ?

Une étrange ivresse me tournait la tête.

—Rien !

—Alors, viens avec moi.

Je l'ai suivi, titubante. Hors de la chambre, personne. Il m'a entraînée au rez-de-chaussée, puis par les couloirs jusqu'à la cour centrale. Nous avons traversé le préau dans la plus parfaite obscurité : aucune étoile pour veiller au-dessus de nos têtes, rien que le ciel empli de nuages gris qui se moquaient de moi.

Abélar m'a poussée dans une autre aile, à travers de nouveaux couloirs. Nos pas faisaient peu de bruit sur les dalles. Il me semblait que je pouvais avancer ainsi pour le reste de ma vie, dans des corridors obscurs sur lesquels flottaient une vague odeur de métal rouillé.

Enfin, Abélar a ouvert une porte et je me suis retrouvée dans le parloir du tutorat. Mon maître m'a laissée un instant, je l'ai vu disparaître à l'intérieur du bureau. L'endroit paraissait si étrange, à cette heure, rempli des fantômes de tous les bourgeois, de toutes les bourgeoises qui sont nés à l'Instit, qui en sont sortis pour l'apprentissage, puis qui y sont revenus pour adopter à leur tour leur successeur, lui transmettre un nom, un métier, une vie.

Abélar était déjà de retour, une clé à la main. À nouveau, ses mains dans mon dos m'ont forcée à avancer. Nous sommes sortis dans la cour avant. Telle une somnambule, je me suis approchée de la grille. J'ai pris de profondes inspirations ; l'air frais de la nuit m'a fait du bien. C'était la première fois que je quittais la chambre, depuis ma « maladie », des mois auparavant, des mois qui me semblaient un rêve. Léane, Béryliane...

Je me suis accrochée à la grille, mais aucun cri n'a franchi ma gorge. Soudain, Abélar était près de moi. Je n'ai pas vu son geste, mais la clé a grincé dans la serrure, la grille s'est écartée devant moi. Abélar est demeuré bras ballants.

—Voilà. Tu es libre.

Je l'ai contemplé sans un mot. Libre ?

—Si tu crois que c'est la seule solution pour toi, si vraiment tu crois pouvoir vivre, ou plutôt *survivre* seule, hors de ces murs... Tu es libre, Nelle.

J'ai fait un pas.

Il ne m'a pas arrêtée.

CHAPITRE 5

Je respirais par saccades, à l'écoute du moindre bruit. Derrière moi, la façade de l'Instit paraissait gigantesque, comme un mur d'obscurité qui montait jusqu'au ciel. Pourtant, je connaissais cette rue pour l'avoir empruntée d'innombrables fois. Je pouvais remonter la pente vers le parc du Fondateur... mais comment m'orienter dans ce vaste espace d'ombre ? Il valait mieux longer l'Instit, ce qui me ferait descendre vers les quartiers résidentiels. J'ai fait quelques pas. D'abord, m'éloigner. Ensuite, m'orienter. L'aube ne devait pas être si loin. Tenir jusque-là. Chercher Léane.

Je savais, bien sûr, que le couvre-feu complet était imposé dès la tombée de la nuit. Interdiction de circuler, et le citoyen qui oserait laisser brûler une lampe chez lui serait taxé de manque de civisme. La raison officielle de cette mesure sévère d'économie d'énergie était la rareté de l'huile à lampe. On racontait d'ailleurs que la milice se plaisait à harceler les « mauvais citoyens ». C'est pourquoi chaque maison avait des volets aussi hermétiques que possible. Bien sûr, les volets étaient censés protéger les résidences l'automne, pendant la saison des tempêtes, quand le vent souffle du désert et qu'il plonge Vilvèq dans un épais nuage de poussière. Mais les volets s'avéraient très utiles même en été...

Au dire de nos maîtres, cette mesure d'économie était juste et raisonnable mais, nous les grands, nous ricanions souvent par en dessous, affirmant que la mairie cherchait surtout à raffermir son contrôle sur les citoyens. Comment osait-on interdire aux gens d'agir comme ils l'entendaient dans leur propre demeure ? Aussi, malgré la présence des miliciens patrouillant pour assurer le respect du couvre-feu, je me doutais que je finirais pas apercevoir de la lumière entre les lattes d'un volet.

Mes doigts ont effleuré le mur de pierre. Les bâtiments de l'Instit occupaient la plus grande partie de la rue. Moi qui souhaitais m'en éloigner, tant que je resterais dans cette rue, je me trouverais en vue de ses fenêtres. D'abord, traverser du côté opposé. J'ai avancé dans le vide. Les pavés, sous mes pieds nus, constituaient ma seule ancre dans la réalité. Enfin, j'ai touché le mur d'une maison.

Le trajet m'avait toujours paru très court jusqu'à la rue Garnot, mais les façades semblaient se prolonger à l'infini. Je tâtais les aspérités de la pierre, parfois la surface lisse d'une plaque de métal toute froide, essayant de deviner à quelle distance je me trouvais de l'intersection. Enfin, l'enfilade des murs s'est interrompue, je n'ai plus senti que le vide. J'avais beau scruter l'obscurité, je ne distinguais pas la moindre lueur. Les habitants du quartier dormaient-ils donc tous ? Je devais m'engager dans cette rue si je souhaitais vraiment m'éloigner de l'Instit.

Mais j'avais encore le choix : je pouvais faire demi-tour.

Absurde. Effleurant à peine la façade de la maison qui faisait coin, j'ai résolument avancé dans la rue.

Soudain, un mouvement tout près de moi, un mouvement furtif, une autre ombre de la nuit. Je n'ai pas hésité une seconde : j'ai couru droit devant. Était-ce un rire qui accompagnait ma fuite ?

Mes pas claquaient avec un bruit mou sur la pente que je dévalais. Dans ma course, je croisais des intersections sans m'en rendre compte. Je risquais de me perdre ! Le souffle haletant, je me suis arrêtée, tâtant jusqu'à sentir à nouveau sous ma main le rugueux contact d'un mur auquel je me suis appuyée. J'avais probablement imaginé la présence d'un errant. Quelle bêtise !

Assourdi par les battements de mon cœur, j'ai quand même perçu le bruit de pas cadencé devant moi en même temps qu'une lueur apparaissait au loin. Il ne m'a pas fallu des heures pour comprendre qu'il s'agissait des miliciens : ils portaient des lanternes et progressaient rapidement. Je suis restée collée au mur, puis j'ai reculé jusqu'à ce que je devine une voie qui s'ouvrait dans mon dos. Je m'y suis glissée dans un silence feutré.

Les pas se rapprochaient, rythmés, et la lumière des lanternes avançait avec eux.

J'ai reculé encore, m'enfonçant dans la ruelle jusqu'à sentir l'espace d'un porche où me dissimuler. Je m'y suis rencognée comme si j'espérais y disparaître.

J'ai failli crier, à moins que mes cheveux ne se soient dressés sur mon crâne lorsqu'une main, lentement, a parcouru mon corps. Une main tiède qui me fouillait, effleurait mes seins. Une voix a chuchoté près de mon oreille, avec un rire contenu :

— Quelle rencontre intéressante...

Je suis demeurée immobile, paralysée par la proximité des miliciens qui passaient devant l'entrée de la ruelle. La main a enserré mon bras en signe d'avertissement. Ce n'était certes pas le moment d'appeler à l'aide. Avec mon pyjama réglementaire d'étudiante, je serais aussitôt ramenée à l'Instit.

Les miliciens se sont éloignés. Près de moi, l'autre a exhalé un profond soupir de soulagement et son souffle a effleuré mon front.

— Il faut attendre encore, c'est plus prudent.

La voix était celle d'un homme, quoique assez aiguë. Un homme jeune, qui faisait une bonne demi-tête de plus que moi. J'ai dégagé mon bras d'un mouvement brusque.

— Me touche pas.

Un rire silencieux :

— Allons, il faut pas avoir peur. Qu'est-ce que tu fais là ?

Quand il a bougé, un pan de tissu a effleuré ma main. Il devait porter un manteau ample ou une cape. J'ai chuchoté, avec l'impression d'être vaguement ridicule, que je cherchais une amie appelée Léane et qu'il me fallait la trouver cette nuit.

—Comme c'est amusant ! Je peux t'aider, mais c'est Léane qui ?

Léane qui... Elle ne me l'avait jamais dit. Je suis restée silencieuse. Pour répondre à la question, il aurait fallu que je mente – mais à quoi bon inventer un nom qui n'aurait servi à rien pour retrouver ma Léane ? La voix de l'autre a montré une pointe d'impatience.

—Il peut y avoir des tas de « Léane » en ville, même la mairesse s'appelle comme ça ! Connais-tu au moins le métier de la tienne ? Elle est marchande ?

Sidérée, je me rendais compte que j'ignorais tout de ma bourgeoise. Ensemble, nous avions arpenté la ville, mais jamais elle ne m'avait parlé de son métier, de ses affaires, jamais elle ne m'avait montré un immeublc en disant « C'est là que je travaille » ou « C'est là que j'habite. »

Je cherchais une bourgeoise perdue dans la multitude, mais je n'ai pas soufflé mot et l'autre a repris :

—Allons, dis-moi au moins ton nom, à toi.

J'ai dit « Nelle », tout en sachant que mon compagnon d'obscurité ne s'en satisferait pas. Pour que j'aie un nom complet, il aurait fallu qu'un bourgeois ou une bourgeoise m'adopte, faisant ainsi de moi une citoyenne à part entière. Sans patronyme, je n'étais personne. J'ai attendu, comme on regarde venir une catastrophe, que l'autre s'en rende compte. Il a insisté :

—Nelle comment?

Il s'est tu. L'ombre de la vérité venait de l'effleurer. Il a tâté mes vêtements et sa voix s'est faite soupçonneuse.

—Tu ne te serais pas enfuie de l'Institution, par hasard?

Et après? Il n'allait pas rameuter la patrouille, n'est-ce pas? Je me suis redressée contre le mur.

—Je ne me suis pas enfuie: mon maître m'a ouvert la grille du tutorat pour se débarrasser de moi.

—Quelle drôle d'histoire! Personne n'a jamais quitté l'Instit dans ces conditions! Bon, si nous allions prendre un verre? Tu vas me raconter tout ça.

Il se rendait chez des amis quand il avait entendu venir la patrouille. J'ai sauté sur l'occasion. De toute manière, je ne savais pas où aller. Et peut-être, parmi ses amis, trouverais-je quelqu'un pour m'aider à localiser «ma» Léane.

Il m'a entraînée, serrant ma main dans la sienne. Nous nous sommes coulés au long des murs, de ruelle en ruelle, nous arrêtant parfois, le temps de nous orienter. Mon guide comptait ses pas. Il progressait par à-coups dans la nuit, en quête d'un repère qu'il daignait parfois m'indiquer, la forme d'une pierre d'angle, un trou dans les pavés. Il connaissait le chemin par cœur pour l'avoir souvent parcouru après le couvre-feu.

Dans ma fuite, la surprise et la peur m'avaient fait perdre complètement le sens de l'orientation. Je savais que je ne m'étais pas beaucoup éloignée de l'Instit, tout à l'heure, car j'avais amorcé une boucle qui m'aurait ramenée sur mes pas. Maintenant, où m'entraînait mon guide inconnu, je l'ignorais. Lui, du moins, le savait.

À un moment, nous sommes passés devant un volet mal assujetti qui laissait filtrer une faible lueur. J'ai distingué de mon guide une chevelure pâle, un profil aux traits doux, mais déjà il m'entraînait plus avant d'un pas assuré.

À nouveau, il s'est arrêté mais, cette fois, ce n'était pas pour se repérer. J'ai senti le mouvement de l'air quand il a levé la main pour frapper. Trois coups brefs, deux coups longs ont résonné sur une surface métallique. Soudain, un carré de lumière s'est découpé dans la nuit, aveuglant. Je me suis protégé les yeux de la main. Plissant les paupières, j'ai distingué le judas dans lequel s'encadrait un visage blanc.

—Ah, c'est toi, Tomir, a fait une voix. T'es en retard.

Mon compagnon n'a pas répondu. La porte s'est écartée pour nous laisser entrer. J'ai fermé les yeux, éblouie par la lumière des lampes. La voix au visage blanc s'est exclamée:

—C'est une bonne idée, ça, un vieux costume de l'Instit!

Mon compagnon, que notre hôte appelait Tomir, a répliqué:

—Moi, je trouve pas ça drôle du tout, je préférerais qu'elle se change. Il doit te rester quelques fripes?

La vue m'étant redonnée, j'ai pu contempler les deux interlocuteurs. Sa cape retirée, Tomir apparaissait dans une longue robe bleue couverte de paillettes. Il était jeune, comme sa voix me l'avait indiqué, un jeune et riche bourgeois si j'en croyais sa tenue. Son ami semblait plus âgé, quoique son visage grimé de blanc ne donnât pas beaucoup d'indices sur son âge. Il portait un drôle de costume bigarré : une tunique en lamé d'un vert très vif sur un pantalon rouge. Ses cheveux étaient teints en mauve ; sa panse rebondie indiquait qu'il ne devait jamais souffrir de la faim. Tomir, lui, était mince et plutôt séduisant. J'ai pouffé de rire en détaillant les deux hommes. Tomir m'a poussée en avant.

Nous étions dans un vestibule qui embaumait délicieusement, une odeur à la fois chaude et sèche, un peu citronnée. Je n'avais senti cette odeur qu'une fois dans ma vie, dans une boutique où j'étais entrée en compagnie de Léane, mais je m'étais juré de ne jamais oublier la senteur du bois ciré. Des murs couverts de bois ! Je savais que notre ville recelait des richesses, mais à ce point !

Derrière les cloisons, je percevais de la musique, des éclats de voix. Nous sommes passés dans un couloir où le bruit augmentait, en provenance d'une grande pièce sur la gauche. Tomir m'a entraînée de l'autre côté – son ami ne nous a pas suivis –, dans une chambre où trônait un lit énorme couvert de manteaux et de chapeaux.

Devant le mur de pierre nue se dressait un grand miroir dans lequel je me suis aperçue pour la première fois depuis très longtemps. Je suis restée un moment sans bouger, à fixer mon image que je ne reconnaissais pas. Dans mon pyjama fripé, mes bras paraissaient démesurés, si longs, si maigres !, mes cheveux tombaient raides de chaque côté de ma tête. Je me suis rendu compte que Tomir me contemplait aussi, le visage moqueur.

— Pas très joli, hein ? Si on te donnait un peu de couleurs ?

Il m'a fait asseoir, a pris des pots sur une commode et a entrepris de me grimer le visage. J'ai protesté, pour la forme – je n'étais guère en position de refuser de l'aide, quelle qu'elle soit –, puis mon regard s'est abaissé jusqu'au plateau métallique du meuble que d'autres utilisateurs avaient maculé de poudre. Enchanté par ce geste de résignation, Tomir a longuement brossé mes cheveux, les nouant derrière ma tête avec un ruban rose. Puis il a fouillé dans la penderie pour en tirer des « fripes », une longue robe aux paillettes jaunâtres semblable à la sienne, que j'ai enfilée par-dessus mon pyjama avec un certain soulagement avant de m'admirer dans la psyché.

Aux murs de pierre étaient accrochés des loups de diverses couleurs. Leur vue m'a soudain rappelé Béryliane, dans ma chambre... *« Je porterai un masque. »* Tomir m'a entraînée hors de la pièce.

Nous sommes entrés dans la salle éclairée aux flambeaux. Des ombres dansaient sur les murs tendus de tissu, le sol était jonché de coussins moelleux, l'air lourd empli de fumée. Dans un coin, deux jeunes gens jouaient de la flûte, un autre de la harpe. Tous étaient costumés – des tissus brillants aux couleurs vives –, la plupart maquillés. Une voix de femme s'est écriée :

— Voilà Tomir et sa nouvelle !

Celui qui nous avait ouvert tout à l'heure s'est approché.

—Oui, et ils viennent de passer un très long moment seuls dans la chambre.

Il y a eu des rires. Nous nous sommes installés sur les coussins et quelqu'un m'a mis un verre doré entre les mains. Sous mes doigts, j'ai senti des formes en relief que je n'ai pas eu le temps d'examiner, car une silhouette féminine s'est glissée près de moi.

—D'où tu sors, toi?

La voix était pâteuse. Je me suis tournée vers Tomir, mais il ne semblait plus se préoccuper de moi, alors j'ai haussé les épaules.

—Je ne sors de nulle part.

La femme a ri, m'a demandé mon nom. J'ai répliqué que je m'appelais Nelle, mais qu'elle ne me demande surtout pas «Nelle comment».

—On ne demande jamais ça ici, voyons.

Et pourquoi, puisque Tomir, lui, ne s'était pas gêné, tout à l'heure? Je n'ai pas posé cette question. Inutile d'insister sur le fait qu'on ne m'avait pas encore attribué de patronyme.

Aurais-je été tentée de révéler mon état de fugueuse, qui s'en serait soucié? Il régnait, dans la pièce, un parfum de conspiration et de vin. Ces gens prenaient manifestement beaucoup de plaisir à se réunir aux heures où il était interdit de circuler. Je comprends, maintenant. Dans notre cité refermée sur elle-même, tournant le dos au désert, quel motif de réjouissance reste-t-il aux citoyens, sinon d'adresser un pied de nez à leurs propres lois?

—Tu bois pas?

La main de la femme, délicate, s'était posée sur mes doigts qui tenaient la coupe. Encore une fois, l'image de Béryliane est montée en moi, comme de très loin. Est-ce qu'Éridon l'emmenait chez des amis ? La vêtait-il de beaux habits, coiffait-il ses cheveux ? Hommes et femmes, ici, paraissaient couverts de bijoux et leurs vêtements brillaient de mille feux. Il y avait là assez d'or et de lumière pour éblouir une enfant.

J'ai bu, bien sûr, pour échapper à l'étreinte de cette femme.

Ils ont discuté des élections à venir. J'en avais entendu parler à l'Instit. Abélar nous avait expliqué. L'un d'entre eux votait pour la première fois et ils se sont moqués de lui. Un finissant, un apprenti ? Dans ce cas, je le connaissais sans doute, je l'avais certainement aperçu lorsqu'il était encore à l'Instit. Je n'ai rien dit, mais je me suis demandé si lui ne risquait pas de me reconnaître. J'ai effleuré l'épais maquillage que Tomir avait appliqué sur mon visage. Il y avait peu de chance qu'il identifie mes traits sous pareille couche de fard.

J'ai bu encore, ri avec eux et réussi à ne pas répondre aux questions. Ils ont parlé de la patrouille, alors j'ai demandé pourquoi prendre le risque d'être appréhendé, pour le seul plaisir de cette sauterie nocturne. Quelqu'un a répliqué :

— Où t'es née, toi ?

À la Genète, bien sûr, comme tout le monde, la Genète où avait été conçu chacun de mes concitoyens. Je connaissais l'endroit, je n'étais pas une enfant.

—Fabriquée conforme au modèle de l'année ! a ironisé un garçon. T'as grandi à l'Instit, ensuite t'es entrée en apprentissage chez un bon bourgeois en espérant qu'il t'adopte, mais t'es encore à l'Instit, quoi que tu fasses, y a toujours un surveillant pour guetter tes moindres gestes.

J'aurais pu répliquer que je n'étais précisément pas une apprentie, mais le vin rendait mon élocution moins facile. D'ailleurs, ce garçon disait vrai : avais-je vraiment quitté ma prison ? Derrière les murs de Vilvèq, rien d'autre ne m'attendait que le désert, aucune issue possible, aucun lieu où trouver refuge. La liberté, quelle bêtise ! J'ai demandé, la bouche molle :

—Vous autres, z'êtes plus des apprentis ?

Une fille s'est levée (un peu trop brusquement, car elle a vacillé). Les autres ont ri, l'ont soutenue, et elle a pu lancer sa harangue.

—Sœur, t'es ici dans le club des affranchis ! Nous, on a eu la chance de voir crever nos bourgeois pendant qu'on est assez jeunes pour jouir de la vie, alors, par la poussière du désert infini, on en jouit !

—Oui, ai-je bredouillé au travers des vapeurs de l'alcool, vous fêtez en attendant d'être obligés de choisir l'apprenti qui va prendre votre place...

Ils ont ri, certains d'un rire jaune, d'autres d'un rire idiot, et je ne me souviens plus très bien du reste.

◆

On me secouait avec rudesse et j'ai dit : « Laisse-moi dormir, Abélar. » Une nouvelle punition ? Ma tête si lourde, si douloureuse, les sons y résonnaient tel un écho. Puis, tout m'est revenu d'un coup : la grille ouverte, la patrouille, Tomir, ses amis... Je me suis redressée. Les autres se secouaient aussi, s'étiraient, bâillaient, certains riaient. Les instruments de musique gisaient sur le plancher, les musiciens avaient disparu ou se confondaient avec la masse de corps qui s'entremêlaient sur les coussins. Tomir était debout près de moi, planté solidement sur ses jambes. Je me suis frotté les yeux.

—Allons, Nelle, il faut s'en aller.

—S'en aller où ?

Tomir ne savait pas, bien sûr, il ne pouvait pas ramener chez lui une fugueuse de l'Instit, ni me confier à aucun de ses amis. Du reste, lequel parmi ces « affranchis » prendrait le risque de devoir un jour s'expliquer avec la milice ?

—On va bien voir. Allons, lève-toi, paresseuse.

Une vague nausée m'est montée à la gorge. Je ne savais pas si j'avais faim ou envie de vomir, mais il me semblait que je ne pourrais rien avaler. Je me suis mise sur pied avec peine. Tomir m'a pris le bras pour me soutenir. À nouveau le couloir, éclairé par les flambeaux éteints. J'ai voulu inspirer à fond pour emmagasiner l'odeur du bois dans ma mémoire, mais la fumée qui me piquait les yeux m'a aussi obligée à tousser. Par la porte maintenant grande ouverte, quelques couples frissonnants et titubants sortaient dans la rue. Une lueur rose pâle teintait le ciel. J'ai frissonné moi aussi dans l'air frais et j'ai resserré la robe autour de moi. La robe ! Ne fallait-il pas la rendre à son ami ? Tomir a haussé les épaules. Cela n'avait donc pas d'importance pour eux, étaient-ils si riches ? « Rien à voir avec la richesse », a marmonné Tomir. Je crois qu'il dormait encore à moitié, malgré son allure solide. Est-ce qu'il portait un masque, lui aussi, un masque de solidité ? Cela, je ne le lui ai pas demandé. Le groupe déjà dispersé déambulait sans se presser lorsque soudain des cris ont retenti, aigus dans l'air vif. Tomir a laissé mon bras.

— Cours !

Des miliciens bloquaient les deux extrémités de la rue. J'ai vacillé sur place et Tomir, de toute façon, n'est pas allé très loin. Lui et ses amis ont été refoulés, troupeau docile et compact qui s'est formé autour de moi. Les miliciens avaient le visage moqueur, pas du tout menaçant. Je n'ai pas eu peur. Après tout, ils ne nous feraient pas de mal. Ils nous ont poussés en avant.

Tomir se trouvait trop loin de moi, je n'ai pu lui parler. J'ai chuchoté à quelqu'un :

— Qu'est-ce qui va se passer ?

L'autre a haussé les épaules.

— Comme d'habitude, c'est le « nettoyage ». Faut pas t'en faire, on sera pas longtemps en bas.

— En bas ?

Nous avons marché un moment en rangs désordonnés, serrés les uns contre les autres. Nous avons pris la Côte. Quand nous sommes passés à proximité de l'Instit, j'ai rentré la tête dans les épaules, m'efforçant de me faire toute petite. Mais il était trop tôt pour que le gardien soit à son poste et, de toute manière, qui m'aurait reconnue sous ma robe et mon maquillage ?

La lente montée s'est poursuivie jusqu'au porche, jusqu'à l'entrée du grand escalier.

En bas... Ils n'allaient pas nous obliger à descendre ? Il fallait que je trouve Léane !

Mes protestations n'ont pas franchi mes lèvres. Si j'attirais l'attention des miliciens, c'est à l'Instit que je serais conduite. Comme je ne pouvais pas m'échapper, il valait mieux rester discrète. Suivre le groupe.

Nous avons été bousculés, jetés en avant, il y a eu des cris de protestation indignée, mais tout le monde a fini par traverser les barrières. Certains ont dévalé l'escalier en riant. Moi, j'espérais toujours rattraper Tomir.

Sur le palier, après l'autre porche à l'odeur aigre, un groupe de miliciens nous a laissés passer, formant une haie de chaque côté de nous. À l'instar de mes compagnons d'infortune, je me suis arrêtée au sommet de l'escalier suivant, contemplant le quartier en contrebas, ces paliers aux maisons dotées de renfoncements que j'avais découverts autrefois en compagnie de Léane.

Les amis de Tomir se félicitaient, ils lançaient des remarques ironiques et se poussaient les uns les autres sur les degrés. J'ai accosté l'un d'entre eux, l'agrippant par la manche de sa veste.

—Où est-ce que vous allez comme ça ?

—Chez le préfet de la basse ville, pour qu'il nous fasse rapatrier.

Pendant quelques secondes, je suis restée accrochée à ce garçon indifférent.

—Qu'est-ce que tu veux dire ?

—Ben, on a pas nos plaques, mais le préfet va vérifier notre identité et nous faire remonter, c'est toujours comme ça que ça se passe. C'est la première fois que ça t'arrive ?

J'ai acquiescé, mais j'avais déjà laissé son bras et il ne se préoccupait plus de moi. Bien sûr, eux étaient des bourgeois. Ils possédaient un métier, un statut. Ils représentaient une certaine valeur aux yeux des autorités qui se chargeraient de les ramener là-haut. Mais moi ? Si j'allais demander à ce que l'on contacte Léane... *« Léane qui ? »*, répliquerait le fonctionnaire.

Je suis restée derrière, à les regarder disparaître dans la rue étroite bordée de commerces. Ils savaient exactement ce qu'ils allaient faire, à quel endroit il fallait se rendre et ce qui arriverait ensuite. Ils avaient un patronyme, une vie.

J'ai rebroussé chemin à pas lents, palier après palier, jusqu'au porche. Les miliciens m'ont jeté des regards suspicieux. Quand je me suis approchée, l'un d'eux a pointé son arme vers moi. Je n'avais encore jamais remarqué que les miliciens portaient des fusils. Si j'en avais jamais vu, je ne m'en souvenais pas. Mais quels souvenirs conservais-je des miliciens ? Lorsque je me trouvais en compagnie de Léane, aucun d'entre eux ne s'était jamais montré menaçant ou même impoli.

— Ton laissez-passer ! a jeté un des hommes.

J'ai reculé, me suis détournée. La basse ville s'offrait à moi. J'ai évoqué la présence de Léane, sa voix, ses gestes. Mes pas ont cherché le chemin d'autrefois.

Je me souvenais d'avoir emprunté l'interminable esplanade qui menait au port. Au retour, nous étions passées par la place du marché. De quel côté était-ce ?

Des ombres s'allongeaient encore dans les rues étroites. Comme autrefois, la plupart des maisons avaient les volets clos. Les lieux paraissaient encore plus déserts que dans mon souvenir. Pas absolument déserts, pourtant : des rats ont fui à mon approche. Puis un claquement de métal m'a fait sursauter et un volet s'est mis à monter. J'ai accéléré le pas, comme si je craignais un accueil hostile.

J'avais opté pour la rue qui me semblait descendre directement vers le fleuve, mais elle ne se rendait pas jusqu'à l'esplanade. Au bas d'une pente douce, la voie virait soudain à angle droit. Je me sentais prisonnière entre les hautes façades aveugles, je trébuchais contre les pavés inégaux. J'ai porté une main au col de ma robe, le resserrant en un geste machinal, comme si mon déguisement allait me protéger contre les habitants de la basse ville.

J'hésitais, me demandant si je ne devais pas revenir sur mes pas et demander mon chemin à l'un des miliciens, quand j'ai soudain perçu un mouvement, loin devant moi : un éfan traversait péniblement la rue dans laquelle je me tenais. Il semblait venir de plus bas, sur la droite, et montait ce qui devait être une ruelle transversale. Selon toute vraisemblance, l'éfan venait du bassin où il habitait. Du port.

Je me suis dirigée vers lui. Bien que lent, l'éfan avait disparu quand j'ai atteint l'intersection. Tournant la tête à gauche, je l'ai vu poursuivre sa route. La ruelle qu'il remontait débouchait, de ce côté, sur la grand-place. J'ai réprimé l'élan qui me poussait dans cette direction. À cette heure, nul marchand ne s'y trouvait, l'endroit n'avait rien en commun avec le bruyant marché où Léane m'avait conduite. J'y reviendrais plus tard. Qui sait, peut-être tomberais-je par hasard sur ma bourgeoise ?

Pour le moment, j'aspirais à revoir le port. Et si le bateau du Voyageur se trouvait à quai... Et si je l'abordais, si c'était au Voyageur lui-même que je demandais de l'aide ? Je me voyais déjà réalisant mon vieux rêve, montant sur le navire en partance pour... je ne savais où.

J'ai donc pris à droite dans la ruelle formée d'une volée de marches. Tout de suite, j'ai pu constater que je ne m'étais pas trompée. Au loin, j'apercevais l'esplanade déserte et, au delà, la frange brune bordant le mince ruban gris du fleuve.

Toute à ma satisfaction, je ne me suis pas rendu compte qu'un homme se trouvait dans la ruelle. Appuyé à un mur, il a reniflé brusquement, me faisant prendre conscience de sa présence. Il m'a dévisagée d'un air mauvais, puis il a craché sur le sol. J'ai détourné les yeux, hésitant à rebrousser chemin. Où irais-je ? Là-haut, la place était encore déserte (à part peut-être l'éfan qui montait tout à l'heure). Rien n'empêcherait cet homme de me suivre. Il valait mieux affecter l'indifférence, comme si j'étais vraiment une bourgeoise.

Quand je suis parvenue à sa hauteur, il a tendu la main vers moi.

—Donne-moi ton linge.

J'ai sursauté, interloquée. Non, mais ! Pour qui se prenait-il ?

J'ai vu son poing se fermer et je n'ai pas attendu qu'il me frappe. Relevant le bas de ma robe, j'ai filé à toute allure. Derrière moi, l'homme a crié des mots que je n'ai pas compris, mais qui n'avaient rien de tendres, cela, j'en suis certaine. Au pas de course, j'ai débouché sur l'esplanade, mais je ne me suis pas arrêtée avant d'avoir mis une grande distance entre cet homme et moi.

Il ne m'a pas suivie, bien entendu. À bout de souffle, j'ai pu interrompre ma fuite et laisser les battements de mon cœur se calmer. J'ai contemplé le fleuve ou, du moins, ce que j'en apercevais au milieu de la vaste étendue boueuse et malodorante.

J'ai repris ma route et marché, plus lentement, jusqu'au port, rêvant à ce que j'allais dire au Voyageur pour le convaincre de m'aider.

Au bout de l'esplanade, le bassin m'est apparu. Vide. Enfin, pas exactement vide, car il s'y trouvait bien sûr les petits voiliers de pêche – mais ce n'était pas ce genre de bateau qui m'intéressait.

J'ai poussé un gémissement désespéré, mais je me suis arrêtée aussitôt. D'accord, le bateau du Voyageur n'était pas à quai, mais il viendrait bientôt, j'en étais certaine. Je saurais bien me débrouiller dans la basse ville d'ici son arrivée. Du regard, j'ai fait un tour d'horizon. L'édifice de la Genète se dressait tout au sommet de la falaise. J'ai serré la mâchoire, résolue. Jamais je ne retournerais là-bas.

Plus près, au niveau du bassin, les entrepôts s'appuyaient les uns aux autres, comme si aucun d'entre eux n'aurait tenu debout sans le soutien du voisin. Les larges portes ouvertes laissaient voir des éfans au travail, entourés d'humains. Les débardeurs chargeaient des chariots que les éfans s'apprêtaient à tirer – pour aller où, sinon vers les étals des marchands ?

Si j'avais réfléchi un peu, sans doute aurais-je compris le sens de ce que je voyais. Les entrepôts étaient pleins, on entreprenait à peine de monter les marchandises vers la haute ville : cela signifiait que le navire du Voyageur venait tout juste de repartir. L'étroitesse du ruban liquide que nous appelions le fleuve était un autre indice que la saison sèche commencerait bientôt. Aucun navire, fût-ce celui du Voyageur, ne pourrait approcher du port avant longtemps.

Plongée dans mon rêve, je n'étais pas en mesure d'interpréter tous ces signes. Je croyais l'activité du port perpétuelle. Je ne songeais pas à la distance que le navire parcourait entre chacune de ses visites. Je pensais qu'il reviendrait très vite.

Bon. En attendant, je devais revenir à ma première idée et trouver un moyen de contacter Léane. Elle seule était désormais en mesure de m'aider à regagner la haute ville. Si je décidais de regagner la haute ville...

Attelé à un chariot, un éfan a entrepris une lente marche vers l'esplanade. Je l'ai observé, fascinée par les mouvements souples de son corps énorme. Dans l'air froid du matin, sa peau luisait déjà de sueur. Les moignons de ses bras et de ses jambes battaient le sol avec un son mat. Son œil noir m'a fixée au passage. Il m'a paru intrigué, surpris.

C'est drôle, malgré toute la fascination que j'avais éprouvée durant mon enfance à l'égard des éfans, je ne m'étais jamais demandé s'ils ressentaient quelque chose, s'ils avaient conscience du fait qu'ils étaient nos esclaves, et ce qu'ils pensaient de la situation s'ils possédaient quelque intelligence. Léane m'avait dit d'eux: «Ils sont nos amis», et cela signifiait, à mes yeux, qu'un éfan était plus qu'un animal, mais jamais je n'avais réfléchi à ce qu'ils étaient vraiment. Pourtant... L'éfan impliqué dans l'accident de la grue s'était suicidé. Je n'avais pas rêvé, je l'avais vu, ce jour-là, se débarrasser de son implant. J'en avais conclu qu'il souhaitait mourir libre – parce que j'étais moi-même en quête d'absolu?

L'éfan s'est éloigné sur l'esplanade et je lui ai tourné le dos avec un haussement d'épaules. Plus tard, les questions. Cette fois, je devais admettre que la faim tiraillait mon estomac. Cela prendrait du temps avant de trouver Léane. Il fallait bien que je me nourrisse en attendant.

Le quai, à l'endroit où j'avais vu jadis le navire du Voyageur, était bordé d'une série de bittes d'amarrage. Un vieil homme était assis sur l'une d'elles, impassible. Il m'a regardée venir sans bouger. J'ai demandé, intimidée, s'il connaissait un endroit où je pourrais échanger mes vêtements de soirée contre de la nourriture. Après tout, si l'homme avait voulu me les prendre dans la ruelle, tout à l'heure, ils devaient avoir une certaine valeur.

Le vieil homme a désigné des édifices en pierres moins élevés que les entrepôts voisins. Des tavernes. J'ai remercié avec gravité et pris la direction indiquée, choisissant l'établissement le plus proche.

Le bâtiment possédait deux portes : l'une de dimension humaine, l'autre grande comme celles des entrepôts, surmontée d'un morceau de tôle qui formait un large auvent. À travers les vitres sales, j'ai distingué des tables. Sur l'une d'elles, la forme ronde d'une assiette. L'enseigne qui se balançait au-dessus de la petite porte annonçait : « Taverne Bardassier ». Je suis entrée.

L'intérieur m'a paru obscur, mais j'ai distingué tout de suite des silhouettes. Malgré l'heure matinale, l'endroit était déjà achalandé. Il y avait des débardeurs en bleu de travail et d'autres hommes aux vêtements d'ouvriers. Un grand comptoir meublait le fond de la salle ; des tables couvraient presque tout le plancher au revêtement de grès ; la poussière crissait sous les pieds des clients.

La grande porte qui donnait à la taverne son allure d'entrepôt se trouvait séparée de la salle par une cloison basse. De l'autre côté, se devinait le sommet d'une pompe à eau, de grands tonneaux et des seaux empilés. Une forte odeur de poisson flottait dans l'air, mêlée à celle plus douce du pain grillé. J'ai senti ma bouche s'emplir de salive.

Dans la grande salle, mon entrée n'est pas passée inaperçue, les clients m'ont dévisagée, surpris. Je suis restée un moment immobile, hésitante, au centre de l'attention générale. Un gros homme se tenait derrière le comptoir. En me voyant, il a essuyé ses mains sur son tablier d'un blanc douteux, puis il est venu vers moi d'un pas lourd, le visage rébarbatif. Visiblement, je n'étais pas la bienvenue dans cet endroit. Mais où aller ?

J'ai demandé, d'un ton que je voulais ferme, s'il connaissait un endroit où je pourrais échanger mes vêtements de soirée contre de la nourriture, et si possible contre des vêtements de travail. Il n'a pas paru trop étonné de ma requête, même si son visage restait aussi grognon. Du doigt, il a désigné un coin de la salle que mes yeux n'avaient pas encore exploré. Il s'y trouvait des hommes que je n'avais pas remarqués, deux clients installés autour d'une table bien garnie.

L'un portait des vêtements usés de manœuvre alors que l'autre était vêtu d'une tunique mauve légèrement pailletée. Ses jambes musclées, moulées dans un pantalon pâle, émergeaient de sous la table dans une pose nonchalante. Il m'a déshabillée du regard avec un sourire amusé. Ses vêtements, son allure... C'était manifestement un bourgeois. Je me suis donc dirigée vers lui pour répéter ma requête.

—Je voudrais vendre mes vêtements...

Le bourgeois a levé deux doigts. Je me suis tournée vers le tavernier qui m'avait suivie, et j'ai demandé combien cela signifiait en nombre de repas. Le tavernier a bougonné:

—Pour un quart de piastre, je te donne une soupe et un morceau de pain.

Deux piastres, cela voulait donc dire facilement trois jours de nourriture. Ce n'était pas beaucoup, mais cela me laissait du temps pour... Pour quoi, au fait ? Organiser mon existence ? J'ai promené autour de moi un œil méfiant. Les autres clients m'observaient toujours, pleins de curiosité. Comment savoir si la transaction était équitable ?

Quelqu'un interviendrait-il pour m'aider ? Apparemment, je devais apprendre à me débrouiller seule.

J'ai protesté : deux piastres, ce n'était pas beaucoup ; il me fallait aussi des vêtements de travail. Le bourgeois a acquiescé, puis il a fait un geste de la main et un jeune homme a surgi derrière lui.

— Maître ?

Le nouveau venu avait un visage étroit, allongé par la tresse blonde nouée haut sur sa nuque et qui battait son dos au gré de ses mouvements. Il était apparu avec une vive agilité, vêtu de vêtements de travail que ne tachait cependant aucune sueur. Ses yeux pâles m'ont évaluée rapidement – je me suis sentie pesée et comptabilisée en une fraction de seconde – puis, attentif, son regard s'est reporté vers le bourgeois qu'il avait appelé « Maître ».

— Reyne, emmène cette fille choisir des vêtements et prends sa robe.

Le jeune homme a acquiescé sans un mot et je l'ai suivi. Nous sommes passés derrière un rideau qui dissimulait une porte donnant sur un couloir étroit et sombre. D'autres portes ouvraient sur ce corridor. Le dénommé Reyne a poussé un battant et nous avons pénétré dans une petite pièce aux murs sans ornements où s'amoncelaient des caisses jusqu'à la hauteur des étroites fenêtres.

Reyne a fouillé un moment dans une caisse dont il a extrait un pantalon déjà usé, un chandail qui semblait assez chaud et une tunique de toile grise. J'ai retiré la robe pailletée, remerciant tout bas Tomir et son ami de m'avoir procuré cette monnaie d'échange. En voyant mon pyjama institutionnel, Reyne a levé un sourcil, mais il n'a rien dit. J'ai gardé le silence également.

J'ai hésité – je n'allais pas me déshabiller devant lui –, puis j'ai fini par enfiler mes nouveaux vêtements par-dessus le pyjama. Quand j'ai quitté la pièce, Reyne a suivi, ma robe sur le bras. J'ai tendu la main vers le bourgeois. Il a hoché la tête et déposé dans ma paume huit pièces d'un quart.

Je me suis installée à une table, le plus loin possible de mon acheteur. Le tavernier est venu poser devant moi un bol et un quignon de pain. Ses gestes étaient un peu brusques – le bol a tinté en heurtant la surface dépolie de la table –, mais la soupe fleurait bon les légumes. Je me suis forcée à ne pas manger trop rapidement.

Tous ces regards qui pesaient sur moi... Je me sentais engourdie, comme si ces lieux, ce temps, étaient un songe. La chaleur de la nourriture dans mon estomac semblait la seule réalité valable. Manger, dormir, voilà qui constituerait mes préoccupations à venir.

Comme j'épongeais le fond du bol à l'aide du morceau de pain, le tavernier est venu vers moi. Je lui ai tendu une pièce, croyant qu'il venait réclamer son dû. Il a pris l'argent, mais a pointé du menton la table du bourgeois.

—Mon client donnerait bien dix piastres pour passer une heure avec toi.

La chaleur m'est montée au visage. Dix piastres ! J'ai calculé combien de jours de nourriture cela représentait, flattée qu'un bourgeois m'ait jugée assez attirante pour lancer cette proposition.

J'ai secoué la tête pour m'obliger à reprendre mes esprits. Je me trouvais ici pour avoir réclamé ma liberté, je n'allais pas me vendre !

Le tavernier attendait toujours, immobile.

—Je crois que je préférerais me trouver du travail. Vous n'auriez pas besoin de quelqu'un à la cuisine ? Je peux éplucher les légumes...

Le tavernier s'est renfrogné :

—J'ai tout le monde qu'il me faut.

—Je suis prête à prendre n'importe quel travail, même très dur.

Une voix a crié « Bardassier », et le tavernier s'est tourné vers le client avec mauvaise humeur.

—Ça va, j'arrive !

Revenant vers moi, il a hésité un instant, tandis que je le suppliais du regard. À ce moment, des coups sourds ont résonné contre la grande porte tandis qu'une voix terrible grondait des mots indistincts derrière le panneau. Le visage de Bardassier s'est éclairé.

—Tu saurais faire ça ?

Je l'ai suivi vers le grand volet qui donne à la taverne son aspect d'entrepôt. Il a saisi une poignée, au bas du panneau, pour le relever avec un ahan. J'ai reculé de surprise : derrière la porte, se trouvait un éfan énorme, la peau luisante de sueur, et qui barrissait :

—Service !

La voix était rauque, la diction approximative, mais le mot se distinguait avec netteté.

Je suis restée bouche bée à contempler le mouvement des lèvres charnues.

Bardassier me faisait signe, mais je ne voyais que l'éfan. Le tavernier s'est écrié :

—Tu viens, oui ou non ?

Je me suis avancée d'un pas de somnambule. De l'autre côté de la cloison basse, le tavernier emplissait un seau à la pompe et le transportait à la porte. Tandis que l'éfan buvait, l'homme prenait quelques poissons dans un tonneau fermé et les déposait sur le sol. L'éfan les a happés avec satisfaction, ensuite il a fait un signe de la tête et Bardassier a actionné une poignée qui pendait du plafond, au bout d'une chaîne. Un jet d'eau a jailli sous l'auvent, au-dessus de l'éfan qui renversait la tête vers l'arrière pour mieux savourer le plaisir de la douche. Puis l'animal s'est traîné hors de l'auvent et le tavernier lui a lancé:

—Ne remercie surtout pas!

Bardassier s'est tourné vers moi et, m'apercevant, a pris une mine encore plus revêche.

—Tu seras nourrie et, si tu veux dormir ici, je te donnerai une paillasse, mais il faut travailler vite, parce que ces gros tas de graisse n'aiment pas attendre. Et ne prends pas cet air idiot!

J'ai répliqué, vexée:

—Je ne savais pas que les éfans pouvaient parler.

Le tavernier a ricané:

—Évidemment, s'ils ouvrent la bouche en ville haute, on leur arrache la langue, quand ils ne finissent pas à l'abattoir.

—À l'abattoir?

Le tavernier m'a contemplée avec mépris.

—Et d'où provient l'huile de tes lampes, bourgeoise?

Cette fois, je n'ai rien trouvé à répondre et le tavernier s'est éloigné. Je me suis approchée de la grande porte, à contrecœur. Les éfans à l'abattoir... Cela m'a donné le frisson. Je suis passée de l'autre côté de la cloison basse, fascinée par les objets qui allaient constituer mon univers : la pompe, les seaux, les barils de poissons. Par quel mystère les éfans muets, les esclaves sans cesse trimant de la haute ville, devenaient-ils, ici, des travailleurs qui venaient « déjeuner » à la taverne ?

Les éfans n'étaient pas moins esclaves, en basse ville. Je ne l'ai su que plus tard, à force de questionner mes « clients », en mettant bout à bout les bribes de phrases dont ils me gratifiaient et les remarques grognonnes de Bardassier. Si mon patron le tavernier les nourrissait, c'était *« parce que si ces gros tas de graisse allaient au bassin chaque fois qu'ils ont faim, ils ne travailleraient pas deux heures par jour ».* L'un d'entre eux, plus tard, m'a expliqué que leur peau réclamait une humidification à une fréquence très rapprochée. Même si les genétiens du passé qui les avaient tirés des eaux empoisonnées en avaient fait des créatures terrestres, les éfans gardaient un essentiel besoin d'eau. Et Bardassier, pour ce service rendu aux autorités portuaires, était payé en espèces sonnantes et trébuchantes, avantage que lui enviait la concurrence, bien sûr. Nourrir les éfans, si cela représentait une charge supplémentaire, constituait aussi une transaction profitable.

Et moi, par un étrange revirement de situation, je serais la servante des esclaves. Voilà du moins qui réglait la question du couvert et du logis – à condition que je sois capable d'accomplir le travail.

Une ombre a empli l'auvent, une tête gigantesque s'est profilée dans l'ouverture, avant de s'immobiliser, surprise. Une voix rauque a articulé :

— Drôle petite mermante !

Paupières baissées, je me suis précipitée vers la pompe. L'eau a jailli et débordé du seau. Derrière moi, l'éfan a bredouillé :

— Pas peur, petite.

Je me suis tournée vers lui, avec un geste hésitant. Il m'a adressé un clin d'œil, et je lui ai porté l'eau sans la renverser.

CHAPITRE 6

Je suis restée quatre jours à la taverne. Quatre jours, c'est le temps qu'il a fallu à Beneter pour convaincre Bardassier de me flanquer à la rue.

Curieux séjour pendant lequel il me semble avoir passé mon temps à dormir, sauf la nuit lorsque la grande salle était vide et obscure. Alors je veillais, étendue sur ma paillasse, les yeux ouverts dans le noir, je veillais sans être vraiment consciente, l'esprit en suspens, incapable de voir plus loin que le lendemain ou le repas suivant. Je respirais le silence et l'odeur des éfans, une odeur de fleuve, mélange de limon séché et de poisson plus ou moins frais.

Pendant la journée, je restais dans mon coin, ne me levant que pour servir mes clients. Bardassier venait me porter mes repas en maugréant.

Pour être tout à fait exacte, je restais au niveau du sol afin d'éviter un regard qui ne manquait pas de se poser sur moi chaque fois que je me levais : celui du bourgeois à la tunique mauve dont l'aspect bien léché détonnait parmi la clientèle de Bardassier. Il ne tentait jamais de m'approcher, ni même de m'adresser la parole. Simplement il restait là, installé à la table du fond, ses yeux pesant sur moi. Je me questionnais alors à propos de ces gens qui se trouvaient sur le port, des débardeurs aux marchands. En haute ville, on disait que seuls les parias, les sans-nom, habitaient en bas. Mes compagnons de classe m'avaient du reste éclairée sur le statut des « bourgeoises » que j'avais aperçues, autrefois, prenant le frais dans le renfoncement de leur demeure... Mais ces hommes qui fréquentaient la taverne étaient des travailleurs, non des parias. Avaient-ils choisi de vivre dans la basse ville ? Quant à mes clients...

Les éfans étaient sept à fréquenter la taverne. Certains ne parlaient jamais ; ils entraient sous l'auvent, je les servais, puis ils repartaient. Les plus jeunes, avec des gestes nerveux, s'impatientaient quand je tardais à m'occuper d'eux. Aucun n'avait une élocution vraiment humaine et chaque mot éructé avec effort était accompagné de sifflements aigus.

J'étais fascinée par leurs gestes, par leurs mots. Je songeais à l'éfan fou furieux, celui que j'avais vu mourir en compagnie de Béryliane. Ceux du port portaient également un implant, bien entendu. J'aurais voulu les questionner à ce propos, mais je n'osais pas : le sujet me semblait indécent.

Inutile de préciser que j'ai souvent pensé aux exhortations de Léane me faisant miroiter un stage à la Genète dans l'espoir que je me transforme en élève studieuse et appliquée. Bien sûr, si j'étais devenue genétienne, j'aurais appris pourquoi nos prédécesseurs avaient investi tant d'efforts dans la transformation de lointains ancêtres des généfans en créatures dotées d'intelligence et de parole... Mais, quant aux éfans d'aujourd'hui, j'ai sûrement acquis sur eux plus de savoir que n'importe quel genétien.

À cause de Devon, bien sûr.

L'après-midi de mon arrivée chez Bardassier, je somnolais bien tranquille quand un toussotement m'a fait redresser d'un bond. Un éfan me contemplait d'un regard qui m'a semblé quasi humain, sans doute à cause de ses yeux rieurs. C'était le vieil individu à la peau rendue grise par l'âge qui avait été mon premier client, le matin même. Il s'était glissé sans bruit sous l'auvent. Je lui ai souri, d'un sourire pas très gai, et je suis allée à la pompe lui chercher à boire. Lorsque je suis revenue vers lui, il a articulé, en essayant de baisser la voix :

— Où venir, petite ?

J'ai jeté un bref coup d'œil dans mon dos. Bardassier se trouvait dans la grande salle. L'éfan a sans doute deviné mon embarras.

— Pas peur Bardassier. Gueuler toujours, brave homme.

L'éfan prononçait « Bradssier » d'une voix rauque et profonde, chaleureuse. Je suis restée sans répondre, le vieil éfan a constaté :

— Sortir Inssitission.

Cette voix était pleine de compassion, l'éfan montrait plus de soucis envers moi qu'aucun autre humain dans cette taverne... Je me suis détournée, le temps de ravaler mes larmes et aussi de prendre les poissons au fond du baril. Bardassier s'était approché. Même accaparé par ses clients, il trouvait le temps de me surveiller ! Le tavernier a contourné la cloison et, sans attendre que l'éfan ait terminé son repas, le gros homme a actionné la douche d'un bras vigoureux. L'éfan n'a pas protesté mais, avant de partir, il a grogné :

—Aller-aller, petite.

Je l'ai regardé partir, déconcertée tant par ses paroles incompréhensibles que par son ton encourageant. *« Aller-aller »*. Qu'avait-il voulu me signifier ?

Aujourd'hui, je sais : *ça va aller.*

Devon avait déjà commencé à se soucier de moi.

◆

À la fin de l'après-midi du quatrième jour, j'ai vu Bardassier discuter avec « mon » bourgeois. L'homme souriait, plein d'assurance, et Bardassier secouait la tête. Finalement, le tavernier l'a suivi dans l'arrière-salle. Au même moment, une silhouette s'est glissée devant l'ouverture et j'ai repris mon poste. Ce n'était pas le vieil éfan, mais une femelle qui m'avait dit s'appeler Orna, de son nom humain.

Je l'ai servie avec un soupir et elle s'est écriée :

—Bon, petite !

Orna s'attardait volontiers sous l'auvent, à me « faire la conversation ». De tous les éfans qui m'adressaient la parole, elle était celle dont le langage s'avérait le plus complet – dans la mesure où on peut qualifier de « complètes » les éructations de mes clients.

Un instant, j'ai eu envie de lui parler du bourgeois qui me poursuivait de ses avances, mais une éfane aurait-elle pu m'aider ? J'ai haussé les épaules et demandé, avec un rire amer :

—Comment est-ce qu'une fille comme moi peut se défendre, ici ?

Orna s'est ébrouée sous le jet de la douche, avant de poser sur moi son regard bienveillant.

—Façon pour vivre ghetto, oui, ça exister.

Je me suis arrêtée devant elle, intriguée. Le ghetto. Pour la première fois, l'idée m'est venue que la vie ici pouvait être possible. Différente de celle qui m'aurait attendue en haute ville, mais possible. Je n'imaginais pas que les miliciens pouvaient laisser les Bardassier et les débardeurs monter en haute ville et s'y promener en toute liberté, mais je n'avais jamais pensé au port et à ses environs comme à des lieux où, *moi*, je pouvais vivre.

Voyant que je demeurais silencieuse, Orna a baragouiné :

—Éfans pas vivre pareil.

J'ai souri. Dans la haute ville, chacun sait que les éfans viennent de l'eau et qu'ils y retournent dès qu'ils le peuvent, au bassin où ils dorment. À preuve, la douche qui les rafraîchissait sous l'auvent... Quand je lui ai répondu cela, Orna s'est mise à rire, c'est-à-dire qu'elle a eu un curieux grelottement au fond de son immense gorge.

—Éfans avoir cabane dans ghetto, comme humains. Besoin eau des fois moins.

J'ai écarquillé les yeux. Des éfans différents ? Pourquoi certains d'entre eux s'adapteraient-ils plus facilement à l'air sec ?

Je me suis aussitôt taxée d'idiote : les éfans avaient été conçus par les genétiens, tout comme moi. Or, si les genétiens intervenaient pour fabriquer des enfants en bonne santé, pourquoi n'interviendraient-ils pas, dans le cas des éfans, pour les rendre mieux adaptés à leur environnement ? N'était-ce pas ce que nos ancêtres avaient réalisé ? J'ai montré à Orna la pomme de douche sous le toit de l'auvent.

—Ça fait partie des modifications faites à vos gênes, c'est ça ? Sinon une douche occasionnelle ne suffirait pas à humidifier votre peau.

Après tout, leurs ancêtres étaient des créatures aquatiques.

Mais Orna n'a pas eu le temps de me répondre ; son regard s'est porté sur la grande salle et elle s'est éloignée tout à coup. J'ai compris que Bardassier avait repris sa surveillance et n'ai pas tenté de retenir l'éfane.

Dans mon dos, la voix toute proche du tavernier m'a fait sursauter.

—Je ne t'ai pas engagée pour bavarder avec les éfans.

Il se tenait derrière la cloison basse, les mains sur les hanches. Un peu plus loin, vers le milieu de la salle, se trouvait « mon » bourgeois. Bardassier s'est tourné un instant vers lui, avant de soupirer :

—Il faut que tu t'en ailles.

J'ai levé la tête d'un mouvement vif et croisé le regard moqueur du client. C'était à cause de lui, parce que je n'avais pas cédé à ses avances ? Je ne céderais pas plus maintenant qu'auparavant, je trouverais un autre travail.

Bardassier s'est contenté d'ajouter:

—Moi, je ne peux pas te garder.

Je l'ai défié du regard un moment, mais il n'était pas fier de lui, le tavernier, il s'est détourné en baissant les paupières. Résignée, j'ai raflé la tunique qui me servait d'oreiller et demandé à Bardassier combien l'autre avait dû payer pour cela. Le tavernier n'a pas répondu.

Je me suis retrouvée sur le port, ma tunique sous le bras. Les entrepôts étaient presque vides, la plupart des éfans avaient été affectés à d'autres tâches. Pour dire au revoir à Orna et au vieil éfan qui s'était soucié de moi, il aurait fallu que je me lance à leur recherche, alors que je ne connaissais à peu près rien des lieux où ils travaillaient. Depuis quatre jours je me trouvais ici et je n'avais pas mis le nez hors de la taverne...

Mon regard s'est porté du côté de la falaise, vers la Genète. Je me suis retenue de lever le poing dans cette direction. Si les éfans parvenaient à vivre dans ce que Orna appelait le ghetto, pourquoi n'y arriverais-je pas, moi aussi ?

Une présence à mes côtés : le bourgeois souriait toujours.

—Viens avec moi, j'ai beaucoup plus à t'offrir que ce tenancier stupide.

Je l'ai fixé un moment, harassée.

—Je ne te céderai jamais.

Il a tendu une main vers moi, une main lisse et brune aux doigts fins.

—Il ne faut jamais dire jamais.

Je me suis écriée:

—Pourquoi tu ne me fiches pas la paix ? Regarde de quoi j'ai l'air: je suis sale, je pue le poisson... Les filles du ghetto sont toutes si affreuses pour que tu aies envie de moi ?

Le sourire moqueur du client s'est effacé. Il m'a considérée avec gravité.

— Disons que tu m'intéresses. D'accord ?

À quoi bon discuter avec lui ? J'ai tourné les talons avec un haussement d'épaules : je trouverais bien un refuge avant la nuit.

Entendant un bruit de pas derrière moi, je me suis retournée d'un geste vif. Ce n'était pas le bourgeois, plutôt son serviteur, Reyne. Le jeune homme s'est arrêté en même temps que moi. Qu'il me suive, si cela lui chante ! Je me suis remise en marche, il a fait de même.

Ici, sur le port, je ne voyais que la façade des entrepôts, je ne pouvais imaginer que, derrière ces hauts édifices, existait tout un quartier, celui du dernier refuge, celui des parias parmi les parias. Pour le moment, j'étais agacée mais encore remplie d'espoir. Je me suis dirigée vers la place du marché, espérant décourager Reyne de me suivre au long de l'interminable esplanade.

Ce n'était pas vraiment jour de marché, mais les ruelles tout autour de la place fourmillaient d'étals et de boutiques, en quoi elles ne me semblaient guère différentes des rues de la haute ville. Des gens tâtaient les fruits dans les paniers d'un marchand, s'attardaient au comptoir d'un drapier, négociaient avec un brocanteur. J'ai aperçu des femmes, surtout âgées, qui allaient d'étal en étal avec un sac à provisions pendu au poignet. À ce moment, je ne leur ai pas porté attention, je n'étais pas encore vraiment inquiète. Et puis, mon estomac réclamait son repas du soir, alors j'ai acheté un petit pain et des fruits que j'ai mangés en flânant, demandant à gauche et à droite si quelqu'un me donnerait du travail, mais personne ne semblait avoir besoin de personne dans le ghetto.

En fait, je ne savais pas à quelle porte frapper, j'étais une inconnue, une nouvelle venue – et, j'allais l'apprendre plus tard, dans le ghetto règne la loi du plus fort.

L'après-midi tirait à sa fin. Je me suis rappelé les vieilles femmes aperçues chez les marchands. Peut-être l'une d'elles aurait-elle pitié de moi ? Mais elles semblaient toutes avoir déserté les rues. J'ignorais qu'elles n'étaient que des servantes, qu'elles avaient regagné la demeure de leur maître pour préparer le repas du soir.

Errante, mes pas m'ont ramenée au pied de l'escalier menant à la haute ville, jusqu'aux paliers sur lesquels ouvraient les maisons des « bourgeoises ». Deux filles bavardaient dans le renfoncement le plus près de moi. Elles se sont tues soudain, les yeux tournés dans ma direction. La plus âgée (qui semblait habiter la maison) était court vêtue d'un petit ensemble en dentelle. Elle m'a dévisagée avec mépris. L'autre, plus jeune, portait une robe moulante faite de longues bandes de tissu aux couleurs chaudes. De lourds anneaux pendaient à ses oreilles. Quelque chose dans son aspect m'a plu. Je lui ai adressé un sourire timide, qu'elle m'a rendu sans hésiter.

J'ai fait un pas sur le premier degré. La fille plus âgée a ricané. La plus jeune, impassible, a attendu que je les rejoigne. D'une voix bredouillante, j'ai dit que je cherchais un abri et du travail.

La fille aux pendants d'oreilles s'est approchée. Elle a passé une main dans mes cheveux, me fixant d'un regard grave.

Je savais que ces filles étaient des prostituées, bien sûr, mais je ne savais pas bien – pas encore – ce que signifiait vendre son corps, être une marchandise entre les mains d'un client et dépendre d'un souteneur. Dans ma naïveté, je ne voyais que des femmes vêtues proprement, bien nourries, possédant un abri, un métier, et je ne songeais pas au prix qu'elles devaient payer pour cela.

Puis, la porte de la maison voisine s'est ouverte avec brusquerie et un homme a été éjecté de l'intérieur, projeté dans l'escalier où, heureusement, il a pu agripper la rampe et s'empêcher de tomber. Un gros homme aux bras velus, le visage rogue, la tignasse huileuse, s'est arrêté sur le seuil, les poings sur les hanches.

Aucune parole n'a été échangée – et ce silence m'a paru plus impressionnant qu'une bonne engueulade.

Derrière le gros homme, j'ai distingué la silhouette d'une femme à demi nue sanglotant avec bruit. Dans l'escalier, le client évincé a haussé les épaules, il s'est remis sur pied et s'est éloigné rapidement. Chez les voisins, le gros type s'est retourné brusquement. Il a giflé la fille qui pleurait derrière lui avec une violence qui m'a fait pousser un cri de protestation. Heureusement pour moi, le gros homme avait déjà claqué la porte de la maison, il ne m'a sans doute pas entendue.

Mon regard s'est reporté vers la jeune femme restée immobile au seuil du renfoncement. Derrière elle, sa compagne plus âgée a ri.

— Bien fait pour elle ! Elle le recevait au rabais, la salope.

La jeune femme aux pendants d'oreilles a jeté à son amie un regard de reproche, puis elle m'a tendu la main.

— Tu veux venir avec moi ?

J'ai reculé. Elle a soupiré, la mine compatissante, et j'ai demandé s'il n'y avait pas d'autres moyens pour une femme de survivre dans le ghetto. Elle a hoché la tête.

— Ce n'est pas comme ça partout, tu sais. Tu peux venir chez nous. J'habite rue de Pierre...

Sa main indiquait la direction de la place du marché. Moi, j'ai détourné les yeux, j'ai reculé jusqu'au bas de l'escalier.

— Attends... a fait la jeune femme.

Je me suis enfuie. Je ne voulais plus voir cet endroit, je ne voulais plus regarder cette fille en face, sachant ce qui l'attendait dans sa maison rue de Pierre.

Oui, ces filles étaient nourries, logées. Et parfois battues. Une vie passée à se vendre... Cela ne m'attirait vraiment pas.

Mes pas m'ont machinalement ramenée sur l'esplanade. Je ne connaissais pas d'autre endroit en basse ville que la taverne de Bardassier. Le tenancier accepterait au moins de me vendre un repas ce soir ! Qui sait si je ne parviendrais pas à l'amadouer et à obtenir un sursis ?

Les hommes qui flânaient sur l'esplanade me regardaient d'un air narquois. Toutes les jeunes femmes du ghetto étaient-elles donc des prostituées ? J'ai accéléré le pas. Mais je ne suis jamais retournée chez Bardassier : comment comptais-je amadouer le tavernier, si ce n'était en offrant gratuitement ce pourquoi les filles de l'escalier étaient payées ?

En débouchant sur le port, j'ai aperçu au loin un éfan qui disparaissait au coin du premier entrepôt. Je me suis rendu compte tout à coup que les édifices ne s'adossaient pas à la falaise, qu'au contraire il y avait derrière assez d'espace pour une ruelle ou deux. Orna m'avait dit que des éfans habitaient le ghetto. Si c'était son cas, à elle, ou celui du vieil éfan, peut-être pourraient-ils m'aider ?

Sur le coup, je me suis taxée d'idiote – demander de l'aide aux éfans ! N'empêche...

J'ai couru sur les traces de l'éfan, souffle haletant, oreilles bourdonnantes. Je commençais à m'inquiéter : le soleil atteignait la falaise, il allait bientôt disparaître. Où irais-je à la nuit tombée si les éfans ne pouvaient m'aider ?

Lorsqu'à mon tour j'ai tourné le coin derrière l'entrepôt, j'ai soudain plongé dans l'ombre. Ici, entre la falaise et les hauts édifices, le soleil était couché depuis longtemps. Je me suis arrêtée, effrayée, le temps de laisser mes yeux s'accoutumer à la faible clarté.

J'avais cru découvrir une ruelle ou deux. En réalité, un véritable labyrinthe s'étendait à l'abri des entrepôts, un monde caché, grouillant de vie. J'ai vu passer un éfan entre des cabanes, mais j'étais trop estomaquée par le spectacle qui s'offrait à moi pour songer à l'interpeller.

Ce ghetto dans le ghetto était rempli de cabanes et d'abris de fortune constitués de morceaux de tôle plus ou moins liés ensemble, de débris de métal hétéroclites et bringuebalants, accoudés parfois à un mur de pierres ou à un pan de béton, misérables ruines d'autrefois. Des hommes et des femmes âgés, courbés par le fardeau des années, circulaient avec lenteur entre les cabanes comme des somnambules. Des enfants piailleurs se poursuivaient, bousculant les vieux qui se trouvaient malencontreusement sur leur chemin. Là, devant moi, un homme au regard vide, titubant, s'est accroché à un « mur » qui s'est soudain écroulé, déclenchant les protestations du propriétaire de l'abri. J'ai même découvert des chiens qui escortaient les enfants en jappant. Des chiens ! Je savais qu'il existait des élevages de ces animaux quelque part, mais je n'avais jamais songé que le cuir de mes chaussures puisse provenir de la ville basse.

Effarée de voir surgir un tel monde juste sous les murs de la Genète, je n'ai pas eu le temps d'avoir peur, pas tout de suite. Ces gens-là étaient les laissés-pour-compte du ghetto lui-même, ils ne me refuseraient pas leur aide. Peut-être même quelqu'un m'accueillerait-il sous son toit pour la nuit ?

J'ai essayé d'accoster une vieille femme.

— Excusez-moi, madame...

Elle a passé son chemin sans même paraître m'entendre. J'en ai cherché une autre, qui s'apprêtait à entrer dans sa cabane.

— Excusez...

Elle m'a à peine jeté un regard puis, d'un geste vif, a obstrué l'entrée de son abri avec un morceau de plastique. Je concevais que les femmes puissent être effrayées par une inconnue. J'ai essayé d'attraper un enfant qui s'est esquivé en m'adressant un affreux pied de nez.

Les habitants de ce quartier de l'ombre rentraient peu à peu dans leurs abris, tandis que l'obscurité s'étendait sur les ruelles. Le couvre-feu ! Bardassier m'avait mise en garde, le premier soir, contre la tentation de quitter la taverne après le coucher du soleil. Le couvre-feu n'était pas moins respecté dans la ville basse que là-haut. Sauf qu'ici, au dire de Bardassier, les miliciens tiraient à vue sur les contrevenants. Je n'avais aucune envie de me retrouver prise sous le feu d'une patrouille !

Les gens du ghetto en étaient sûrement conscients... Personne ne se porterait-il à mon aide ? Bon sang, quelqu'un finirait pourtant bien par m'écouter !

Un homme était assis sur le seuil de sa cabane.

—Excusez-moi, monsieur... Je cherche un endroit où dormir cette nuit.

Il a ri, découvrant des dents ravagées, et m'a tendu les bras :

—Viens ici, ma petite. J'vais m'occuper de toi !

Un frisson m'a parcouru le dos. Je me suis éloignée rapidement, craintive à l'idée qu'il puisse me suivre. Mais la règle d'or de ce quartier semblait être l'indifférence. Je n'existais pas.

Découragée, glacée jusqu'aux os par la peur et la fraîcheur de la nuit tombée, j'ai voulu quitter cette zone d'ombre, ce gouffre de misère. J'ai regagné le quai devant l'entrepôt. Mais là aussi la nuit tombait. Les lieux devenaient déserts, à part les rats et un chien efflanqué qui m'avait suivie.

J'ai erré le long des entrepôts, cherchant une porte mal verrouillée, une ouverture mal fermée. Tout était barricadé. Bien sûr : où donc les gens de derrière se procuraient-ils leurs abris, sinon en volant des matériaux ici ? Les marchands devaient s'efforcer de se protéger contre toute intrusion.

Mes pas devenaient lourds. Tiens, Reyne avait disparu. Sans doute, lorsqu'il m'avait vue m'enfoncer dans le dédale de ruelles, tout à l'heure, avait-il eu le bon sens de ne pas s'y engager. C'était presque dommage : sa présence aurait eu quelque chose de rassurant.

J'ai longé les entrepôts jusqu'au bout, frissonnante de la tête aux pieds, aux aguets, sursautant au moindre bruit. Sur l'eau du grand bassin, les petits bateaux de pêche tanguaient dans l'air du soir. J'y percevais des murmures : même ces mouvants abris étaient occupés.

Je me trouvais à la hauteur des piscines, comme en témoignait une forte odeur de poissons. S'il n'avait fait si froid, j'aurais cherché refuge auprès des éfans, dans leur bassin. Au moins, eux ne risquaient pas de m'attaquer durant la nuit. Cela m'aurait-il pour autant évité d'être interpellée par les miliciens ?

De toute façon, passer la nuit dans l'eau était exclu, car l'atmosphère refroidissait rapidement, maintenant que la nuit régnait sur le ghetto.

Au bout de la rangée d'entrepôts, j'ai longé la façade vers l'arrière en quête d'un recoin à l'abri du vent. Je ne réfléchissais plus, je n'avais même plus peur. Je marchais, je marchais. Sur ma droite s'élevait un haut ouvrage de maçonnerie. Le vent soufflait des paquets de poussière qui m'étouffaient.

J'étais parvenue à proximité des monticules de scories. Au bout du monde. Après, il n'y avait plus rien. En réalité, oui, il y avait le désert. Mais qui chercherait refuge dans le désert ?

Derrière le dernier entrepôt venait mourir le quartier de l'ombre. Ici, loin de tout, des créatures humaines avaient quand même trouvé abri. J'ai aperçu une grosse caisse vide, appuyée contre un mur en ruines. Ce n'était qu'un contenant de plastique abandonné, jeté là peut-être par les débardeurs. Voilà un logis que, certes, aucun habitant ne s'était attribué. Bien sûr, je n'y tiendrais pas tout entière, même recroquevillée sur moi-même, mais je pouvais m'y cacher la tête pour me faire croire que j'avais trouvé un toit.

J'ai jeté un coup d'œil à l'intérieur. Une forme grise m'a craché au visage, menaçante. Un rat, un rat énorme y régnait sur un tas d'immondices.

Il fallait que je me secoue. Les gens ici prenaient ce qu'il y avait à prendre, tant pis pour le plus faible ou le plus hésitant. La nuit faisait couler le froid dans mes veines. Je n'allais pas rester à la rue et risquer de tomber sur une patrouille !

Je me suis résolument dirigée vers la première cabane que j'ai aperçue – moins qu'une cabane avec ses panneaux de tôle mal fixés les uns aux autres, d'une taille à peine plus grande que la caisse rencontrée plus tôt. Son habitant – si l'endroit n'était pas à l'abandon –, devait s'y tenir toujours accroupi. Rien de confortable, mais c'était un abri et j'y suis entrée.

J'ai deviné, dans l'obscurité, la silhouette malingre d'un corps roulé en boule sur lui-même.

Quand il s'est dressé un instant, j'ai distingué les traits d'un jeune garçon. Je n'ai rien dit, il est resté muet dans son coin. Je me suis installée à l'entrée de la cabane, bien décidée à y passer la nuit. Je percevais son souffle régulier qui invitait au sommeil. Je n'ai pas tardé à somnoler moi aussi.

L'attaque est venue, sournoise, au moment où mes muscles s'étaient relâchés, au moment où j'allais glisser dans le sommeil. Les coups se sont mis à pleuvoir. J'ai tenté de me redresser sur les mains, le garçon m'a envoyée rouler hors de l'abri. Ce n'était qu'un enfant, j'étais plus forte et pourtant incapable de me mettre sur pied, car il continuait à me frapper, tant et tant que la douleur, finalement, m'a tout à fait immobilisée. Je crois qu'il s'est éloigné et je suis restée sur le sol, ramassée autour de ma souffrance.

J'ai réussi à me mettre debout après un moment, titubante, pour avancer droit devant moi, jusqu'à ce qu'un obstacle me fasse chuter. Sous mes doigts, j'ai senti un tas de détritus, un monceau de déchets puants dont je n'avais pas la force de m'éloigner. Dormir, m'enfoncer dans l'oubli du sommeil – et tant pis pour une éventuelle patrouille, tant pis pour moi.

Au bord de l'inconscience, j'ai perçu un frôlement, une ombre noire au-dessus de moi, mais je n'ai pas réagi. De toute manière, je n'avais plus la force de me défendre. Une lumière a jailli tout à coup et j'ai fermé les yeux, éblouie. La lumière s'est aussitôt éteinte, mais j'ai gardé les paupières closes. Je me suis laissé prendre, soulever, porter par des bras vigoureux – peu importait ma destination, la mort, la prison ou pire encore, pourvu qu'on me laisse somnoler encore dans la douleur qui m'engourdissait.

Soudain, j'ai senti une surface dure et froide sous mon corps : on m'avait déposée sur une plaque de métal. J'ai poussé un gémissement, je crois. Une couverture a été jetée sur moi, m'enveloppant, me cachant au monde et à la nuit. La plaque s'est mise en mouvement, j'ai perçu le heurt des roues contre les pavés, des chocs durs – ma tête contre le métal. On m'emportait sur un chariot. J'ai perdu conscience.

Un bruit de porte que l'on ouvre, la chaleur de murs et d'un toit, l'odeur des tuiles cirées, la porte que l'on referme. J'ai ouvert les yeux en reconnaissant la voix:

—Pose-la ici, attention...

Une surface moelleuse s'est enfoncée sous moi. J'ai cligné des paupières dans la lumière de la lampe. L'homme s'est penché vers moi, sa main brune a effleuré mon visage.

—Eh bien, on dirait que Reyne t'a trouvée à temps.

J'ai tourné la tête, aperçu le serviteur à la longue tresse. Un rideau s'est écarté, une femme âgée a surgi, le visage inquiet.

—Pauvre petite.

La voix chaude a donné des ordres, rassurante:

—Emmène-la, Zélina, je la confie à tes soins pour cette nuit.

La femme m'a aidée à me mettre sur pied et m'a soutenue. J'ai avancé, la tête basse, les yeux fixés aux tuiles du plancher.

Une maison de bourgeois, ainsi qu'on en trouve en haute ville, une maison de paix. J'ai vu un pan de rideau s'écarter. Les tuiles, ici, étaient d'un rouge foncé. Un grand baquet d'eau fumante occupait le centre de la pièce. La vieille m'a déshabillée et plongée dans le bassin. Enfin, la chaleur sur mes muscles noués. Alternance douleur/bien-être. Dormir, dormir.

Je me souviens à peine d'être sortie du bain, mon corps asséché dans un drap très doux. Puis ma tête s'est posée sur un oreiller, des draps frais m'ont enveloppée, et mes paupières de plomb n'ont pas voulu se relever.

CHAPITRE 7

Longtemps après que j'eus quitté Beneter, Devon a voulu m'obliger à effacer jusqu'à son visage de ma mémoire. Ce n'est pas faute d'avoir essayé, pourtant il y est resté imprimé, peut-être à cause des moments de plaisir que j'ai vécus près de lui, à cause de la maison, surtout, et des gens que j'y ai côtoyés – Marte, Ilario... Je me souviens de fragments de scènes, à commencer par le premier matin dans la maison, lorsque Beneter est venu s'asseoir sur mon lit. Sa main a pris un fruit dans le plateau laissé par Zélina.

—Je veux que les choses soient très claires entre nous. Si tu n'es pas d'accord, tu peux te lever et quitter cette demeure. Reyne ne te suivra pas.

J'ai retenu la remarque amère qui voulait franchir mes lèvres: il avait beau jeu de m'offrir cette prétendue liberté. Comment aurais-je pu choisir entre le confort d'une maison bourgeoise et ce qui m'attendait dans un ghetto que je ne savais apprivoiser ? Ici, c'était presque la haute ville, l'Instit en moins. D'ailleurs, Beneter ne m'offrait ni plus ni moins que de devenir son apprentie. Apprentie d'amour?

Il a continué plus bas:

—Je n'ai jamais pris une femme de force et je n'ai pas l'intention de commencer aujourd'hui. Ça se fera tout doucement, Nelle, je suis capable de te respecter.

Bonnes paroles, lui qui m'avait fait jeter hors de la taverne! J'ai baissé la tête, le feu aux joues.

◆

Ma chambre était joliment petite, avec ses murs en pierre grise et son lit tout simple. Dans un coin, une table, la cuvette. Cela ressemblait aux chambres des serviteurs, situées au deuxième étage – la maison était vaste et ses pièces de grande dimension, comme la salle où nous prenions nos repas et celle qui servait de salon. Même la cuisine était immense, avec son âtre noirci par la suie et ses chaudrons accrochés aux murs. Mais je ne suis pas allée souvent dans la cuisine, du moins au début. Depuis que je m'étais refusée à Beneter, le premier matin, le regard de Zélina était sévère lorsqu'il se posait sur moi. Il a fallu un certain temps pour que je me sente à l'aise en présence de la vieille. Reyne également s'était effacé, je ne le voyais plus. Je n'avais aucune reconnaissance envers lui pour m'avoir « sauvée » et ses yeux étaient trop moqueurs pour que j'aie envie de me lier d'amitié.

C'est avec la maison que j'ai établi des liens tout d'abord, la maison et son odeur de cire qui me rappelait la haute ville, la maison et son toit qui me protégeait. Car la saison sèche débutait, je m'en rendais compte (dire que j'avais espéré le retour du bateau !), et je songeais avec un certain effroi qu'au temps sec succéderait la saison des tempêtes. Dans quelques semaines, le vent du désert soufflerait en rafales, apportant des paquets de poussière. Les bourgeois se calfeutreraient derrière leurs volets. Mais dans le ghetto, que deviendrais-je sans un toit pour m'abriter ?

Décidément, je n'avais pas envie de quitter la maison. Riche en bibelots, elle recelait des trésors, surtout des figurines représentant des animaux ou des humains. Des sculptures, disait Beneter. Certaines semblaient de verre et je les effleurais doucement. Blanche, verte ou noire, leur pierre lisse au toucher me ravissait. Marbre, jade, obsidienne, j'aimais entendre Beneter les nommer.

Le maître des lieux sortait souvent, alors je restais seule dans la maison – Zélina dans sa cuisine ne constituait pas une présence et Reyne, en général, suivait Beneter à l'extérieur. Je traversais les pièces en dansant de joyeuses gigues, m'élançant aussi parfois dans une roue exubérante au milieu de la salle à manger. Zélina me surprenait parfois et son regard se faisait encore plus austère, mais je lui riais au nez. Beneter pouvait lui raconter que je le rendais très malheureux, moi, je n'allais pas gâcher ces moments de liberté.

Au fil des jours, j'ai risqué un pas hors de la maison, non vers la rue qui m'effrayait encore, mais vers le jardin qui formait un petit carré de verdure.

À l'avant, la maison regardait vers la falaise. Nos voisines d'en face s'adossaient au mur de roc surmonté de la haute ville. J'évitais de regarder de ce côté. Derrière notre demeure se trouvaient d'autres voisins, d'autres voisines mais, surtout, entre eux et nous, le jardin. Cet espace restreint – à peine une quinzaine de pas pour le traverser – m'appartenait en quelque sorte, puisque j'étais seule à m'y rendre. Une haie l'entourait, nous séparant d'une haute construction de trois étages dotée de multiples fenêtres. Il y avait une porte arrière, comme à la maison de Beneter, une porte qui ouvrait au sommet d'un bref escalier dont le palier faisait balcon. C'est à ce balcon que j'ai aperçu Marte pour la première fois.

En fait, ce n'était pas la première fois que je la voyais. Avec sa robe toute en bandeaux rouge, vert et or, j'avais reconnu la prostituée qui avait offert de m'accueillir dans la maison de plaisir. Nos voisins de derrière, je m'en rendais compte, habitaient rue de Pierre...

Le jour où Marte est apparue à ce balcon de fer forgé, je suis restée figée dans mon pas de danse. Elle aurait pu se moquer, dire que j'avais refusé son toit pour en trouver un meilleur où je n'avais qu'un seul client à satisfaire. Elle n'a rien dit de tout cela, elle est restée surprise de m'apercevoir, puis elle a souri avec gentillesse avant de rentrer dans sa maison.

Par la suite, j'ai souvent aperçu des visages aux fenêtres, ceux des filles de la maison. Curieusement, je n'ai jamais vu de clients. Cela ne me gênait pas d'être observée par les filles car, au début, je me méprisais bien plus que je ne méprisais les prostituées. Ne vivais-je pas maintenant moi-même aux dépens d'un souteneur?

Beneter... Sa chambre était la plus luxueuse de la maison, avec ses murs tendus de tissu, son large lit aux draps de satin. Au plafond était accroché un mobile fait d'un matériau léger, sec et fragile. Il représentait des oiseaux stylisés et provenait d'au delà des mers, au dire de Beneter qui l'avait acheté du Voyageur, ainsi que la plupart des sculptures et des bibelots qui décoraient son salon. Car Beneter était marchand. *« Beneter Vandelin »*, précisait-il avec fierté. Cela avait été son nom jadis dans la ville haute, un nom synonyme de pouvoir et de richesse. Et maintenant ? Il était mort pour la ville haute, disait-il, banni, frustré de son nom et de la puissance qui avait été sienne.

Étendue sur le lit où il ne m'avait pas encore touchée, je l'observais par en dessous. Il tournait en rond dans la chambre, déplaçant les objets pour les remettre en place sitôt après.

—Pourquoi as-tu été banni ?

Il n'a pas répondu à ma question, haussant les épaules, mais son front s'est plissé, ses yeux ont brillé d'un éclat mauvais.

Un jour – j'avais posé tant de questions que nous nous étions disputés – il a eu une remarque qui m'a donné un indice sur les raisons de son bannissement. *« C'est à cause de leur curiosité que des gens comme nous se sont retrouvés ici. »* J'ai répondu que, dans mon cas, ce n'était pas vraiment la curiosité qui m'avait amenée en ville basse, mais plutôt l'ignorance. Car si j'avais été moins bête, j'aurais joué le jeu de mes maîtres et, devenue bourgeoise à mon tour, j'aurais pu enfin assouvir ma curiosité. Amer, il a répliqué : *« Tu aurais de toute manière buté contre les gens en place, et tu te serais retrouvée ici en fin de compte, parce que quand on veut vraiment trouver les réponses, on s'aperçoit qu'il faut changer les choses et ça, personne là-haut n'a envie de le faire.* » Quand j'ai demandé ce qu'il entendait par « changer les choses », il m'a rabrouée et je n'ai plus rien tiré de lui. Beneter s'était vanté d'avoir été un homme de pouvoir, et il prétendait avoir voulu « changer les choses »... Avait-il été banni pour des raisons politiques ?

Il m'intriguait, Beneter, mais je n'arrivais pas à le plaindre. Sa vie dans le ghetto n'était-elle pas demeurée confortable ? Il rétorquait avec impatience qu'il effectuait tout le travail – commandes, réception des marchandises, distribution, contrôle des prix – pour le compte des marchands qui, là-haut, empochaient la plus grande partie des profits. Il disait vrai, mais les gens comme lui avaient gardé leur liberté.

Il a souri en entendant cette remarque, le sourire triste du maître à l'enfant qui ne peut comprendre :

—Personne n'est vraiment libre dans le ghetto. Nous avons tous été expropriés de nos droits, de notre citoyenneté et si quelqu'un essaie de te faire croire qu'il est ici en toute liberté, il faut le traiter de menteur.

Facile à dire pour lui qui disposait de tout ce confort ! J'ai répliqué :

—En tout cas, c'est injuste. Moi, je n'ai rien fait pour me retrouver ici.

Il est venu vers moi, s'est assis au bord du lit, a posé une main sur mon épaule.

—Personne n'est innocent, Nelle, pas même toi.

◆

Dans le salon se trouvait une harpe comme celle que j'avais aperçue chez l'ami de Tomir. Parfois, j'en effleurais les cordes sans arriver à en tirer autre chose que des notes maladroites. Un jour, la main de Beneter s'est posée sur la mienne, arrêtant mon geste.

—Si tu veux, je t'apprendrai.

Pour cela, il faudrait que je reste assez longtemps près de lui...

◆

Reyne n'était pas dans la maison, Zélina était allée faire les courses. Beneter a dit doucement:

—Viens avec moi.

Il avait retiré le couvre-lit, découvrant les draps couleur d'argent. La fenêtre montrait le gris ciel d'après-midi. Il n'a pas tiré les rideaux. Je me suis étendue, toute droite, crispée. Il a pris ma main, m'a obligée à m'asseoir près de lui. Il a ouvert ma chemise, ses lèvres se sont posées sur ma peau, ont parcouru mon corps, et j'ai frissonné, étonnée d'y trouver du plaisir. Comme s'il cherchait à m'explorer, à connaître jusqu'aux moindres parcelles de ma peau. Rien à voir avec les fugitives étreintes dans le réduit, sous l'escalier, à l'Instit. Beneter me faisait vibrer. Mes bras ont serré ses épaules, il m'a aidée à retirer mon pantalon, ses lèvres ont effleuré mes jambes, caressé mon sexe, et j'ai tremblé de tout mon corps.

◆

Mon lit a été défait dans la petite chambre ; j'ai dormi auprès du maître. Chaque soir, dans la douce tiédeur des draps, il a repris ses caresses. Il était en train de remporter la victoire sur ma vie, ma liberté, et je ne voulais pas lui donner raison. Alors j'ai choisi de le punir, de rester inerte, le laissant s'activer sur moi sans parvenir à m'arracher le moindre soupir. Soir après soir, cette comédie a continué. Beneter s'est obstiné, redoublant de caresses. Je tremblais souvent sous ses doigts, comme les cordes de sa harpe. Puis, il ne m'a plus touchée. Il sortait toute la journée malgré le vent, malgré la poussière, il rentrait tard, s'endormait très vite. Et je veillais, les yeux ouverts dans la nuit, furieuse de me sentir vexée qu'il m'ignore. Il ne recevait personne, ne me présentait aucun ami. J'en étais à la fois soulagée – il ne m'obligeait pas, du moins, à être sa chose en public –, et en même temps blessée, comme si je n'étais pas assez présentable à ses yeux.

◆

Un matin d'éclaircie, laissée encore une fois à moi-même, je suis sortie dans le jardin pour apercevoir Marte, accoudée au balcon. Je ne savais pas encore qu'elle se nommait Marte, elle n'était à ce moment qu'un visage aimable dans un décor rassurant. Après une hésitation, je me suis avancée vers elle et j'ai demandé, rougissant déjà de mon audace :

—C'est chez toi qu'il va tous les soirs, non?

Cela me semblait évident: dépité par ma froide indifférence, Beneter devait aller chercher son plaisir ailleurs. Marte a hoché la tête. La couleur pâle de ses cheveux frais lavés évoquait l'or. J'étais suffisamment proche pour distinguer le vert profond de ses yeux. Il était sans doute trop tôt pour recevoir des clients, elle ne portait pas la robe à bandeaux mais une simple tunique blanche passée sur un pantalon évasé. Sa beauté m'écrasait sans que j'en sois jalouse. Cette femme dont je ne savais pas grand-chose a murmuré d'un ton doux, par-dessus la haie qui nous séparait:

—C'est vrai qu'il vient nous voir, Nelle, mais ce n'est pas son plaisir qu'il cherche.

Je ne me suis pas étonnée qu'elle sache mon nom, Beneter avait sans doute raconté quel traitement je lui faisais subir. En pensée, j'ai nié ma culpabilité, furieuse d'en avoir seulement l'idée (et furieuse à l'idée que Marte me mentait certainement).

—Alors, qu'est-ce qu'il va faire dans ta maison, pleurer sur ton épaule à cause de moi?

Les yeux verts m'ont paru tristes.

—Il vient pour affaires, Nelle, même si c'est vrai qu'il tient beaucoup à toi.

Je n'avais entendu qu'un mot: affaires. Quel genre d'affaires un marchand peut-il traiter dans une maison de plaisir? Si j'avais porté plus d'attention à mes voisines, je me serais déjà rendu compte qu'il ne venait jamais de clients, dans cette maison. Les filles, désœuvrées, se consacraient à la couture et au soin porté à leur beauté. Car elles étaient belles, ces jeunes femmes, plus belles que les « bourgeoises » qui s'offraient dans l'escalier de la ville haute.

Marte a expliqué :

—Nous sommes une maison un peu spéciale. Je t'assure qu'il est tout à fait normal que Beneter vienne traiter ses affaires chez nous.

En rentrant, je suis allée à la cuisine (depuis que je dormais avec le maître, Zélina me faisait meilleur visage, car elle ignorait que Beneter me dédaignait). J'ai aidé la vieille à ses préparatifs, ce qui était la plus efficace façon de l'amadouer. Tandis qu'elle grommelait contre le coût des légumes et leur mauvaise qualité, je lui ai narré ma rencontre avec l'une de nos voisines, soulignant combien il était étrange de ne voir jamais de clients aux fenêtres. Le visage de la vieille s'est encore plus renfrogné :

—Celles-là et leurs grands airs ! Elles n'ont pas besoin de recevoir des clients, ces dames ! Il en vient bien assez à la saison des pluies...

Et, comme si mon interruption n'avait aucune importance, elle a repris ses jérémiades sur le coût de la nourriture. J'ai fait mine de l'écouter, me contentant de hocher la tête de temps à autre, et j'ai laissé vagabonder mes pensées.

Des clients à la saison des pluies... La maison de plaisir située ici, dans la partie la plus bourgeoise du ghetto... Les filles les plus belles, occupées seulement d'elles-mêmes... Une maison de plaisir où l'on traitait des affaires...

Les clients... c'étaient les marins du bateau ? Le Voyageur lui-même ? Alors, il viendrait là, bientôt, au retour de la saison des pluies... Le Voyageur de la chanson !

Cette perspective m'a laissée éblouie. Zélina s'est rendu compte que je ne lui portais plus attention. Elle s'est tue, après un haussement d'épaules résigné.

◆

Le lendemain et les jours suivants, je suis retournée au jardin tous les après-midi, jusqu'à ce que Marte revienne enfin bavarder avec moi. Nous nous tenions chacune de notre côté de la haie. Je me demandais comment aborder le sujet du Voyageur. Peut-être les marins venaient-ils à la maison de plaisir en secret ? Pourtant, Zélina en avait parlé comme d'une chose évidente.

Terriblement gênée, j'ai fini par dire:

—J'aimerais te demander quelque chose, Marte...

Je lui ai raconté ma visite sur le port, autrefois, en compagnie de Léane. La mention de cette excursion en ville basse lui a fait froncer les sourcils, mais je ne m'y suis pas arrêtée. Je lui ai narré notre rencontre avec l'homme voilé, dans la ruelle en escalier.

—Tu vas rire de moi, Marte, mais j'ai cru, ce jour-là, que je venais de croiser le Voyageur.

Le visage de ma voisine a conservé son sérieux.

—Non, tu as bien deviné. Ce devait être Ilario.

—Ilario ?

—C'est son nom. Au Voyageur.

Je me suis rapprochée de la haie, rapprochée de la jeune femme, le cœur rempli d'espoir.

—Tu le connais, hein ? C'est ici, chez vous, qu'il habite, quand il est au port ?

Le regard de Marte s'est machinalement tourné vers la façade de sa maison, et même, m'a-t-il semblé, vers cette fenêtre obscure qui ne possédait pas de rideaux. La vitre en était opaque, rien n'était visible au travers.

—Oui, c'est chez nous. Chez lui, en fait.

Elle n'a rien ajouté. Son visage exprimait une telle amertume que je n'ai plus osé la questionner. J'ai penché la tête vers la haie, comme si son feuillage était la chose la plus captivante du monde. Au bout d'un moment, Marte a demandé, d'un ton anodin :

—Qu'est-ce que tu dirais d'une nouvelle robe, Nelle ?

J'ai grimacé, gênée d'avouer que je dépendais de Beneter :

—Je n'ai pas d'argent.

Marte a souri, pour la première fois depuis que j'avais évoqué le Voyageur.

—Le marchand de tissu me connaît, il nous fera crédit. Et je suis sûre que Beneter acceptera de payer.

J'ai dévisagé ma voisine, soudain soupçonneuse. Elle avait parlé à Beneter de notre conversation de l'autre jour ! Elle a repris, comme si de rien n'était :

—Tu connais ce marchand ? C'est celui qui a sa boutique à côté du boulanger...

J'ai secoué la tête : je n'avais pas quitté la maison depuis mon arrivée. Marte m'a contemplée un moment sans mot dire, incrédule.

—Tu n'es pas sérieuse ? Alors, c'est décidé, tu viens avec moi !

J'ai protesté pour la forme (au fond, j'étais mûre pour sortir de la maison, j'en avais très envie), et c'est ainsi que j'ai suivi Marte dans le ghetto, la première fois.

Marcher dans la ville basse avec Marte m'a rappelé les jours heureux en compagnie de Léane. Tous les marchands la connaissaient, ou presque. Les vieilles servantes que nous croisions la saluaient, les hommes errants ne me dévisageaient plus. S'il n'y avait eu l'écrasante présence de la falaise au-dessus de nous, j'aurais pu me croire de retour en ville haute.

Et le marchand de tissu possédait des merveilles ! Pas des trucs métalliques ou pailletés comme en portaient les idiots à la Tomir, non, des tissus très doux au toucher, en provenance des pays étrangers, disait le marchand. Bien sûr, son stock commençait à diminuer vu la saison, mais les vents moins violents annonçaient le retour du printemps et, avec lui, le retour de marchandises encore plus excitantes, il nous le promettait.

Des pays sous d'autres soleils
il nous rapporte les merveilles...
Le Voyageur !

◆

Le soir, nous étions au salon, Beneter et moi, lui occupé à lire, moi à rêvasser dans la lumière du couchant. J'ai fixé la fenêtre. Marte avait cassé toutes les terreurs que pouvait m'inspirer le dehors. Bien sûr, une femme était objet de convoitise, dans le ghetto. Et la loi du plus fort prévalait. Mais une femme pouvait apprendre à être forte. Toutes les chances s'offraient à l'audacieux. Des gens stagnaient dans leur cabane de tôle, pendant que d'autres, tel Beneter, vivaient dans des maisons en pierre... Ainsi, Beneter avait dit vrai, le premier jour : je pouvais sortir de cette maison, accepter le défi, creuser ma place dans le ghetto. Si j'en avais le courage, je pouvais même trouver ma place auprès de lui.

Je l'ai contemplé. Il avait le front penché, plissé ; je crois que je l'ai trouvé beau. Il a levé les yeux, m'a souri, de cet étrange sourire presque timide qu'il avait depuis que je lui battais froid.

—Qu'est-ce qui se passe, j'ai l'air bizarre ?

J'ai secoué la tête, pour chasser la brusque bouffée de chaleur qui me montait au visage.

—Je pense que j'ai envie de toi, Beneter.

◆

Beneter a commencé à recevoir des marchands chez nous. Pour préparer la nouvelle saison, prétendait-il. Peut-être le faisait-il pour m'exhiber, mais cela ne me vexait plus, j'acceptais d'être sa compagne. Je passais une partie de ces soirées accrochée à son bras comme un bijou précieux ou une étoffe délicate. Il me présentait à tout le monde et je souriais à en avoir les mâchoires crispées. Au bout de quelques heures, heureusement, il commençait à parler affaires avec ses invités et je pouvais m'esquiver.

Au fil de ces soirées, le temps s'est écoulé sans que je m'en rende compte. Enfin, le printemps venu, il s'est mis à pleuvoir. Avec un frisson, j'ai songé que, si j'étais demeurée en ville haute, j'aurais commencé mon apprentissage chez quelque bourgeois à la Éridon... Je préférais décidément Beneter.

Jour après jour, tandis que la pluie transformait le jardin en mare boueuse, je me suis postée à la fenêtre pour guetter le regain d'activité que ne manquerait pas de connaître, bientôt, la maison voisine. Je ne me trompais pas.

Malgré la pluie, les filles s'agitaient, secouant les rideaux et les tapis, lavant les carreaux, se pomponnant dès qu'elles avaient une minute. Enfin, après des jours d'attente, j'ai aperçu des silhouettes toutes de blanc vêtues derrière les vitres.

Le lendemain matin, un marin se tenait sur le balcon, tête levée pour laisser la pluie couler sur son visage. L'homme s'est étiré, puis il est rentré à l'intérieur en secouant ses cheveux mouillés.

Le soir même, Beneter a donné une fête. À ma grande surprise, nos voisines y ont été conviées. Je n'avais pas dit à Beneter que Marte était devenue mon amie, mais elle s'en était sans doute chargée.

Parmi les invités, celui que j'attendais est venu. Beneter m'avait avertie, sans se douter que j'espérais ce moment depuis des mois.

— Il y aura quelqu'un d'un peu spécial, ce soir... Ne sois pas effrayée par son aspect. C'est l'une de mes relations les plus importantes, alors je veux que tu lui fasses bon accueil.

Les invités affluaient depuis une heure – des marchands de la ville basse que je connaissais déjà – quand nos voisins sont apparus, provoquant un trou de silence dans les conversations. Escortés chacun par une fille, les marins, identiques à ceux de mon souvenir, portaient des pantalons et des chemises immaculées. Les marchands du ghetto les ont salués avec gravité. Ensuite est apparu Ilario, accompagné de la matrone, la patronne des filles d'à côté.

Je suis restée figée un bon moment avant de pouvoir faire un geste, m'avancer vers cet invité « spécial » afin de lui souhaiter la bienvenue comme Beneter m'en avait priée.

Ilario avait relevé sa voilette, dénudant un visage à la peau si blême qu'elle en était blanche comme de la craie. Ses cheveux gris étaient emprisonnés dans une résille. Son visage était par ailleurs la seule partie du corps exposée à la vue : tel que je l'avais aperçu dans la ruelle, jadis, il protégeait chaque parcelle de sa peau – des manches longues, un col haut, des gants... Cependant, son visage paraissait doux, tout en courbes et en fossettes, des traits d'enfant joufflu.

Beneter s'était bien sûr porté au-devant de lui. Il a tourné vers moi un regard impatient. Je me suis secouée, m'avançant pour saluer l'invité avec une raideur cérémonieuse. Ilario s'est incliné devant moi avec grâce, mais son regard pâle me détaillait avec une attention moqueuse. Marte lui avait-elle parlé de moi ?

À nouveau, j'ai dû jouer les bibelots précieux, pendue au bras de Beneter, jusqu'à ce que mon bourgeois et maître engage une conversation « sérieuse » avec ses hôtes, me congédiant d'un geste. Ouf ! Je pouvais rejoindre Marte. Ses consœurs m'ont accueillie de diverses manières, selon le caractère de chacune : petit air supérieur sur le visage de l'une, sourire distrait sur les lèvres de l'autre, vigoureuse poignée de main d'un côté, baiser sonore d'un autre. Je ne regrettais pas d'avoir choisi le toit de Beneter plutôt que le leur, mais on s'est tout de même bien amusées, à rire des facéties des marins. Parfois, l'un d'eux caressait sa compagne et je détournais les yeux, gênée.

Le marin qu'accompagnait Marte était un homme au visage jeune, presque un apprenti. Il lui effleurait parfois timidement les cheveux ou tenait sa main avec une gratitude touchante. Marte lui souriait avec gentillesse. Seule la patronne se trouvait sans homme, comme moi. Était-elle la compagne d'Ilario ? Cette grosse bonne femme à l'allure débonnaire... Mais quelle femme accepterait de se laisser caresser par l'homme blême ?

Au fur et à mesure que le temps passait, le vin aidant, les couples se sont esquivés un à un pour rentrer à la maison voisine. Même la patronne a fini par nous quitter, sans attendre Ilario. J'ai fait le tour des pièces, souriante, pour m'assurer que personne ne manquait de vin, de nourriture. Pour une fois, la réception n'avait pas été un fardeau.

À la fin de la soirée, les invités étaient presque tous rentrés chez eux, sauf un petit groupe de marchands qui bavardait encore au salon, quand je me suis retrouvée seule dans la salle à manger que Reyne et Zélina avaient déjà débarrassée. Je ne sais pas pourquoi, une bouffée de bonheur m'a emportée dans un brusque tourbillon ; j'ai eu envie de danser malgré la fatigue qui alourdissait mes jambes. J'ai esquissé quelques entrechats, puis je me suis laissée aller, complètement détendue, tournoyant sur le plancher nu – la table avait été repoussée contre le mur et les hommes ne l'avaient pas encore remise en place. Soudain, j'ai aperçu une silhouette dressée sur le seuil de la pièce et je me suis immobilisée. C'était Ilario, le Voyageur, visage rougi par l'alcool. Il s'est approché de moi, a tendu la main comme s'il caressait ma poitrine, sans toutefois me toucher. J'ai reculé d'un pas – je me rendais compte tout à coup que la sueur collait la robe à mon corps et que le tissu, très fin, ne dissimulait pas grand-chose. Ilario a paru respirer un moment avec difficulté, puis il a reculé à son tour de quelques pas.

—Nelle, si tu dansais pour moi, je mettrais le monde à tes pieds.

La voix avait quelque chose de rauque qui m'a fait penser aux éfans. J'ai ri, pour cacher mon trouble.

—Qu'est-ce que je ferais du monde?

Il n'a pas répondu et, comme le bruit d'une conversation enflait tandis que les marchands quittaient le salon, il s'est détourné pour gagner la porte à pas rapides.

Plus tard, dans notre chambre, j'ai demandé à Beneter pourquoi Ilario avait cet aspect repoussant. Souffrait-il d'une maladie de la peau? Était-il né dans une ville où les genétiens contrôlaient mal le développement des enfants? Cela avait-il un rapport avec le fait qu'il soit « le » Voyageur, celui de la chanson? Beneter glissait déjà vers le sommeil alors que j'en étais encore à retirer ma robe. Il a écarté mes questions d'un haussement d'épaules en marmonnant:

— Je suis vidé, laisse-moi dormir.

Postée au bord du lit, je l'ai contemplé, lui, le maître repu et satisfait, qui ignorait ma présence comme si je n'étais qu'un bel objet de plus dans cette pièce. J'ai ressenti une furieuse envie de le piquer.

— Il est arrivé quelque chose qui va t'amuser...

Il a soulevé une paupière, daignant m'accorder un ultime instant d'attention. Alors, j'ai parlé de l'incident, quand Ilario m'avait surprise en train de danser. Je voulais provoquer une réaction et je n'ai pas été déçue. Beneter s'est redressé dans le lit, poings serrés, repoussant d'un geste brusque un oreiller qui le gênait.

— Comment ose-t-il, dans ma propre maison, ce sale voyeur !

Si j'ai d'abord eu la stupidité de me sentir flattée par cette vive réaction, j'ai vite déchanté, car la colère de Beneter s'est dirigée contre moi.

— Qu'est-ce que tu fiches encore là ? Je t'ai dit que j'étais fatigué, alors tu perds ton temps avec ton étalage de viande.

L' « étalage de viande », c'était l'expression la plus crue pour désigner les filles des maisons dans l'escalier. Beneter s'est recouché sur le côté, me tournant le dos. J'ai serré les lèvres, frémissante, mais je n'ai rien répliqué. Après tout, j'avais été bien bête de provoquer sa jalousie. Comme la fierté qu'il montrait à se pavaner avec moi à son bras, la jalousie était une attitude de propriétaire. J'étais bel et bien devenue la chose de Beneter.

Chapitre 8

— Pourquoi est-ce qu'on ne peut pas aller sur le bateau ?

Sa fourchette est restée suspendue en l'air, accrochant la lumière du chandelier. Zélina s'affairait autour de nous, passant les plats, remplissant nos coupes. À l'instant même où je formulais la question, le visage de Léane m'est apparu en pensée, visage bienveillant rendu sévère par le regard de reproche qu'elle me jetait. Elle semblait me dire : *« Qu'as-tu fait de ta liberté, Nelle ? »* J'avais envie de lui répondre : *« J'en ai fait ce que j'ai pu avec le peu de savoir que tu m'as transmis, bourgeoise. »* En même temps, je sentais la honte me chatouiller en dedans.

De l'autre côté de la table, mon compagnon a levé les yeux vers moi.

— Les débardeurs vont sur le bateau, c'est leur travail.

Ce ton protecteur ! Beneter continuait à me traiter comme une enfant, sans se rendre compte que je supportais de moins en moins cette attitude à mon égard.

—Tu sais bien ce que je veux dire, Beneter : pourquoi ne vas-tu pas négocier tes échanges commerciaux là-bas, dans les villes d'où viennent les produits que tu achètes ?

Son visage s'est fermé, sa réponse a ressemblé à un grognement.

—Les étrangers ne le permettent pas. (Il appelait Ilario et ses marins les « étrangers ».)

Il a haussé la voix :

—Et ne me parle pas de révolte ou de prendre le navire d'assaut, c'est ridicule. Nous avons besoin des produits qu'apportent les étrangers, et la violence ne serait pas une solution.

Là, j'étais bien d'accord avec lui, sans compter que nous ignorions à quel endroit et à quelle distance se situaient ces villes étrangères... Du moins, je n'avais obtenu que des réponses évasives de la part des marchands que je questionnais, lors des soirées d'affaires données par Beneter. Je commençais même à soupçonner que, dans le fond, ces soi-disant marchands de la ville basse étaient aussi ignorants que moi.

J'ai insisté :

—Toi qui prétends avoir été un puissant marchand en ville haute, autrefois... comment peux-tu accepter ce rôle d'intermédiaire mineur ? Toi et tes confrères d'ici, vous êtes à la merci des « étrangers », et vous acceptez cette situation sans réagir.

Repoussant sa chaise d'un mouvement brusque, Beneter s'est levé. Il a saisi le plat posé près de lui, un plat de bois rempli de fruits, et l'a jeté devant moi.

—Un intermédiaire mineur ! J'ai beau être un intermédiaire mineur, n'empêche que tu profites plutôt bien de mes petites transactions !

J'ai étendu la main pour éviter que les fruits ne s'échappent du plat. Beneter a repris sa place sans me regarder, le visage hautain. Je me suis efforcée de me montrer conciliante.

—Écoute, je ne voulais pas te blesser... Ce qui m'a fait dire ça, c'est que, ce matin, j'ai vu passer un plein chargement de bois pour la ville haute. Il y en avait pour une fortune. Alors je me suis demandé avec quelle monnaie d'échange on peut le payer.

Le visage de Beneter s'est renfrogné, puis il a paru se détendre. J'ai continué :

—Ce que je ne peux pas comprendre, c'est quel intérêt ont les étrangers à commercer avec nous, c'est tout.

Beneter m'a jeté un regard aigu, mais je l'ai ignoré, occupée à trancher un morceau de pain. Mon compagnon a soupiré :

—Qu'est-ce que ça change pour toi, la façon dont nous commerçons ? Tu as un toit au-dessus de la tête, de la nourriture à ta table... Contente-toi d'en profiter.

J'ai gardé les yeux baissés sur mon pain. Inutile de me fâcher contre Beneter. Après tout, je n'étais qu'une femme. Quel besoin avais-je de comprendre le monde autour de moi ? Il me suffisait d'entretenir ma beauté, de satisfaire le maître et de lui rendre grâce pour ses bontés !

Zélina est entrée dans la pièce, apportant un plat. Je suis restée silencieuse un moment à songer aux chariots que j'avais vus, ce matin, monter vers la ville haute.

La saison des pluies s'achevait. Le bateau avait eu le temps de partir et de revenir, depuis la fameuse fête donnée par Beneter ce printemps. Les étrangers parvenaient rarement à effectuer plus de deux visites par an, mais les pluies avaient été particulièrement abondantes, cette année. Même si je n'avais pas revu Ilario, je savais que le Voyageur était de retour à cause des pleins chariots de marchandises qui montaient vers la ville haute depuis plusieurs jours. Lorsque j'avais croisé des marins, ce matin, cela m'avait rappelé ma première rencontre avec le Voyageur, en compagnie de Léane, quand j'étais petite. Mes rêves anciens étaient revenus dans une soudaine bouffée de nostalgie.

Lorsque j'ai repris la parole, Beneter a agité une main, exaspéré, mais il m'a laissée finir.

—Nous ne produisons rien que nous puissions leur vendre, nos cultures font tout juste pousser ce qu'il nous faut pour vivre, nos fonderies se contentent de recycler de vieilles pièces de métal pour en fabriquer de nouvelles... Qu'est-ce que nous avons à vendre?

Beneter a haussé les épaules.

—Il y a pourtant une chose que tes bourgeois fabriquent, en ville haute, tu devrais le savoir.

Zélina, qui remplissait ma coupe à ce moment, a eu un léger mouvement de recul, répandant le vin rouge sur la nappe blanche.

—Vieille folle ! s'est exclamé Beneter. Est-ce que tu ne peux pas faire attention?

Zélina a épongé le dégât sans mot dire, puis elle s'est éloignée. Beneter croyait profiter de la diversion pour ne pas me répondre, mais j'ai fixé sur lui un regard interrogateur. Il a soupiré.

—Dis-moi donc, à la fin, pourquoi tu t'intéresses tant aux étrangers et à leur bateau ?

—Peut-être que je n'aime pas l'idée que cette ville soit une prison.

Je ne me suis pas enfuie de l'Institution pour ça. Pour quoi, alors ? Beneter a pris un petit air rusé.

—Supposons que tu puisses, par exception, t'embarquer, comment ferais-tu pour survivre ailleurs, en quoi est-ce que ce serait différent d'ici ? Tu rencontrerais les mêmes problèmes, en plus d'ignorer totalement la langue et les coutumes de cet ailleurs.

La langue ? Je n'avais pas pensé qu'Ilario puisse parler une autre langue que la nôtre. En réalité, je n'avais jamais vraiment essayé d'imaginer l'*ailleurs*.

—Je pourrais apprendre, je saurais m'adapter.

—Commence par savoir vivre ici, d'abord, et après tu pourras parler de partir.

Il recommençait à me traiter comme une enfant. J'ai cherché une remarque cinglante, n'ai rien trouvé. De toute manière, Beneter avait toujours le dernier mot dans nos discussions.

J'ai pris ma coupe. Sur la surface polie du métal, mon propre reflet m'a dévisagée, mon propre regard m'a défiée. J'aurais dû refuser cette vie confortable, digne de la ville haute, j'aurais dû choisir d'être fidèle à moi-même, de reprendre la lutte pour ma survie dans le ghetto.

J'ai soupiré et levé mon verre dans la lumière en direction du maître, qui a approuvé le geste d'un hochement de tête satisfait. Comme Béryliane, j'avais trouvé mon Éridon. Je me trouvais avilie.

J'ai vidé mon verre en silence.

◆

Le lendemain matin, il faisait si beau que je suis allée danser dans le jardin, dans les rayons du soleil qui perçait enfin les nuages. Quel plaisir de délier mes muscles ! Je ne m'étais pas rendu compte combien le printemps m'avait pesé, combien j'étais lasse du tambourinement de la pluie sur les toits, combien je m'étais rongé les sangs à garder toute cette énergie en dedans de moi. Danser, tourbillonner, sauter ! Bientôt à bout de souffle, j'ai jeté un coup d'œil en biais à la fenêtre obscure, celle de la chambre d'Ilario, puis je me suis remise en mouvement, car l'immobilité me donnait envie de hurler ma frustration.

J'espérais apercevoir Ilario, mais je savais bien, au fond, que je dansais surtout pour m'étourdir moi-même. *Offre-moi le monde, Ilario, et je te demanderai ton bateau.*

Quand Marte est sortie pour me saluer, j'étais en proie à un bienfaisant épuisement. Nous avons bavardé un peu puis, comme je devais rentrer, j'ai lancé d'un air détaché :

— Vos hôtes dorment tard, ce matin...

Marte a répliqué avec étonnement :

— Comment, tu ne les as pas vus partir ? Ils nous ont quittées hier soir : le fleuve a déjà commencé à s'assécher, en amont. Le bateau ne reviendra pas avant la prochaine saison des pluies.

◆

— Arrête de faire l'enfant avec ton histoire de bateau, Nelle !

Beneter m'avait fait enrager toute la journée, après que je fus rentrée du jardin, après, surtout, ma déception en apprenant le départ du bateau. Il s'était installé à la table de la salle à manger pour faire ses comptes en compagnie de son clerc et de Reyne. Il voulait m'étaler son argent sous le nez, à cause de ce que je lui avais dit la veille. *« Regarde ce que m'a rapporté mon office d'intermédiaire mineur... »*, avait dit mon maître en ricanant.

Alors, j'étais revenue à la charge avec mes questions, pour à mon tour faire enrager Beneter.

— D'accord, ai-je répliqué, puisque tu ne veux pas me répondre, je demanderai à Ilario, quand il reviendra.

La menace visait à raviver sa jalousie, mais Beneter était trop content de lui pour tomber dans le panneau. Il a adopté un ton railleur.

— Quand Ilario reviendra... Ilario par-ci, Ilario par-là ! Si tu savais combien il se fiche de toi, Ilario.

— Ce n'est pas l'impression qu'il m'a donnée.

Les traits de son visage se sont faits durs.

— Pauvre conne, tu n'as pas compris encore qu'on est leurs otages, à tes étrangers de malheur ? S'ils ne nous faisaient pas la charité de commercer avec nous, on n'aurait plus qu'à crever aux portes du désert.

Je suis restée muette. Beneter ne me racontait pas d'histoires, la colère l'avait poussé à en dire plus qu'il ne le souhaitait. Il s'est radouci.

—Oublie donc Ilario, il est bien la dernière personne à vouloir répondre à tes questions.

—Mais, Beneter, tu l'as dit toi-même, rien ne les oblige à commercer avec nous. Alors, pourquoi le font-ils ?

Il a haussé les épaules, comme toujours, mais cette fois il a répondu, à voix basse, pour lui-même.

—Peut-être par remords...

Par remords ? Pourquoi du remords ?

Beneter me tournait le dos. Inutile d'insister ni d'envenimer la querelle. Ce soir-là, tandis que je réprimais encore ma frustration, j'ai compris que Beneter se trompait au moins sur un point : je savais désormais que je n'étais plus une enfant.

◆

—Regarde-moi ces haricots ! tempêtait Zélina. Ils appellent ça des légumes... C'est dur comme de la pierre !

J'ai souri de la colère bougonne exprimée par la vieille. Pour tromper l'ennui, j'étais venue aider Zélina à la cuisine. Je surveillais la soupe pendant qu'elle était allée au marché. Elle venait de rentrer, furibonde.

—C'est le début de l'été, Zélina... Ils sont obligés de rationner l'eau, en ville haute. Même les cultures doivent...

—L'eau ! a craché la vieille avec mépris. Il s'en faut de beaucoup qu'on en manque, après les pluies abondantes de ce printemps. Et on est à peine au début de la saison sèche. D'ailleurs, le Voyageur est rentré à quai, ce matin.

J'ai tressailli. Le Voyageur ? Les gens âgés comme Zélina appelaient « Voyageur » indifféremment l'homme blême et son bateau. Je savais qu'Ilario ne se trouvait pas toujours à bord, Marte me l'avait dit. Mais cette fois, si Ilario était de retour...

Oui, et puis après ? Moi qui regrettais chaque jour de m'être laissé prendre au piège du confort offert par Beneter, allais-je maintenant me vendre à un homme à l'aspect aussi répugnant ? Et pourquoi ? Absurde.

—L'eau... a répété la vieille. Ce n'est qu'une excuse pour nous refiler les saletés dont ils ne veulent pas, là-haut.

Je n'écoutais plus, bercée par mon rêve de départ.

◆

Les marchands s'agitaient devant leurs étals, ils discutaient entre eux dans les rayons du soleil qui entraient à flots entre les rideaux écartés, pour exploser sur les couleurs vives des tissus. Je clignais des yeux dans la lumière.

Notre hôte, Ramir, un confrère de Beneter, habitait une maison plus grande que la nôtre à proximité de la place du marché. Au rez-de-chaussée, une vaste salle éclairée de multiples fenêtres servait à l'exposition des marchandises. Elle était meublée de longues tables étroites placées de façon à former un rectangle vide au centre, où se tenaient des commis prêts à bondir sur le premier acheteur qui se pencherait vers le plateau couvert de nappes brodées et d'objets disposés, surtout des bijoux et des bibelots. Beneter souriait en saluant ses confrères, puis il a plié son long corps pour effleurer mon oreille d'un baiser, serrant mon bras pour me dire, à voix basse:

—Choisis ce qui te plaît, je te l'offre.

Depuis trois saisons, je vivais avec lui sans avoir jamais manqué de rien. Avec Marte, j'avais souvent choisi le tissu de mes robes ainsi que les herbes et les crèmes indispensables à la compagne d'un riche marchand. Cependant, c'était la première fois que Beneter m'offrait un cadeau. J'ai levé les yeux vers lui : fier, il paradait avec sa chose pendue à sa veste. Comme je demeurais silencieuse, la pression de sa main sur mon bras s'est accentuée. *« Choisis ce qui te plaît. »* J'ai acquiescé et il m'a laissée seule pour effectuer mon choix. J'ai fait le tour de la salle.

Il y avait des coupes qui m'ont rappelé celle que j'avais tenue entre mes mains chez l'ami de Tomir. Un dessin y était gravé en relief: une grappe de raisins. J'ai serré l'objet entre mes doigts, jusqu'à ce que la forme de la grappe en saillie s'imprime dans ma paume. Il me semblait qu'en fermant les yeux, en me concentrant très fort, je pourrais apercevoir la personne qui avait façonné cette coupe puis, au delà, le pays idyllique où l'on cultivait le raisin. Cet artisan, s'agissait-il d'un homme ou d'une femme ? Quels étaient ses vêtements, la couleur de ses yeux, l'aspect de sa maison ?... Je le saurais un jour.

Une présence s'est coulée près de moi et j'ai tourné la tête. Reyne a pris ma main qui tenait la coupe:

—Très joli. Dis à Benêt de te l'offrir.

J'ai dégagé ma main, sans dire un mot. Il a ri et s'est éloigné.

Une autre table offrait à l'œil curieux des objets étranges qui ne correspondaient à rien. Des choses inutiles, que je ne jugeais même pas esthétiques. Des bibelots, sans doute, ou des sculptures. En provenance de quelle cité inconnue ? J'ai peine à me les rappeler, aujourd'hui. Je me souviens d'une sorte de toupie en matériau blanc, lisse au toucher. Et d'une boîte noire oblongue, faite d'un plastique fragile (un matériau si peu durable que je n'en ai jamais compris l'intérêt). Dans ma main, l'objet très froid s'est réchauffé peu à peu. Il avait l'épaisseur du bout de mon petit doigt, la longueur d'une paume et à peine la largeur d'un pouce. De tous les côtés, sauf un, il offrait une surface unie, polie, sombre. Sur l'unique face inégale, de légères protubérances disposées en rangées. J'ai pensé qu'il s'agissait d'un accessoire pour les soins de la peau : cela m'a fait frissonner d'agréable façon quand j'ai promené sur mon bras la surface inégale.

Il y avait d'autres objets de forme rectangulaire, très fragiles aussi, d'ailleurs à moitié cassés. Je ne suis pas restée longtemps devant cet étalage auquel je ne comprenais rien. Je n'avais aucune envie de me faire offrir un objet qui provoquerait les moqueries de mon maître.

Plus loin, des bijoux en divers métaux précieux. J'ai pris un collier en argent orné de pierres bleues. Je pouvais sans peine imaginer la soirée où je porterais semblable parure, vêtue d'une longue robe à bandeaux colorés, parfaite hôtesse d'une splendide réception donnée par mon maître.

Cette image n'avait rien de désagréable, elle était plutôt rassurante, elle offrait une lente continuité dans notre vie – jusqu'au jour où je serais trop vieille ou trop laide pour plaire au maître ? J'ai songé à Zélina, à toutes ces vieilles femmes qui peinaient dans les ruelles du ghetto, leur cabas à la main...

Il y avait des anneaux, des bracelets, des broches. J'ai pris l'une d'elles, avec délicatesse, et je l'ai posée sur la paume de ma main. Elle représentait un serpent – je connaissais pour en avoir vu au musée de la ville haute, visité jadis en compagnie de Léane. Son corps était formé d'un entrelacs de fils argentés. Sa tête était disproportionnée. Gueule ouverte, il vomissait une pierre couleur de feu qui constituait la tête d'un personnage de forme humaine. La pierre était jolie – on aurait dit un morceau de verre avec ses veinures plus pâles, presque blanches. Mais je jugeais la pièce de métal affreuse. J'ai remis la broche en place.

Ma main s'est posée, parmi les parures, sur un objet différent : une dague délicate au manche de nacre, à la lame tranchante dont j'ai éprouvé le fil du bout des doigts. Un bijou, cette petite chose, un bien étrange bijou qui m'attirait plus que tout. Désemparée, j'ai cherché Beneter du regard. Il m'a vue, est venu vers moi, a aperçu la dague et souri.

—C'est pour me tuer ?

J'ai secoué la tête ; non, bien sûr.

Il n'a fait aucun commentaire, s'est tourné vers le commis et a marchandé le prix. J'ai suivi la discussion sans comprendre les mots, gardant les yeux baissés. J'ai serré un pan de ma robe entre mes mains tremblantes. Beneter a conclu l'affaire, payé la dague. Il me l'a tendue, je l'ai prise, muscles crispés. J'ai remercié à voix basse, puis je me suis dirigée vers la sortie.

Avant même que j'aie quitté la maison du marchand, il m'avait rejointe, m'arrêtait en saisissant mon bras. Je me suis tournée vers lui avec l'envie de crier. Il a dit:

—Nous pouvons faire cela comme des gens civilisés.

Nous avons marché côte à côte, vers la maison.

Je n'avais pas voulu le quitter. C'était plus fort que moi, la dague en avait décidé ainsi, et surtout le geste de Beneter pour me l'offrir aussitôt. Je me mettais moi-même au défi : puisque je disposais de ma liberté, étais-je assez forte pour m'en saisir?

Nous sommes entrés dans la maison. Je suis allée à mon ancienne chambre pour me changer. Beneter ne m'a pas suivie. J'ai retrouvé mes vieux vêtements, jusqu'au pyjama de l'Instit que Zélina avait lavé, repassé et rangé avec soin. Les pièces de monnaie qui restaient de mon séjour à la taverne ont tinté au fond des poches. Zélina les avait laissées. Elle serait sans doute heureuse, la vieille, que je quitte cette maison.

J'ai glissé la dague à ma ceinture, sous le chandail, me suis assurée que je pouvais l'atteindre facilement, puis je suis revenue dans le salon, tout le corps noué dans un effort pour ne pas trembler. Je n'avais aucune envie de faire souffrir Beneter, mais je n'avais pas d'autre solution.

Il m'attendait, très calme. Tout de suite sur la défensive, j'ai lancé :

—Tu m'as dis que j'étais libre.

—C'est que je croyais que tu ferais un meilleur usage de ta liberté. Mais je ne vais pas te retenir. Tu sais pourquoi ?

J'ai attendu, sans bouger. Il paraissait si sûr de lui.

—Je sais que tu vas revenir. C'est tellement absurde d'aller plonger dans le ghetto, alors que tu as une maison, une vie convenable...

—Ce n'est pas la vie que j'ai choisie, Beneter.

Il s'est animé un instant, presque furieux :

—Ta précieuse liberté ! Qu'est-ce que c'est que la liberté, dis-moi ?

Cette question, Abélar me l'avait posée, il y avait déjà longtemps... J'ai répété ma réponse pour Beneter, même si les mots me semblaient avoir perdu tout leur sens. Il a répliqué :

—Quelle importance de circuler en toute liberté, quand tu as la chance d'avoir quelqu'un qui se préoccupe de toi ?

Je n'ai pas répondu. Des gens qui se préoccupaient de moi étaient restés derrière, dans la ville haute. Si je devais retourner auprès de quelqu'un, ce ne serait pas auprès de Beneter, il aurait dû le savoir, s'en douter. Il ne voyait que lui dans ma vie.

Devant mon silence, il a soupiré :

—Je ne vais pas insister plus longtemps, c'est inutile. Sache au moins que la maison te reste ouverte. Ici, tu trouveras un abri, quoi qu'il arrive.

Je l'ai remercié, embarrassée. J'ai refermé doucement la porte de sa maison. Vite, j'ai avancé et débouché sur une rue qui menait au port. Là, j'ai respiré à fond pour chasser mes regrets. Je ne savais qu'une chose : ce serait définitif, jamais mon orgueil ne me permettrait de lui céder à nouveau. Ou, alors, ce serait abdiquer mon identité. J'ai glissé la main sous mon chandail pour sentir la poignée de la dague. Je savais très exactement où aller, et ce n'était pas dans la maison de Marte. Mon amie serait sans doute fâchée de ma disparition soudaine, mais je pourrais lui en expliquer les raisons plus tard – quand j'aurais regagné l'estime de moi-même.

Je suis allée au marché acheter du pain. Il ne me restait pas beaucoup d'argent, mais je trouverais à me débrouiller. J'ai grignoté, tout en parcourant le quartier, un peu inquiète à l'idée de tomber sur Reyne. Puis, dès que le soleil a amorcé son déclin, dès que les ombres se sont allongées, je me suis engagée sur l'esplanade en direction du port, et j'ai cherché les ruelles qui couraient derrière les entrepôts. Ici, on aurait dit que le temps ne s'était pas écoulé. Les mêmes enfants s'enfuyaient en courant poursuivis par les mêmes chiens. Les mêmes vieux erraient, le regard vide. Les mêmes hommes me lançaient des invites ou des quolibets. Je me suis dirigée vers l'extrémité du ghetto, tout au bout, près des monticules de scories.

J'ai reconnu la cabane. Peut-être se trouvait-elle vraiment à l'abandon, maintenant ? Il n'y avait qu'un moyen de le savoir. Je me suis glissée à l'intérieur. Déserte. Un tas de détritus en tapissaient le sol. Je me suis coulée au fond, appuyée contre la cloison branlante. J'ai tiré la dague, mais je l'ai dissimulée sous un pli de tissu, ma main la tenant bien serrée, et j'ai fermé à demi les paupières.

Du temps a passé, mon attention s'est relâchée. Je me suis même endormie. Je me suis réveillée en sursaut, percevant un frôlement à proximité. J'ai écarquillé les yeux dans la pénombre qui enveloppait la cabane. Une silhouette se découpait dans l'entrée, un corps maigre, accroupi, immobile. J'ai distingué ses traits, les traits d'un jeune garçon. C'était peut-être un autre; pour moi, cela ne faisait aucune différence. Comme je ne remuais pas, il est entré, est resté accroupi devant moi. Bientôt, j'ai perçu son souffle régulier, alors j'ai fait de même. Les yeux mi-clos, je me suis efforcée de respirer à son rythme. Un long moment s'est encore écoulé, puis j'ai deviné un mouvement. Il s'était glissé, sans un bruit, près, tout près de moi. Si ce n'était pas le même garçon que la première fois, il usait en tout cas de la même tactique sournoise. Sauf que, moi, j'avais changé.

Il a poussé un cri lorsque je l'ai saisi par le cou. La pointe de ma dague s'est appuyée contre sa peau.

—Bouge encore et je t'ouvre la gorge.

Pas de réaction.

—Tu crois que je n'en suis pas capable?

Cette fois, il a acquiescé avec une extrême prudence.

Le calme de ma voix me surprenait moi-même.

—Je te préviens: je vais retirer ma dague mais, si tu tentes quoi que ce soit, je te tue.

Il s'est empressé d'opiner de la tête. Je distinguais ses yeux écarquillés dans le noir. J'ai retiré ma main. Il a soufflé comme une outre qui se dégonfle. Je l'ai poussé au fond de la cabane, non sans brandir ma dague.

—Tu vas dormir là, à côté de moi, pour que je puisse sentir si tu bouges. Au moindre geste...

Grâce à cette menace, j'ai passé ma première nuit libre dans le ghetto.

Chapitre 9

Il s'appelait Dom ; je lui donnais environ dix ans, peut-être un peu plus. Le lendemain matin, alors qu'il me regardait avec curiosité, je lui ai demandé s'il se souvenait de moi et il a paru ébahi. Non, bien sûr. Je n'ai pas insisté. Mais comment avait-il fait pour quitter l'Instit aussi jeune ? Encore une fois, il m'a regardée, décontenancé : l'Instit, qu'est-ce que c'était, qu'est-ce que cela voulait dire ?

— C'est l'endroit où grandissent tous les enfants, Dom.

Ce n'était pas son cas, du moins il ne se souvenait pas d'avoir vécu ailleurs que dans le ghetto. Je suis restée silencieuse ; je me suis demandé s'il existait dans la basseville une sorte de Genète parallèle où l'enfant aurait vu le jour. Ce qui m'intriguait plus encore, c'était de savoir comment un jeune garçon avait pu survivre dans le ghetto.

— Facile, a répondu Dom avec fierté quand je lui ai posé la question. J'connais toutes sortes d'moyens pour trouver à manger.

Des moyens ? Lesquels ? Et puis, la survie n'est pas qu'une question de nourriture : comment avait-il pu trouver et, surtout, conserver cet abri ?

—Les aut' m'laissent tranquille, j'suis d'ici.

Alors que moi, j'étais visiblement une bourgeoise à mon arrivée... Une sorte de solidarité semblait s'être établie entre déshérités du ghetto. De la même manière, Dom acceptait ma présence, bien qu'elle soit due à la menace d'une arme. C'était mon droit de le menacer : la loi du plus fort.

—Pour manger, y a le marché...

Mais avec quel argent achetait-il sa nourriture ? Il a ri.

—Pas b'soin d'payer, suffit d'savoir prendre.

Il volait. Quelle idiote j'avais été de n'avoir pas compris plus tôt ! Il devait voler avec une grande efficacité puisqu'il était encore en vie, et libre. Il était même prêt à me montrer comment.

Les premiers jours, tant qu'il m'est resté des pièces en fait, j'ai laissé Dom poursuivre son existence en solitaire. J'allais chez un marchand acheter des fruits ou du pain sans apercevoir le garçon, sans avoir la moindre idée de ce qu'il faisait tout le jour. Quand il rentrait à la cabane, le soir, satisfait de lui-même, il m'exhortait à le suivre le lendemain. Lorsque le dernier sou eut quitté mes poches, j'ai fini par céder.

◆

Parfois, je songe à tout ce que Dom aurait pu m'apprendre d'autre si j'étais restée près de lui. Il n'avait pas les mots pour dire, sa langue était maladroite, mais la vie lui avait enseigné des vérités qu'ignorait le plus riche bourgeois de la ville haute.

Le second soir, avant de nous endormir, je lui ai demandé s'il avait déjà vu le Voyageur. À ma grande surprise, il s'est mis à fredonner la chanson, ajoutant même un couplet que je ne connaissais pas :

De tous les temps de notre histoire
du plus profond de nos mémoires
le Voyageur
parcourt nos rues et venelles
car il a la vie éternelle
le Voyageur

Pour une fois, l'élocution de Dom était correcte, comme si la chanson réclamait une application hors de l'ordinaire. J'ai souri :

— Tu crois que c'est le même Voyageur aujourd'hui qu'il y a cent ans ?

Dom m'a jeté son regard par en dessous auquel je commençais à m'habituer.

— J'sais pas, c'est c'que les vieux i'disent.

Je suis restée songeuse.

— Tu lui as déjà parlé, au Voyageur ?

Dom a croisé les doigts pour conjurer le mauvais sort.

— Pas folle, tite tête ? Ceux qui le r'gardent dins yeux, i sont fous après.

J'ai haussé les épaules.

— Ça, c'est la légende. Je lui ai parlé, moi, et je ne suis pas devenue folle.

Pour une fois, il m'a regardée en face, me dévisageant avec incrédulité. Puis il s'est mis à rire, découvrant ses dents gâtées:

—Ouais, pis moi chu marchand d'bois!

Je n'ai pas insisté.

◆

Un matin, donc, j'ai suivi Dom vers le marché. Nous avons contourné la place par une ruelle où nous nous sommes arrêtés, car le garçon avait des instructions à me donner. Ce serait très simple, selon mon petit professeur: j'allais m'adresser au marchand, lui dire que je n'avais plus d'argent et lui demander la charité. Les marchands détestent être ainsi sollicités, celui-ci allait sûrement essayer de me repousser. Je m'accrocherais à lui, Dom se chargerait du reste. Simple, en effet.

J'ai obéi à la lettre. Dans l'ombre d'une boutique qui sentait les fruits trop mûrs, je me suis approchée du marchand, celui qui me connaissait pour m'avoir vue ces derniers jours. Il m'a saluée, aimable:

—Qu'est-ce que tu vas prendre, aujourd'hui?

Rien, hélas, je n'avais plus un sou. Ne pouvait-il me donner quelque chose? Il s'est renfrogné, comme Dom l'avait prédit.

—Je ne fais pas la charité. Si tu n'as pas d'argent, je n'ai rien pour toi. Allez, va-t'en.

Je n'ai pas bougé d'un cheveu. Il a levé une main pour m'éloigner, je me suis agrippée à son bras, je l'ai supplié: c'était un brave homme, il ne pouvait me laisser mourir de faim... Il y a eu des cris, j'ai aperçu une forme vive qui s'enfuyait.

J'ai laissé le bras du marchand qui s'est lancé à la poursuite du voleur. Ses confrères, attirés par le bruit sur leur seuil, suivaient la scène en riant : ils devaient être habitués à Dom et peut-être parfois indulgents envers lui.

Dom se serait sans doute échappé facilement si un éfan n'avait bloqué la rue. Le garçon s'est arrêté à la dernière minute, il a eu peine à garder son équilibre. Le marchand l'a saisi par ses hardes et l'a secoué avec rudesse. Moi, je ne m'étais pas encore éloignée, inquiète pour le garçon. Tout à coup, Dom m'a vue ; il a pointé un doigt crasseux dans ma direction.

— C'est elle qui m'a obligé à voler pa'ce qu'elle a plus d'argent !

Le marchand s'est tourné vers moi, furieux, et je n'ai pas essayé de me défendre. Il pouvait pardonner à Dom, gamin du ghetto, mais pas à une ancienne cliente. Alors, j'ai couru sans savoir où aller. La victime de Dom n'était pas seule à me poursuivre, quelques curieux lui prêtaient main-forte. J'ai dévalé une ruelle à pleine allure avant de stopper net devant un mur. Cul-de-sac. J'ai voulu revenir sur mes pas, mais il était trop tard, le marchand et ses acolytes me rejoignaient déjà. Le marchand m'a saisie aux épaules et secouée, comme il avait fait à Dom avant moi.

— Espèce de sale voleuse, je vais t'apprendre !

Il m'a jetée contre le mur, je suis tombée à la renverse. Un des badauds a défait sa ceinture, une large courroie en cuir, et l'a tendue au marchand. Le « brave homme » a saisi l'objet, puis l'a levé vers moi.

C'est alors qu'une ombre gigantesque s'est profilée sur le mur. Le marchand s'est figé, bras levé. Tout le monde s'est retourné.

Un éfan avait dévalé la ruelle, aussi vite que le lui permettait son poids. Il bloquait toute issue, dressé sur ses moignons de jambes, immense. Son ventre usé semblait blanchi par la poussière, tout son corps luisait de sueurs. Il a articulé avec netteté, de sa voix rauque et puissante qui haletait:

—Quoi faire, Urador?

Le marchand a abaissé son fouet et m'a désignée d'un poing vindicatif.

—Cette fille a essayé de me voler.

Les autres se sont éloignés d'Urador en murmurant. Cependant, l'un des badauds a eu le courage d'intervenir.

—Moi, j'ai entendu le gamin dire qu'elle l'avait obligé mais, tout ce que j'ai vu, c'est une fille demander la charité.

Le marchand a protesté:

—Elle s'est enfuie, c'est bien le signe qu'elle est coupable!

L'éfan n'a pas répliqué. Son visage s'est plissé et Urador a reculé devant lui, avant de marmonner quelque inintelligible injure. Puis, il s'est éloigné de moi. L'éfan s'est écarté du chemin qu'il bloquait toujours et mes poursuivants ont quitté la ruelle. Je suis restée immobile, tassée contre le mur, les yeux fixés sur ce gigantesque défenseur qui reprenait son souffle sans s'énerver. Sa poitrine énorme se soulevait à un rythme de plus en plus lent. Sa peau grise montrait son grand âge ; le vieux visage ridé m'était familier. Je me suis approchée de lui.

—C'est toi... Tu venais à la taverne, chez Bardassier.

Le nom m'est revenu en une bouffée de souvenir.

—Devon?

Le bon visage a paru s'épanouir.

—Content, te souvenir, mermante.

Hésitante, je l'ai remercié pour cette aide providentielle – mais je n'étais pas plus avancée maintenant, car je savais que Dom ne chercherait qu'une autre occasion de me trahir, et il n'y aurait pas toujours une présence miraculeuse pour me sauver du désastre. Je suis restée tête basse, à contempler l'ombre immense qui se balançait sur le sol. Sa voix rauque m'a fait lever les yeux.

—Venir avec.

J'ai obéi, bien entendu. Il m'a guidée, tandis que nous avancions vers les entrepôts, vers le quartier de l'ombre au fin fond du ghetto. Il a exhalé, essoufflé par la marche:

—Comment appeler?

Je le lui ai dit, puis nous avons cheminé l'un derrière l'autre en silence. Il me semble nous voir, moi, silhouette minuscule, et lui, ombre vaste sur les murs de la ville basse, un vieil éfan lourd qui avait agi avec une rapidité surprenante chez une créature de sa race, pour me venir en aide à moi, jeune fille sans patronyme, sans avenir. Étrange couple qui, au fond, n'avait rien d'étrange au cœur du ghetto.

Aux douches, je suis restée à le contempler de loin tandis que le jet lavait son corps énorme. Sous l'eau, il retrouvait un aspect presque juvénile, la peau luisante de reflets noirs. Je devinais les muscles, sous la couche de graisse. Il s'est étiré et sa silhouette a masqué les murs de pierres.

Il habitait une cabane de tôle au toit surélevé, entourée d'autres constructions plus petites, dans une étroite ruelle coincée contre le flanc de la falaise. Sa cabane ne comportait aucun meuble, évidemment, sinon des sacs en tissu qui lui servaient de couche. De l'une de ses caricatures de bras, il a désigné un coin, celui qui faisait face à la porte, et il a réussi à prononcer la réplique la plus longue qu'on ait jamais entendue dans la bouche d'un éfan.

—Demain, aller marchand-bois. Connaître. Parler lui. Marchand donner planches Nelle apporter ici.

Pour quoi faire ? Je contemplais l'éfan, vaguement intriguée, peut-être aussi inquiète. Une grimace s'est dessinée sur sa bouche énorme – j'ai fini par deviner qu'il souriait.

—Faire cloison. Ou petite Nelle écrasée par dormir Devon.

Je lui ai rendu son sourire. Ainsi a débuté notre vie commune.

◆

Les gens ont chuchoté, bien sûr. La tolérance ne s'avérait pas plus courante parmi les plus misérables habitants du ghetto. L'histoire a même circulé dans les secteurs plus bourgeois de la ville basse – je n'ai qu'à évoquer le visage surpris de Marte lorsque je l'ai revue. Devant les insinuations malveillantes, je plaide coupable.

Une nuit, éveillée par les grognements de mon compagnon, je suis passée dans sa « chambre » ; je l'ai regardé dormir. Son sexe se dressait au sortir de son ventre rugueux. Je me suis coulée près de mon ami, j'ai posé une main sur sa verge, je l'ai caressée, et le sommeil de Devon s'est apaisé. S'il s'est rendu compte de mes caresses, nous n'en avons jamais parlé. Cela n'avait rien d'une attirance sexuelle. Qu'est-ce que Beneter aurait riposté s'il m'avait aperçue ! Devon, qui le croira ?, c'était mon havre, ma paix enfin trouvée. Combien de temps cela pouvait-il durer ?

CHAPITRE 10

Un soir, Devon m'a envoyée en ville haute...

Mais je vais trop vite. Avant ce fameux soir se sont écoulés des semaines, des mois, des saisons. Ai-je déjà oublié le temps passé auprès du vieil éfan ?

La nourriture de mon vieil ami ne m'était pas accessible, puisque les éfans qui n'habitent pas le bassin s'alimentent à la taverne de Bardassier. Quelle tête il aurait fait, Bardassier, si j'étais allée frapper à la porte où se présentent les éfans ! Mais je ne pouvais me permettre de lui jouer ce tour sans risquer de tomber sur Beneter. Alors... Pour Devon, l'alimentation ne posait pas de problème : il allait dans l'établissement où on lui distribuait, comme je l'ai fait moi-même, le poisson apporté par les petits bateaux de pêche – et rarement le poisson du bassin, réservé, du moins pendant la saison sèche, à la consommation humaine. Il me fallait donc trouver à m'employer afin de gagner ma pitance. C'est Devon qui s'est chargé de me trouver du travail. Il m'a conduite chez un boulanger de ses amis (au dire de l'éfan, tout habitant du ghetto était un ami ou presque).

Étrange ! Moi qui m'étais révoltée contre l'apprentissage, je suis entrée chez Solin qui, dans la chaleur étouffante de son arrière-boutique, m'a patiemment enseigné à pétrir le pain. Le plus amusant, c'est que la boulangerie de Solin était située tout à côté de la boutique d'Urador, le marchand qui avait voulu me battre. Chaque matin, je croisais Urador et le saluais d'un « Bonjour ! » sonore auquel il a fini par répondre, d'ailleurs, soit qu'il ait oublié notre première rencontre, soit que mon docile apprentissage chez Solin l'ait convaincu de mon innocence.

Au sortir de la farine, la blancheur de mes mains me rappelait le teint blême d'Ilario. Il m'arrivait d'aller guetter, sur le port, le retour du bateau des étrangers. Marte ne l'attendait pas avant les pluies, bien sûr. De toute manière, les filles de la maison rue de Pierre semblaient considérer le retour de l'homme blême comme toujours incertain. Parfois, disaient-elles, les marins venaient sans lui. Un jour, croyaient-elles, Ilario ne reviendrait pas du tout.

Je songeais au couplet chanté par Dom. Si Ilario était le Voyageur de la chanson... Non, impossible.

De mémoire de fille, pourtant, il avait toujours eu cette chambre dans la maison de plaisir, une pièce-forteresse où nul n'avait le droit d'entrer – de toute façon, la porte massive n'obéissait qu'à lui. Elle contenait un étrange matériel, des « machines », toutes sortes d'appareils inconnus, disait-on. Ce n'étaient que racontars : personne ne pouvait prétendre être un jour entré dans cette pièce.

Je voyais Marte toutes les semaines, lors de mon jour de congé. Si je l'ai souvent interrogée sur Ilario, Marte à son tour ne s'est pas gênée pour me questionner à propos de Devon, mais mes réponses étaient accueillies avec moins d'indulgence que mes questions. J'avais beau essayer de lui expliquer combien simple était l'existence auprès du vieil éfan, mon amie ne pouvait admettre que je préfère demeurer dans une cabane exhalant des odeurs de poisson plutôt que de prendre une chambre chez Solin, qui avait perdu sa compagne quelque temps auparavant et n'aurait pas dédaigné la remplacer. Le plus souvent, Marte et moi évitions ces sujets d'incompréhension mutuelle pour ne parler que du vent, du soleil, de l'odeur pourrie du fleuve et des dernières marchandises entrées au port.

Un après-midi, assise à la terrasse d'une taverne en compagnie de mon amie, j'ai parlé de Dom, du mystère qu'il représentait pour moi. Je craignais de voir Marte sourire. Elle m'a fixée de son regard grave.

—Tu sais, Nelle, la Genète n'a pas toujours existé, même en ville haute.

Je n'ai pas réagi tout de suite. Il m'a fallu un moment pour me rendre compte de ce que signifiaient ses paroles.

—Qu'est-ce que tu veux dire ? Qui fabriquait les enfants ?

Pendant une minute, j'ai eu la vision fugitive de vastes navires déchargeant des cargaisons entières de bébés vagissants... Par bonheur, je n'ai rien révélé à Marte de cette image, elle se serait bien moquée. Cependant, le visage de mon amie conservait son sérieux.

—Les enfants ne sont pas toujours fabriqués, Nelle.

Pas fabriqués ? Qu'est-ce que cela pouvait bien vouloir dire ?

—Autrefois...

Marte s'est tortillée sur sa chaise, mal à l'aise.

—Autrefois, il y a très longtemps, les enfants sortaient du ventre des femmes.

Elle a levé une main, l'a plaquée sur mes lèvres pour couper net ma réplique.

—Attends ! C'est une chimie, dans notre corps. Peut-être qu'un genétien pourrait te l'expliquer. Moi, je ne sais pas. Ce que je sais, par contre, c'est qu'un jour les femmes n'ont plus eu assez d'enfants. Il a fallu utiliser d'autres façons, et c'est comme ça que la Genète a été fondée.

—Le ventre qui gonfle... ai-je murmuré, me rappelant les histoires qui se racontaient à l'Instit. Mais... est-ce que ça tuait les femmes, c'est pour ça qu'on a arrêté ?

Mon amie a souri.

—Non, c'était quelque chose de très naturel. Aujourd'hui, c'est différent, parce que ça n'arrive pas souvent. C'est... exceptionnel.

J'ai répété :

—Aujourd'hui... il y a encore des femmes qui ont un enfant ?

Marte a acquiescé.

—Quand ça arrive, les autorités, là-haut, ne veulent pas que ça se sache, parce que si la Genète perdait le contrôle des naissances, c'est un peu le contrôle de la population qui lui échapperait. Tu comprends ?

Je ne comprenais que trop bien.

Mieux : je devinais, à la tristesse infinie qui se lisait dans ses yeux, que mon amie ne m'avait pas tout dit.

—Ça t'est arrivé, hein, Marte ? Tu t'es... gonflée...

Elle a porté une main à son ventre, les traits de son beau visage se sont crispés. J'ai tendu la main par-dessus la table, saisissant son poignet, l'attirant vers moi pour réchauffer ses doigts glacés.

—Je n'ai pas eu de bébé. Il est sorti de mon ventre avant terme avec beaucoup de sang. Il paraît que ça arrive aussi, et souvent.

Elle a chassé le chagrin d'un hochement de tête.

—C'est toi qui as fait les gâteaux que Solin a mis dans la vitrine ?

Marte, le silence.

Aujourd'hui, j'ai envie de hurler.

◆

Se taire...

Avec Devon, les jours se déroulaient en silence, mais je menais une vie de paix en tout cas. Il faut dire que la communication n'était guère facile, quoique mon vieil ami m'ait prouvé à quelques reprises qu'il pouvait construire des phrases presque correctes s'il s'en donnait la peine. L'ennui, c'est qu'il faisait rarement l'effort de parler, se contentant de marmonner des mots inintelligibles. J'allais souvent le rejoindre aux douches – il fallait bien que je fasse ma toilette quelque part, vu l'inconfort de notre cabane –, et je surprenais alors de véritables conversations entre éfans, des échanges de sifflements modulés dans les aigus qui fusaient soudain sous un jet d'eau. Devon était incapable de traduire ce qui se « disait » alors, et il me fallait bien admettre que sa pensée elle-même n'avait rien d'humain.

C'est presque de force que j'ai dû lui arracher les détails de son projet de départ, lorsqu'il me l'a laissé entrevoir pour la première fois.

Son projet !

J'avais appris du moins que les éfans ne sont pas complètement limités par la barrière implantée sous leur peau, qu'ils ont conservé une certaine liberté d'action. Devon, lorsqu'il était d'humeur « bavarde » (c'est-à-dire quand il alignait plus de deux mots à la suite), me laissait entrevoir des histoires épouvantables sur ses compagnons ayant tenté de fuir à la nage et que la frange avait englouti. Alors pourquoi voulait-il prendre un risque pareil ? Il me répondait toujours avec les mêmes mots : bon bateau, coque bien protégée qui permet de naviguer jusqu'aux eaux libres. En traduction : si les navires étrangers pouvaient se rendre jusqu'aux eaux libres, pourquoi un éfan décidé n'y arriverait-il pas, même avec un bateau de fortune ? Mais ces coques, justement, il fallait voir dans quel état elles parvenaient au port, rongées, usées par les substances stagnant dans la boue. Devon affirmait en grognant (je traduis) qu'il trouverait une coque capable de tenir le coup jusqu'au cœur du fleuve. Et là...

J'arrivais presque à visualiser la mer, lorsque j'en apercevais le reflet dans les yeux de Devon.

◆

Un matin, je m'apprêtais à me rendre à la boulangerie quand Devon, au retour de sa première douche, a passé la tête par l'ouverture de la porte. Il n'était pas vraiment grognon.

— Vu Solin, Nelle venir avec.

J'ai obéi, étonnée de l'élocution presque correcte. Nous avons quitté la zone d'ombre perpétuelle, derrière les entrepôts, à la queue leu leu dans la ruelle. La peau de Devon était calleuse, sous le ventre, et je l'observais ramasser paille, poussière, détritus tandis qu'il peinait sur les pavés. J'ai pensé qu'il m'emmenait chercher du matériel, comme il l'avait souvent fait ces temps derniers, m'utilisant en tant que commissionnaire pour aller ramasser des caisses et les déposer chez un ami, au point que je m'attendais tout le temps à être arrêtée par la milice portuaire : comment un éfan pouvait-il s'approprier autant de matériel sinon en le volant ? Je m'en étais tirée jusqu'alors mais, ce matin-là, mon pas s'est fait plus réticent.

Cependant, Devon a dépassé les principaux entrepôts et nous avons pris l'esplanade, tandis que les passants s'écartaient devant lui. Nous allions... en direction du marché ?

Nous avons traversé le quartier des marchands sans nous arrêter. Un relent de friture flottait dans l'air, pas encore dissipé par les odeurs du jour nouveau. J'avançais maintenant sourcils froncés, à la fois inquiète et intriguée. Nous avons laissé derrière nous l'escalier de la ville haute et pris la rue étroite sous la falaise. Un nouvel ami marchand ?

Non, Devon continuait encore.

Tout à coup la ruelle a pris fin, bordée par un muret qui surplombait une pente abrupte descendant vers la grève. C'était le bout de la ville, l'extrémité opposée au quartier de l'ombre. Ici, pas de cabanes de tôle, juste une pente vers la frange et d'innombrables, d'énormes monticules de scories.

Arrêté près du muret, Devon s'est retourné, m'a encouragée à le rejoindre. J'ai protesté:

— Tu ne veux pas aller par là?

Sans répondre, il a hissé ses mille kilos de chair par-dessus le muret. Derrière nous, le ghetto s'étendait au pied de la falaise. Tout en haut... Au-dessus de nos tête se trouvait la terrasse du Forain, les immeubles neufs de la municipalité, la ville haute...

Devon avait suivi mon regard. Il a prononcé doucement:

— Venir avec. Devon aider monter.

Quelle absurdité : il voulait descendre vers la frange et me parlait de monter ? Monter où ? Pas en ville haute?

Je suis restée immobile tandis qu'il me contemplait avec une étrange sérénité. Puis il s'est laissé glisser, s'est mis à dévaler la pente, entraînant avec lui des rochers qui arrachaient des buissons entiers au passage. Je voyais sa peau luire – était-ce de sueur ou de sang ? Sans doute, le soir venu, il me faudrait soigner ses blessures.

Avec prudence, je me suis accrochée aux arbustes qui ont tenu le coup. J'ai glissé aussi, des pierres ont roulé et j'ai terminé la descente sur le derrière, mon pantalon déchiré découvrant de multiples égratignures. Par bonheur, mes premiers mois d'existence à la cabane étaient loin. J'avais assez de vêtements pour ne pas pleurer la perte d'un pantalon. Je pourrais rentrer me changer – et monter là-haut ?

Je n'étais pas certaine d'avoir ce courage.

Devon s'était remis en mouvement en direction des monticules de scories. Il balayait le sol de son ventre et je l'ai suivi avec circonspection. La frange offrait une surface lisse qui semblait presque solide. On aurait dit que la boue s'était asséchée, qu'elle avait été rendue compacte par le temps. Pourtant le sol n'était pas trop dur, Devon y laissait sa trace – moi, je n'étais pas assez lourde. Des touffes d'herbe folle y poussaient dans un désordre joyeux, faisant tache d'ocre sur le brun nuancé de gris. Devant nous, les monticules se dressaient en une muraille de déchets.

En réalité, cela ne formait pas vraiment un mur, plutôt une succession de cônes, avec des zones moins hautes entre chaque élévation. Devon s'est dirigé vers l'un de ces creux. On racontait que les monticules avaient été formés par la poussière et le sable déblayés par nos ancêtres, lorsqu'ils avaient dégagé la ville après la catastrophe. On continuait d'ailleurs d'accumuler des déchets sur leurs pentes, lorsqu'une tempête amenait du sable et de la poussière du désert dans les rues. Les balayeurs municipaux chargeaient alors des chariots de poussière et venaient les vider ici, continuant le lent travail d'élévation.

Ces monceaux de détritus n'étaient pas solides, disait-on, ils pouvaient s'écrouler soudain en une avalanche qui engloutirait l'imprudent. J'ai eu peur que Devon ne subisse un sort affreux.

— Attends, laisse-moi passer devant !

Il ne m'a pas écoutée, bien sûr. Autant le sol de la frange paraissait ferme, alors que tout le monde le prétendait mouvant, autant les cônes semblaient formés de matière solide. Devon s'est engagé dans la pente et je l'ai suivi. Les détritus s'enfonçaient légèrement sous mes pas. Parfois, un déchet se détachait et déboulait jusqu'à la frange. Mais nous n'avons pas été engloutis. Nous avons atteint l'échancrure entre deux monticules.

De là, j'ai regardé en bas, de l'autre côté. La frange se poursuivait et une anse dotée d'une bande de plage étroite s'était formée au milieu des tas de déchets.

Et l'endroit était habité ! Une cabane avait été construite contre un monticule de scories. Un vieil homme était assis sur une caisse, juste devant. Devon a entrepris de descendre dans sa direction. À nouveau, je l'ai suivi à pas prudents, car c'était maintenant, me semblait-il, qu'il fallait craindre un soudain éboulement des déchets. Rien de tel ne s'est produit.

En bas, le vieux nous a regardés approcher sans un geste.

Avec un soupir, Devon s'est immobilisé près de lui. L'éfan respirait avec bruit et je me souviens de lui avoir jeté un regard inquiet. Bientôt, son souffle s'est fait plus régulier et j'ai pu reporter mon attention sur l'habitant de la frange.

Le vieillard ressemblait à sa cabane : usé, crasseux et rafistolé, tignasse grise et vêtements visiblement ramassés dans les détritus. Seuls ses yeux tranchaient dans ce visage misérable, des yeux de ciel limpide qu'il levait vers moi sans se presser, détaillant au passage mon corps de jeune adulte dans mes habits déchirés. Devon ne disait rien, clignant des paupières dans le soleil. Le vieux a frotté ses mains l'une contre l'autre – la peau usée de ses paumes évoquait le ventre de Devon. Mon regard est allé de l'un à l'autre; aucun d'entre eux ne semblait bien pressé de m'expliquer ce qui se passait. J'ai dévisagé le vieux comme il me dévisageait depuis mon arrivée.

—Qui es-tu?

Lorsqu'il m'a répondu, sa voix m'a paru cassée, bringuebalante ainsi que devait l'être sa cabane les jours de tempête.

—J'suis Ritto. Toi, j'parie qu't'es Nelle, pas vrai?

Si Devon lui avait parlé de moi, cela n'avait pas été difficile à deviner. J'ai quand même acquiescé, l'œil interrogateur. Ritto a daigné ajouter:

—J'suis débardeur, enfin, j'l'étais.

Débardeur!

—Tu es déjà monté sur le bateau?

—Ouais.

J'en ai eu les jambes coupées! Je me suis laissée tomber sur le sol à ses pieds. Le vieux a haussé les épaules.

—Ç'a l'air de t'épater, mais y a pas d'quoi, c'est qu'une coque qui sert à transporter des caisses.

Facile d'être blasé quand on a eu accès à un lieu interdit! Durant des années, Ritto avait côtoyé les étrangers, il avait porté les biens que nous vendons en échange des produits usuels: ne s'était-il jamais posé la moindre question? À ce moment, j'ai cru comprendre le motif qui avait poussé Devon à me conduire à la plage, ce matin-là, puisqu'enfin je tenais quelqu'un qui pouvait *répondre*.

—Les caisses que tu as transportées, Ritto, que contenaient-elles ?

Il a eu un léger hoquet, mais il n'a soufflé mot. Au contraire, il a baissé vers moi un regard interrogateur, comme s'il attendait que je parle, un regard fixe et tellement pâle que je me suis sentie mal à l'aise. J'ai croisé les jambes sous moi, avec une perception aiguë du sol sous mes fesses, terrain à la fois dur et souple qui épousait mes formes.

Au bout d'un moment, Ritto a paru troublé par mon silence, il s'est détourné, a marmonné :

—Le bateau, ouais, le bateau...

Il a soudain pointé un doigt crasseux vers moi.

—Qu'est-ce t'en as à foutre, d'ce foutu bateau ?

J'ai réprimé un mouvement de recul, jeté un œil vers Devon qui n'écoutait même pas, paupières mi-closes.

—Je veux comprendre, Ritto, pourquoi le Voyageur et ses marins s'intéressent à des pauvres comme nous accrochés à leur falaise... Qu'est-ce que nous possédons qui a tant de valeur à leurs yeux ? Est-ce que personne n'a jamais essayé de découvrir la vérité ?

Il n'a pas répondu à ma question, du moins pas directement.

—J'ai connu des fous qu'ont essayé, j'veux dire, qu'ont tenté d'monter su'l'bateau. Un gars est tombé dans'frange en s'accrochant à l'ancre, d'autres ont essayé d'se cacher dans des caisses. C'est l'meilleur moyen, à mon avis, excepté qu'y a des bonnes chances pour qu'i aient été balancés à la mer quand qu'i'ont été trouvés là.

Alors, je n'étais pas la première à m'interroger. J'ai insisté:

—Mais t'es pas sûr que ces gens-là soient morts. Peut-être qu'ils ont été épargnés et qu'ils vivent chez les étrangers.

À nouveau, il a haussé les épaules et je n'ai pu accepter cette indifférence. Je me suis dressée sur les genoux, j'ai posé les mains sur ses épaules pour le secouer.

—Ritto, me dis pas que tu t'es jamais posé des questions, toi aussi, que t'as jamais essayé de regarder pour voir ce qu'il y avait dans les caisses?

Cette fois, la fixité de son regard m'a paru anormale. Le corps du vieux était flasque entre mes mains. Bien qu'il ait gardé sa position assise, il m'a semblé que je pouvais d'une chiquenaude le faire chuter en bas de sa caisse. Devon s'est redressé, il a prononcé de sa voix rauque:

—Laisser.

Je me suis levée, frottant d'une main mes genoux incrustés d'herbe sèche et agitant l'autre devant les yeux vides du vieux débardeur.

—Qu'est-ce qu'il a?

—Barrière, Nelle.

Devon a soupiré avec une lassitude toute humaine. Je me suis tournée vers lui, incrédule.

—Une barrière? Je pensais que seuls les éfans...

J'ai bafouillé, hésitant à lui rappeler son statut d'esclave. Devon, comme le vieux tout à l'heure, a haussé ses massives épaules et le geste était une impressionnante imitation de l'attitude humaine.

—Barrière contre parole, empêcher dire trop.

Comment pouvais-je m'en étonner? Le tavernier Bardassier n'avait-il pas dit quelque chose de semblable, des années plus tôt ? *« S'ils ouvrent la bouche en ville haute, on leur arrache la langue. »* La menace m'avait fait frissonner je crois, alors – *« Quand ils ne finissent pas à l'abattoir. »* Je me suis avancée vers Devon, j'ai passé les bras autour de son cou trop large – mes bras n'en faisaient pas le tour –, je me suis serrée contre sa peau rude déjà cuite par le soleil du matin.

—Mais toi, Orna et les autres, vous m'avez parlé...

—Ici, pas pareil, petite mermante. Gens du ghetto pas aller parler en haut.

Je l'ai serré plus fort, même s'il devait à peine sentir la pression de mes bras sous son cuir épais.

—Moi, j'irai, Devon, je dirai...

—Rien dire, Nelle.

À ce moment, Ritto a émis une sorte de gargouillis qui nous a obligés à reporter notre attention sur lui. Le vieux a vacillé sur sa caisse, il s'est ébroué comme un éfan au sortir de la douche, puis il a tourné vers nous un regard encore vague, qui s'est fait acéré soudain.

—Qu'est-c'vous foutez là ?

Il avait oublié notre présence ou n'en gardait qu'un souvenir confus.

Devon n'a pas semblé troublé par le regard mauvais.

—Montrer pourquoi venir, Ritto.

Le vieux a posé les pieds sur le sol, s'est aidé d'une main pour glisser en bas de la caisse, pestant à mi-voix contre les vieilles peaux juste bonnes à être tannées. Il s'est dirigé vers un tas informe qui n'avait pas attiré mon attention, que j'avais pris pour un amas de détritus. Il s'agissait en fait d'une bâche poussiéreuse que Ritto a soulevé pour découvrir un bateau, ou plutôt une coque bosselée, rouillée, fendue sur les bords.

Devon s'est redressé, rampant avec un souffle rauque pour se rapprocher de la chose.

— Vu ça, Nelle ?

Je n'ai rien dit. À trop rêver du navire du Voyageur, j'avais oublié le projet de Devon, brutalement concrétisé devant moi.

◆

Plus tard, tandis que nous remontions vers le ghetto par le creux entre les monticules, j'ai demandé, avec une menace dans la voix :

— Tu as vraiment l'intention de risquer ta vie sur *ça* ?

— Toi ?

Je me suis tue. D'un coup de pied, j'ai envoyé promener un amas de détritus qui a éclaté en poussière. Devon a eu une sorte de toux qui constituait sa meilleure approximation d'un rire.

◆

La nuit de ce même jour, nous nous trouvions dans une ruelle étroite, juste sous la falaise. J'avançais à tâtons derrière Devon, d'un pas mal assuré dans l'obscurité. Mon vieil ami tenait sa promesse, mais je n'étais pas certaine d'avoir encore envie de monter en ville, ni cette nuit-là ni aucune autre nuit. Je n'avais rien à y faire ! Devon, lui, se figurait qu'il me suffisait de retourner là-haut pour réintégrer mon ancienne vie. Même si les miliciens ne m'expulsaient pas sitôt que je serais appréhendée, que feraient-ils de moi ? Au pire, ils pouvaient me tuer. Au mieux, je me retrouverais en prison, ou à l'Institution.

Pourtant, je suivais Devon dans la nuit.

L'éfan s'est arrêté devant ce qui semblait un entrepôt adossé à d'autres édifices en hauteur. Devon s'est mis à produire un faible sifflement. Cela a duré quelques instants, puis un rai de lumière a filtré sous la porte.

— Qui est là ? a fait une voix à travers le battant.

Devon a sifflé encore. La porte s'est soulevée jusqu'à hauteur d'homme, laissant apparaître un vieillard au visage usé, semblable à celui de Ritto en plus revêche. En apercevant Devon, le vieux a paru rassuré.

— Qu'est-ce qui se passe ?

Devon s'est tourné vers moi, me désignant de son moignon de bras, et le vieux a écarquillé les yeux.

— Tu ne veux pas...

— Aller, Ussyl.

Le vieux a semblé se reprendre, puis il a grogné :

— D'accord, mais pour cette nuit seulement. Je ne tiens pas à être pris, protection d'en haut ou pas.

Devon a émis un « chut » apaisant tandis que je lui adressais un regard interrogateur. Protection d'en haut ? Le vieil éfan m'a ignorée pour répondre au dénommé Ussyl.

— Nelle revenir avant jour ou pas du tout.

Peu convaincu, le vieux a émis un nouveau grognement. Nous sommes entrés et il s'est empressé de refermer derrière nous.

Pas du tout... L'idée m'a effleurée un instant qu'en ville haute, je pourrais tenter de trouver Léane – mais la réponse à mes questions se trouvait-elle là-haut?

L'intérieur était aussi vaste qu'un entrepôt. Près de l'entrée s'ouvrait une petite pièce qui servait manifestement de logis à Ussyl. Dans la grande salle se trouvait un immense treuil et des chaînes qui ressemblaient aux harnais que portent les éfans au travail. Le sol était usé, au long d'un cercle continu qui entourait le treuil, comme une allée ronde dessinée sur les tuiles. Au fond de la salle, une plate-forme vide était placée sous un espace découvert, sans toit. C'était le monte-charge.

Le vieux Ussyl a désigné la plate-forme.

—Si Madame veut prendre place...

Je me suis tournée vers Devon qui a cligné de ses yeux humides. (Les éfans peuvent-ils pleurer?)

—Nelle prudente, oui?

Il ne croyait vraiment pas que j'allais revenir! Je l'ai lu dans son regard attristé. Je me suis précipitée vers lui, incapable de parler, et je me suis haussée sur la pointe des pieds pour déposer un baiser sur sa joue avant de reculer, gênée, jusqu'à la plate-forme. Devon s'était détourné, Ussyl le harnachait déjà. Devon s'est mis en mouvement, le treuil a grincé et la plate-forme s'est ébranlée. Tandis qu'elle s'élevait avec lenteur, Devon évitait de me regarder.

Étrange montée dans la nuit, avec pour fond sonore le grincement sec du treuil. Je devinais un couloir vertical qui longeait la falaise. Ainsi, voilà comment parvenaient là-haut les denrées apportées par les bateaux... Je savais bien qu'il devait exister semblable monte-charge, mais personne autour de moi n'en avait parlé. J'ai gardé l'esprit vissé à l'instant actuel, ma montée, la plate-forme, je ne voulais pas penser à Devon qui s'épuisait là-dessous. Il serait surpris : j'avais bien l'intention de revenir, ne serait-ce que pour revoir Marte et mon vieil ami.

Là-haut, pour ce que j'ai pu en distinguer, se trouvait un bâtiment équivalent à celui que je venais de quitter dans le ghetto, en plus vaste. Dans l'obscurité, j'ai touché la chaîne du treuil, puis mes mains ont tâté des caisses empilées à la surface dure et froide. Les lieux exhalaient des senteurs indéfinissables, mélange de pourriture et d'odeur de fruits. J'avançais à l'aveuglette et je me suis heurtée à d'autres caisses que j'ai deviné vides parce qu'elles remuaient aisément sous ma poussée. Quelque chose s'est enfui en couinant dans la nuit : un rat. Je suis parvenue à un mur, puis au volet de la grande porte. Je l'ai suivi, j'ai tâté un autre mur du bout des doigts, avant de sentir le battant d'une ouverture plus petite. La poignée a d'abord refusé de tourner. J'ai cherché et trouvé le verrou, et l'air de la nuit s'est glissé à l'intérieur.

À ma grande surprise, je me suis retrouvée dans un renfoncement entre deux bâtiments neufs. J'aurais dû m'y attendre, évidemment, puisque la plate-forme m'avait emmenée sur la terrasse du Forain. Il fallait faire gaffe, les édifices municipaux avaient sûrement des gardiens.

Contrairement à ma dernière nuit dans la ville haute, le ciel étoilé jetait une faible clarté sur la façade des maisons. J'ai croisé des gens, silhouettes obscures dans l'ombre des murs de pierre – des bourgeois en goguette ? J'ai évoqué Tomir, la nuit de mon départ, la totale innocence dont j'avais fait preuve... Ces gens-là passaient, pressés de s'éloigner : il fallait croire que j'avais changé d'aspect.

Ce qui n'avait pas changé, par contre, c'était mon ignorance : où trouver Léane ? Avais-je vraiment envie de la revoir ? Je me tenais à proximité de... l'Instit ? Après tout, y avait-il un autre endroit où je connaissais quelqu'un ? J'ai avancé d'un pas de somnambule.

◆

La grille du tutorat luisait doucement dans la nuit, son métal poli captant la lueur des étoiles. Je pensais la trouver usée, ternie. Il me semblait en avoir franchi le périmètre des siècles plus tôt, mais la grille n'avait pas changé. Le mur me paraissait moins haut – moins infranchissable ? Pourtant, je n'entrerais pas.

Les dortoirs étaient situés à l'intérieur de l'enceinte, loin des murs (il fallait éviter qu'un grand ne s'évade par une fenêtre). Par contre, la salle d'étude possédait quelques fenêtres ouvrant sur la rue de l'Institution, tout près de la grille qui fermait la rue de la Cité au nord. Mais les surveillants étaient nombreux dans ce secteur. J'essaierais d'abord d'apercevoir une lumière à d'autres fenêtres.

J'ai longé l'enceinte, rue Au Dos Fin, avançant avec précaution à la hauteur de sa grille, car cette sortie était surplombée par la résidence des maîtres. Beaucoup de lumière à ces fenêtres. Comme aurait dit Abélar, « ceux-là dépensaient leur poids en chandelles ! »

Abélar... Je chasse le fantôme de son visage dans ma tête.

Le long de la rue Au Dos Fin, les murs des bâtiments faisaient corps avec l'enceinte, mais la plupart étaient aveugles, sans fenêtres. Puis, un vide soudain : c'était la cour des petits, avec au loin les fenêtres obscures des dortoirs. De mon temps, le responsable de ces étages était en général un grand de la classe supérieure. Cela occasionnait quelques belles soirées à mener du tapage ou à se raconter des histoires. Les choses ne semblaient pas avoir tellement changé, car des rires fusaient par les fenêtres ouvertes. Je me trouvais malheureusement trop éloignée pour entamer une conversation nocturne.

Décidément, il fallait essayer du côté de la rue de l'Instit.

Passé la cour, la rue du Rempart contournait tout doucement d'autres bâtiments de l'Instit. Mes doigts qui tâtaient le mur ont effleuré une autre grille, celle qui fermait l'extrémité sud de la rue de la Cité, perpendiculaire à la voie que je suivais. Après avoir croisé cette grille, la rue du Rempart se muait en une ruelle étroite qui plongeait dans la plus noire des nuits, car elle longeait alors les hauts murs de la Genète. Juste en bas, si j'avais pu voir par-dessus le rempart dans l'obscurité, j'aurais aperçu le bassin des éfans, le port...

J'ai ralenti le pas avec autant de précaution que si je m'étais trouvée à proximité d'une patrouille.

Cette ruelle constituait un vrai coupe-gorge. J'ai retenu mon souffle. Rien, pas même un rat.

Enfin, l'étroit passage a rejoint la rue de l'Institution. J'avais presque bouclé la boucle sans trouver la moindre faille dans le mur d'enceinte, la moindre fenêtre à laquelle appeler un élève. J'ai remonté la pente avec lenteur, avec la certitude soudain que je rentrerais bredouille. J'ai dépassé la seconde grille de la rue de la Cité, celle qui marquait son extrémité nord. Il ne restait plus que l'aile des classes, avec la salle d'étude au troisième.

Je me suis immobilisée sous le mur. Là-haut, une faible clarté émanait des fenêtres du troisième. Un grand, peut-être un stagiaire de la Genète venu profiter de la nuit pour étudier... Une croisée était entrouverte (il faisait chaud, cette nuit-là, c'était la fin de la saison sèche).

J'ai ramassé une poignée de cailloux. Le premier a raté sa cible. Le second a heurté la fenêtre avec un bruit sec. Rien. J'ai continué mon manège, certaine d'attirer l'attention, prête à m'enfuir si c'était un maître qui se montrait. Enfin, une tête s'est penchée à la fenêtre, une tête blonde aux cheveux bien coupés.

—Qui est là ?

Le garçon fouillait des yeux l'obscurité, mais il ne pouvait me voir dans l'ombre où je me tenais. J'ai remué, pour faire connaître ma présence, et chuchoté :

—Je cherche Béryliane (elle devait être en classe des grands, maintenant). Tu la connais ?

Là-haut, le garçon hésitait, scrutant la nuit, sourcils froncés. J'ai jeté un regard inquiet autour de moi. Pourvu qu'aucune patrouille ne choisisse ce moment pour se montrer !

—Qui es-tu ? a murmuré le garçon. Pourquoi est-ce que tu veux voir Béryliane ?

Alors, il la connaissait, elle n'avait sans doute pas encore quitté l'Instit ! Peut-être était-elle entrée à la Genète, finalement, au lieu de se mettre entre les mains de son Éridon... Malgré moi, j'ai haussé le ton.

—J'étais son amie, je voudrais lui parler.

—Attends un peu.

La tête a disparu à l'intérieur, me laissant le cœur gonflé d'espoir. Le garçon était-il allé chercher mon amie ? Allais-je pouvoir lui parler ?

Un rai de lumière a filtré soudain à travers la grille, sur ma gauche, une lueur mouvante, sans doute une lanterne portée au bout d'un bras. Poussée par la curiosité, je me suis avancée. La porte de l'édifice était ouverte sur la rue de la Cité, une silhouette s'y découpait avec netteté. J'ai avancé encore...

L'espace d'une fraction de seconde, nos regards se sont croisés avant que je ne me mette à courir dans la rue. Derrière moi, Abélar étouffait un cri.

Chapitre 11

Pendant combien de semaines me suis-je échinée sur cette coque ? Devon semblait s'être entendu avec le boulanger Solin pour me libérer au moins deux jours par semaine, sans compter les après-midi où je descendais vers la cabane dès mon travail terminé. Ritto était souvent absent lorsque j'arrivais dans l'anse étroite. Les premières fois, je m'annonçais d'un cri mais, comme il ne répondait jamais à mon appel, j'ai fini par ne plus me préoccuper de ses allées et venues. J'ignorais s'il était dans sa cabane ou ailleurs jusqu'à ce qu'il se montre, car je n'avais pas le courage de passer le nez par sa porte. Le cérémonial est vite devenu le même: j'arrivais sans un mot, je retirais la bâche pour me mettre au travail, le vieux surgissait bientôt entre les rochers avec une mine froissée qui me laissait croire qu'il avait passé la journée à fouiller dans les déchets (ou la nuit à y dormir). Il ne me regardait pas, contournait le bâtiment, puis je l'entendais uriner, tousser et cracher de l'autre côté. Lorsqu'il venait s'écraser sur le sol devant sa cabane, je ne disais rien et nous restions comme cela, à la fois tout près et très loin l'un de l'autre, pendant des heures.

Cela, bien entendu, les jours où le changement de saison ne se mettait pas de la partie pour retarder ma tâche. Nous étions à la fin de l'été. Les vents se levaient de plus en plus souvent, soufflant de plus en plus fort. J'imaginais les balayeurs de rues, en ville haute, à l'œuvre non plus seulement le matin mais durant toute la journée, emplissant leur chariot de saleté avec une patience infinie.

Si j'étais demeurée là-haut, sans bourgeois pour me recueillir, j'aurais sans doute fini ainsi, armée d'un misérable balai, à livrer cette bataille sans merci contre le désert qui ne renonce jamais.

Malgré ce temps pourri (comme disait Ritto), j'ai terminé le sablage de la coque. La première couche d'enduit protecteur m'a tiré quelques jurons, cependant, à cause du vent qui y mêlait des parcelles de détritus. Le travail avançait, pourtant, car je m'étais résignée aux imperfections causées par la nature.

Le plus étrange de toute cette période, c'est que Devon ne parlait plus de son départ. Depuis que j'étais rentrée de la ville haute, nous traitions le bateau comme s'il s'agissait d'un objet banal de notre vie quotidienne. J'évitais de penser trop loin, c'était plus simple.

Lorsque le soleil passait derrière les monticules de scories, je m'arrêtais. La coque montrait un relief grumeleux dans la lumière déclinante. La nuit permettait à la surface de sécher avant que j'étende une autre couche.

Un jour, je n'ai pas pu remonter vers le ghetto: les vents soufflaient avec une telle violence qu'ils m'envoyaient des paquets de saleté au visage, m'empêchant même de respirer. Dès le début de la tempête, Ritto avait disparu dans sa cabane, sans même offrir de m'aider. Tant bien que mal, j'ai réussi à passer la bâche par-dessus la coque et à l'attacher pour ne pas qu'elle s'envole. Ensuite, toussant et crachant comme le vieux débardeur, je me suis glissée sous cet abri improvisé. Je n'allais quand même pas rejoindre le vieux dans sa cabane !

C'était le milieu de l'après-midi. Il faisait encore jour quand la tempête s'est calmée. Je n'aurais pas aimé passer la nuit cachée sous la coque ! J'avais un point dans le dos et tous les muscles crispés par mon séjour dans cet abri inconfortable. Tout à coup, je me suis rendu compte que Ritto avait quitté sa cabane, furetant à la recherche d'un autre débris pour remplacer sa caisse vide que le vent avait emportée.

Il s'est assis, comme si de rien n'était. Moi, j'ai épousseté mon pantalon, retenant une remarque acide sur sa promptitude à fuir les éléments déchaînés. Ritto m'observait. Son regard se faisait parfois aussi indéchiffrable que celui de Devon. Pourtant, j'ai cru à ce moment y voir pétiller de l'ironie. J'ai donné un coup de pied dans la coque (pas trop fort, parce qu'elle était tout de même en métal).

—Saloperie ! Et saleté de temps de chien !

Il aurait pu rire, se moquer de ma colère inutile, mais il est resté sans bouger. Poings sur les hanches, j'ai contemplé la silhouette de la coque rendue difforme par la bâche. Heureusement, l'enduit était presque sec, j'en étais à combler les dernières fissures. J'ai soupiré.

—Tu penses que je travaille pour rien, Ritto, que l'embarcation de Devon ne flottera jamais ?

Ses yeux ont effleuré la coque dans un regard presque caressant, mais il n'a pas répondu.

Il aurait tout de même de l'allure, l'esquif, une fois doté d'un mât et d'une voile – que Devon devait se procurer auprès d'un ami pêcheur dans les jours prochains. Ensuite...

—Tu crois vraiment que Devon va partir, Ritto ?

Le vieux a toussoté.

—D'une façon ou d'une autre.

Je ne voulais pas que Devon me quitte, d'aucune façon – je ne voulais pas non plus le retenir. Si seulement il pouvait m'emmener avec lui ! L'idée l'en avait-il jamais effleuré ? La coque était si usée, elle tiendrait probablement jusqu'aux eaux libres, si elle tenait, ensuite il faudrait nager pour descendre le fleuve et gagner la mer. Et moi, je n'ai jamais su nager, on ne nous apprend pas ces choses-là, à l'Instit. Nous ne sommes pas éduqués pour être libres, pas pour vivre non plus. Seulement pour exister.

◆

—Tu as l'air soucieuse, Nelle. Qu'est-ce qui se passe ? Je ne te vois presque plus...

Marte posait sur moi un regard scrutateur que je ne pouvais éviter sans accroître son anxiété. Bien entendu, je n'avais rien dit à mon amie du projet de Devon, ignorant si mon indiscrétion pouvait nuire au vieil éfan. Par contre, rien ne m'empêchait d'évoquer mon propre avenir...

Nous étions assises toutes deux à la terrasse de « notre » taverne, située non sur le port (ce n'était pas un endroit convenable, disait Marte), mais sur la place du marché. C'était un quartier vivant, coloré. Le soleil brillait par l'une de ces radieuses éclaircies entre les nuages, et ses chauds rayons me donnaient envie de demeurer là pour l'éternité, figée comme de la pierre et, tel ce matériau, sans plus de cœur ni de souffrance.

—Je pense que je vais devoir quitter Devon, Marte, et je me demande ce que je vais devenir sans lui.

Marte avait acquis, par son métier, une habileté à ne jamais s'étonner de rien. Elle ne m'a pas demandé pourquoi je comptais quitter Devon, mais elle est devenue tout de suite disponible, prête à m'aider.

—Tu aimerais venir vivre avec nous ?

Je n'ai pu m'empêcher de sourire, le nez à moitié dans mon verre.

—Pourquoi ? Ilario n'est pourtant pas de retour...

Marte a eu un froncement de sourcils.

—Qu'est-ce qu'Ilario vient faire dans tout ça ?

Je n'avais pas raconté à Marte l'incident survenu lors de la soirée donnée par Beneter en l'honneur du Voyageur, quand l'homme blême m'avait surprise en train de danser dans la salle à manger déserte.

Marte a haussé les épaules.

—Ne te fais pas d'idées sur les désirs d'Ilario, Nelle. Et puis, je t'ai invitée à venir *habiter* avec nous, pas à faire partie de la... maisonnée.

Je suis restée un moment désarçonnée.

—Mais... il faudra bien que je paye pension, d'une manière ou d'une autre.

J'ai vu la mâchoire de mon amie se contracter.

—Tu n'es pas obligée d'exercer un métier que tu méprises, Nelle. Rien ne t'empêche de continuer à travailler pour Solin.

Je n'avais pas voulu la blesser; le mal était fait, à moi de réparer. J'ai étendu la main en travers de la table pour caresser ses doigts.

—Je ne méprise pas ton métier, Marte, sinon ce serait te mépriser toi aussi.

Je la contemplais d'un regard droit qui lui disait toute mon affection. Ses traits se sont détendus, elle a hoché la tête.

—En tout cas, ma proposition tient toujours. À moins que tu aies d'autres projets... ailleurs.

Même si le vieil éfan m'avait beaucoup protégée, surtout au début, je croyais pouvoir me débrouiller sans lui maintenant. Et puis, où Marte voulait-elle que j'aille ? J'avais un emploi, du moins tant que Solin ne trouverait pas une compagne.

Mon amie a hésité:

—Il y a Beneter...

Je suis restée sans bouger, sans parler, je me demande même si je n'ai pas cessé de respirer. Prenant mon silence pour de l'approbation, Marte a continué:

—Au début, il me demandait toujours de tes nouvelles. Il vit seul, tu sais...

J'ai réagi en secouant vigoureusement la tête.

—Pas question!

Marte n'a pas insisté. Du moins, pour cette fois.

◆

—Nelle, pas voir Ritto ?

Il avait commencé à pleuvoir la veille, un crachin léger qui rendait la frange glissante. J'étais pourtant allée travailler sur la grève, ce matin, et j'en étais revenue les jambes gluantes de boue. Je m'étais lavée aux douches des éfans et je venais juste de rentrer pour me changer quand Devon a fait son apparition, passant la tête par le cadre de la porte.

Le visage las du vieil éfan était déformé de plis soucieux. Je me suis redressée.

—Tiens, c'est vrai, je n'ai pas vu Ritto aujourd'hui. Pourquoi tu me demandes ça ?

Devon a retiré sa tête et je l'ai entendu soupirer au dehors. Je suis sortie à mon tour, intriguée.

—Qu'est-ce qui se passe ?

Devon n'a pas répondu, mais il était évident qu'il s'inquiétait pour le vieux. Même s'il me répugnait de descendre la falaise par un temps pareil, j'ai proposé de retourner jeter un coup d'œil dans l'anse. Devon a voulu m'accompagner.

J'ai pesté dans la pente et juré sur les flancs du monticule de scories. Les déchets devenaient spongieux, bientôt il serait impossible de se rendre à la cabane du vieux. De toute manière, la frange se liquéfierait sous l'action des pluies – Devon comptait bien là-dessus pour s'éloigner de la grève avec son bateau, non ?

Nous avons atteint la cabane du vieux, l'appelant à grands cris. Bon sang, où était-il passé ? Et s'il avait eu un malaise au fond de son taudis... Je me savais incapable d'entrer dans la cabane, incapable d'expliquer pourquoi, et encore plus incapable de ne pas le faire. J'ai parcouru une dernière fois la plage du regard, espérant voir apparaître Ritto. Aucun signe de vie. Je me suis penchée à l'intérieur en retenant mon souffle.

Aucun rat ne m'a bondi au visage, aucun nécrophage n'était à l'œuvre et il n'y avait pas de cadavre. L'odeur insoutenable provenait de derrière la cabane, c'était l'odeur habituelle même si l'endroit n'était plus habité. Je suis ressortie, soulagée. Ritto pouvait se trouver n'importe où, sous la frange, sous un tas de déchets ou sous la table d'une taverne dans un coin du ghetto.

Devon a soupiré :

— Apporter mât demain. Nelle aider transport.

Il avait repéré l'endroit depuis longtemps : un amas de rochers plus ou moins dégagé dominant la frange. Devon semblait persuadé de parvenir à ses fins, pourtant je contemplais la plage brune, déjà ramollie par la pluie mais pas encore liquide... Comment se rendrait-il jusqu'au fleuve ?

Qu'il y parvienne ou non, il était décidé à tenter le coup. Et Ritto qui n'était pas là pour nous aider !

J'ai hoché la tête avec fatalisme. Cela devait arriver, Ritto devait disparaître un jour ou l'autre – le départ imminent de son ami éfan avait peut-être précipité les choses.

◆

Le jour suivant la disparition de Ritto, j'ai revu Beneter.

Marte m'y avait poussée car, selon elle, c'était le seul moyen de m'assurer que j'avais pris la bonne décision. Mon ancien bourgeois m'attendait sur la place du marché, à l'endroit indiqué par Marte, debout sous un auvent pour se protéger du crachin. Comme j'avançais vers lui, il a levé le menton avec un air suffisant qui m'a rassurée : allons, Beneter n'avait pas tant souffert et bien peu changé !

Je suis restée à quelques pas de lui, sous l'averse. Il a lancé :

— Alors, il paraît que tu t'es décidée à quitter ton éfan ? Je savais bien qu'un jour tu te rendrais compte qu'il est indigne de toi de rester avec un animal.

J'ai souri, très calme. S'il avait besoin de s'attaquer à Devon, c'est qu'il n'était pas du tout sûr de lui. Jaloux, Beneter ? J'ai répondu d'un ton suave que Devon était la bonté même et que c'était moi qui n'étais pas digne de rester près de lui. Beneter a eu un mouvement de recul. Je ne lui ai pas laissé le temps de reprendre la parole, je ne voulais pas risquer de rencontre entre lui et Devon. Il fallait qu'il s'éloigne et qu'il nous laisse tranquilles. Alors, je lui ai dit que je ne reviendrais pas près de lui, non parce que je ne pouvais l'aimer ou apprécier sa présence, mais parce que cela m'obligeait à me trahir moi-même. Vrai ou pas, en me donnant à lui j'avais l'impression de me vendre et cela gâchait notre relation. C'était ma décision et je la voulais irrévocable. Il ne faisait plus partie de ma vie.

— Tu reviendras chez moi un jour, j'en suis certain.

Jamais. Et ce seul mot me liait à ma décision, car mon orgueil ne me permettrait pas de revenir là-dessus – mais Beneter pouvait-il comprendre cela ? Du reste, Beneter avait-il jamais compris quoi que ce soit à sa petite compagne naïve ?

Il s'est éloigné sans un mot. J'étais trempée, glacée par la pluie, mais soulagée. Quand je suis rentrée chez moi – *chez moi*, dans la cabane de Devon –, le vieil éfan était étendu sur sa couche. Il a levé une paupière, je me suis assise tout contre lui pour me réchauffer.

—Je viens de voir Beneter au marché. Je lui ai dit que je ne retournerais jamais vivre avec lui. Tu me crois ?

L'éfan s'est redressé avec un soupir.

—Pas trop travailler cervelle pour avenir. Attendre. Voir venir.

Je me suis tournée brusquement vers lui, le visage à la hauteur de son œil gauche, fixant ce trou d'ombre creusé dans sa face plissée, au-dessus du museau carré, impassible.

—Qu'est-ce que tu veux dire ? Tu as des projets pour moi ?

J'ai guetté la réponse, cœur battant, mais sa large paupière s'est refermée, il a posé sa tête sur l'amoncellement de sacs et n'a plus bougé.

Chapitre 12

Je voudrais savoir dessiner pour représenter nos deux silhouettes, la mienne, humaine, minuscule, et celle gigantesque de mon ami éfan, dressées dans la lumière grisâtre qui filtrait à travers la pluie battante sur une grève boueuse, tendues en des gestes dépassant leurs forces.

De l'autre côté de l'anse abritant la cabane de Ritto, sur l'amas de rochers qui émerge du tas de scories et fait surplomb au-dessus de la frange, Devon avait posé un treuil, une structure en métal équipée de câbles et d'une poulie. Il l'avait traînée depuis le port, à travers le monticule de scories, provoquant une avalanche qui avait manqué l'engloutir, puis sur la plage où la pièce en métal avait failli s'enfoncer dans des espèces de sables mouvants. Devon avait eu de la chance : dans l'anse, entre le monticule et la cabane de Ritto, le sol restait encore relativement ferme, alors qu'il devenait franchement liquide à mesure qu'on allait vers le fleuve.

Devon semblait indifférent à ces difficultés. Il paraissait maintenant obsédé par son départ.

Lorsque le treuil serait en place, coincé entre des rochers, Devon comptait s'en servir d'abord pour mâter sa coque prête à recevoir le gréement, puis pour la mettre à flot – pour autant qu'on puisse qualifier de « flot » la gibelotte que formait la frange.

Plus tôt, nous avions tiré la coque jusqu'aux rochers, peinant tous deux d'inégale manière dans la boue où Devon et son bateau s'enlisaient de plus en plus à chaque mouvement. Si le vieil éfan souhaitait réellement partir, c'était le bon moment, car la pluie n'avait pas cessé depuis deux jours. Bientôt, même moi, je m'enfoncerais dans la plage jusqu'aux genoux.

Haletant, nous étions restés un moment étendus sur les rochers, profitant de ce terrain solide et relativement sec pour nous reposer. Puis Devon avait désigné le treuil.

—Maintenant.

Un harnais d'éfan était fixé au treuil. J'avais aidé plus tôt Devon à l'enfiler. Mon compagnon a bougé avec des gestes mesurés. Il a tiré en dosant sa force et je suis parvenue à manœuvrer la structure, à lui donner l'angle nécessaire pour la dresser, pour qu'elle s'engage dans l'ouverture entre les rochers. Le métal rendu glissant par la pluie m'a cisaillé la paume des mains, mais ce n'était pas moi qui avais le plus grand poids à supporter. Le treuil a oscillé en déséquilibre et, pendant un instant, je me suis rappelé l'accident auquel Béryliane et moi avions assisté, lorsqu'un éfan avait été écrasé par l'effondrement d'une grue. J'aurais pu partager le sort de cet éfan, ce jour-là, si les forces de Devon avaient faibli une seule fraction de seconde, mais le treuil est tombé en position et mes souvenirs se sont effacés.

Devon était en sueur, bien que l'effort n'ait été que de courte durée. J'ai pensé tout à coup que, s'il souhaitait vraiment finir ses jours dans les eaux libres, il était grand temps qu'il parte. Habituée à ses rides, à son souffle laborieux, j'en étais venue à croire qu'il avait toujours été ainsi, vieux et usé, et que par conséquent il durerait toujours. Je me rendais soudain compte que Devon arrivait au bout de sa vie d'éfan. Ainsi, j'étais destinée à le perdre, d'une manière ou d'une autre.

J'ai tenté d'essuyer mes mains sur ma tunique détrempée tandis que Devon s'installait de façon confortable sur le rocher, près de la coque renversée. Je l'ai rejoint, il a redressé la tête.

—Assez travail. Maintenant beaucoup repos.

J'ai acquiescé sans réfléchir, puis j'ai soudain compris: il ne voulait pas remonter dans le ghetto, il était décidé à partir. Tout de suite?

Je le lui ai demandé, il a soupiré:

—Non, pas capable. Demain.

—Tu vas passer la nuit ici?

J'ai levé le nez vers le ciel et la pluie a martelé mon visage. Je ne rêvais pas, le rythme de l'averse avait augmenté. Devon n'avait pas tort de vouloir passer la nuit sur le rocher: demain, son poids l'empêcherait sans doute de passer. Mais moi? Je frissonnais dans mes vêtements trempés. J'ai reporté mon regard sur le vieil éfan.

—C'est vrai que tu ne risques pas de te déshydrater, ni d'avoir froid...

Devon m'a jeté un étrange regard à travers ses yeux mi-clos.

—Nelle dormir dans cabane.

Cette fois, un frisson m'a secoué tout le corps.

—Tu n'espères pas que je vais dormir *ici*, dans la cabane de Ritto ?

Sa bouche s'est plissée dans une imitation fidèle du sourire humain.

—Pas Ritto. En haut.

Il était vrai que je serais au chaud, chez nous, enroulée dans les sacs qui formaient la couche du vieil éfan. Et puis, je pourrais enfiler des vêtements secs...

Je suis restée plantée devant lui un moment, hésitante. Est-ce qu'il me suggérait de regagner le ghetto par un réel souci envers ma santé ou bien cherchait-il simplement à m'éloigner – mais dans quel but aurait-il souhaité que je m'en aille ? Tout était prêt pour son départ, la voile soigneusement pliée dans la cabane désertée par Ritto, les cordages bien roulés par-dessus, le mât posé à proximité. Devon ne risquait pourtant pas de filer en douce, puisqu'il avait besoin de moi pour installer tout cela.

Pourquoi se serait-il débarrassé de moi ? Allons, il avait raison, je risquais de prendre froid. Et puis, je n'avais pas apporté de nourriture. Lui pouvait bien se contenter de rêver aux poissons qu'il mangerait demain dans le fleuve, pour ma part, la faim tiraillait mon estomac de manière très réelle.

◆

J'ai grimpé au long du monticule de scories, glissant dans les déchets qui s'étaient détachés lors de notre passage précédent, m'agrippant à tout ce qui me semblait assez solide pour m'assurer une prise. La pente abrupte menant à la ruelle n'était pas plus aisée à escalader. Je me suis retrouvée là-haut encore plus crottée qu'à l'habitude, et tellement lasse. Notre cabane me semblait loin, si inaccessible que j'ai songé à me rendre chez Marte, à lui demander de m'héberger pour la nuit. Mais, en voyant dans quel état je me trouvais, mon amie réclamerait des explications que je n'étais pas prête à donner.

J'ai marché lentement. La pluie ruisselait sur tout mon corps sans parvenir à me laver. Personne ne flânait sur l'esplanade, bien entendu. Ce n'est que dans la zone de l'ombre, notre quartier, que j'ai croisé des connaissances.

Dans le jour gris, les voisins étonnés me saluaient d'un geste de la main. Je ne me suis pas arrêtée. Comment l'aurais-je pu sans confier à tous l'imminent départ de Devon ?

Je ne suis même pas allée aux douches. Rentrée chez nous, je me suis séchée tant bien que mal avec des sacs qui exhalaient l'odeur de l'éfan. J'ai enfilé des vêtements secs, les plus chauds que je possédais, puis je me suis étendue sur la couche de mon vieil ami.

Je ne me suis pas endormie. J'avais faim. Et, surtout, je songeais que c'était la dernière nuit de Devon dans la cité. Demain, à l'aube, il partirait. Je ne le verrais plus jamais. Cette nuit, je laisserais échapper les derniers moments passés en sa compagnie. Ma dernière chance... de quoi ? De lui dire que je l'aimais, qu'il me manquerait.

Je me suis redressée. La nuit ne tomberait pas avant au moins une heure. Malgré la pluie, il ferait jour suffisamment longtemps pour que je redescende dans l'anse. Bien sûr, il me faudrait dormir dans la cabane de Ritto, ou sous la coque du bateau, ce qui n'était guère confortable. Mais la présence de Devon en valait bien la peine.

Je me suis confectionnée une cape grossière avec des sacs, me protégeant du mieux que je le pouvais contre la pluie. Ensuite, je suis sortie. L'averse abondante avait chassé les habitants, rendant le quartier presque désert.

Je suis passée chez Solin, tambourinant à sa porte jusqu'à ce qu'il daigne m'ouvrir. Le boulanger se couchait au crépuscule, car il se levait longtemps avant l'aube pour préparer la pâte et cuire le pain. Tout ensommeillé mais inquiet, Solin m'a ouvert en chemise.

—Qu'est-ce qui se passe, Nelle, tu es malade?

Solin était, à ma connaissance, le seul autre humain du ghetto, avec Ritto et moi, au courant des projets de Devon.

—Il veut partir à l'aube, ai-je expliqué à mon employeur. Je vais passer la nuit avec lui. Tu me donnes du pain?

—Tu vas passer la nuit en bas? a fait le boulanger.

J'ai acquiescé. Sans un mot, il est rentré dans la boutique, revenant avec une grosse miche qu'il a mise dans un panier. Lorsqu'il me l'a tendu, nos doigts se sont touchés. Solin a emprisonné ma main dans la sienne. J'ai dégagé mes doigts doucement et je suis partie, sans même le remercier.

À nouveau, le trajet dans la pluie battante, la saleté et la boue, les glissades et les gestes maladroits pour me dégager du sol qui tentait de m'avaler dans un affreux bruit de succion.

Lorsque je l'ai aperçu de loin, Devon était toujours couché sur le rocher auprès du bateau, dans la même position qu'il occupait quand je l'avais quitté des heures auparavant. Pendant un moment le temps m'a semblé flotter, mes jambes étaient de plomb, je me suis forcée à avancer vers lui – mais, de toute manière, je ne pouvais pas courir.

J'ai pensé: *Il ne m'a pas attendue.*

Son visage ruisselant de pluie était tourné dans ma direction, gris comme la pierre. De plus près, cependant, j'ai vu son corps remuer au rythme de sa respiration. Ouf! Il n'a pas bougé à mon approche; je l'ai cru endormi. J'ai escaladé les rochers, sans bruit, jusqu'à la tête de l'éfan. Là, j'ai posé le panier, me penchant vers Devon afin de percevoir son souffle irrégulier. Sa poitrine paraissait si lourde à soulever...

Soudain, il a remué. Un sursaut de son corps m'a obligée à reculer pour ne pas être écrasée sous son poids. Je l'ai appelé d'un ton doux, mais il ne semblait pas m'entendre.

Sa tête s'est soulevée avec brusquerie, ses yeux se sont ouverts sans me voir, et il a poussé un barrissement d'une telle puissance que j'ai chuté à la renverse sur le rocher. Je suis restée pétrifiée. Sa tête s'agitait de tout côté, me rappelant à nouveau l'éfan fou furieux écrasé par la grue, dans la ville haute.

—Devon!

Mais mon cri s'est perdu dans les bruits inarticulés qu'il émettait. Il s'est dressé tout à coup sous l'averse, droit comme un pan de la falaise, masse de chair grise et blanche incrustée de pierres, il s'est dressé sur le ciel obscur et a rempli l'horizon, mur vivant face au fleuve. Il s'est balancé, ses yeux vides fixés sur moi. Que voyait-il, qui voyait-il ? Il a grondé ; le rocher en a tremblé sous mes pieds. Il a vacillé. Je me suis ramassée, roulée en boule sur moi-même, prête à recevoir sa masse écrasante.

Mais il n'est pas tombé sur moi. J'ai levé la tête à temps pour le voir chuter dans la frange. Une gigantesque éclaboussure a éclaté contre le rocher. Je me suis vivement détournée pour éviter ce jaillissement de boue liquide. Plaquée contre le rocher, j'ai reçu dans le dos une formidable claque à l'odeur putride. L'eau flétrie a transpercé mon manteau de sacs, me brûlant la peau à travers le tissu. Je me suis traînée, les mains glissant sur le rocher mouillé, une nausée envahissant ma gorge, et je me suis penchée vers la frange. Un remous agitait encore la surface épaisse, des vagues brunes venaient heurter le flanc du rocher.

Quelques bulles d'air ont encore crevé la surface. Plus rien.

◆

J'ai repris mes esprits dans une profonde obscurité, trempée jusqu'aux os, les membres engourdis de froid. Pendant combien d'heures étais-je restée sur ce rocher, paralysée par l'incrédulité ? Devon allait réapparaître, le contraire était impossible. Penchée au bord du rocher, j'ai scruté la frange immobile. Je ne distinguais rien d'autre que les innombrables ronds formés au contact des gouttes de pluie, je n'entendais rien d'autre que le ruissellement de l'eau sur le roc.

Peut-être Devon avait-il nagé sous la surface pour ressurgir ailleurs, plus loin ? Il devait m'attendre, gisant épuisé au fond de notre cabane. J'ai aperçu le panier, tache d'ombre sur le rocher noir. Je l'ai pris, puis j'ai glissé en bas du rocher. Avançant avec prudence pour ne pas m'enfoncer dans la boue, je suis allée ranger le panier dans la cabane de Ritto, à l'abri de la pluie, pour que Devon le trouve au matin.

Je n'avais pas besoin de lampe pour trouver mon chemin dans la nuit. Avais-je seulement conscience de l'obscurité ?

J'ai grimpé (je ne me rappelle plus si j'ai glissé), j'ai regagné la rue et j'ai marché (je garde un vague souvenir de mes pas saccadés). Il n'y avait personne dehors. Je me suis dit que Devon allait être fâché que je rentre aussi tard. La boue et la pluie alourdissaient mes vêtements et mes pas. J'ai trébuché sur un pavé humide.

En approchant du port, par habitude, j'ai fait un détour vers la douche des éfans. Je crois que l'aube approchait, mais les éfans n'y viendraient pas aujourd'hui, sous pareille averse, ce n'était pas nécessaire.

Avec le retour de la pluie, les réservoirs de la ville étaient pleins. L'eau est tombée dru sur mon crâne sans pour autant me délivrer de ma torpeur. Je suis restée sous le jet jusqu'à ne plus sentir le froid sur ma peau, puis je suis sortie à pas lents pour repasser sous la douche monotone de la pluie. Je crois que j'ai croisé un éfan – peut-être Orna ? Je n'avais qu'une idée en tête : Devon m'attend. Devon.

Le vide de la cabane m'a surprise comme une trahison. Je me suis étendue sur la paillasse encore tout imprégnée par l'odeur de Devon, bercée par le tambourinement de l'averse sur le toit.

◆

Je me suis éveillée en sursaut au milieu d'un cauchemar. J'y avais vu Devon dressé droit devant moi, grimaçant et grognant, un Devon laid, monstrueux, un Devon tel qu'il n'a jamais existé. J'avais envie de hurler à mort pour chasser cette image, mais je n'avais pas envie de rameuter le voisinage. Alors j'ai ravalé mon cri, avec une nausée qui me tordait la poitrine.

◆

Les présences m'ont ensuite tirée du sommeil, les présences suspendues au-dessus de moi telle une menace. Dehors, il faisait jour, un petit jour gris pareil à la veille, pareil au lendemain.

Je me sentais le visage bouffi, les paupières brûlantes de larmes mal séchées, la tête lourde, si lourde qu'elle faisait mal à porter. Je me suis redressée, pourtant, car autour de moi il y avait des bottes, et au-dessus des bottes des uniformes sombres, des visages durs. Un pantalon pâle tranchait entre les autres. L'homme a fait un pas en avant et sa voix unie m'a fait sursauter.

—Je suis venu te chercher, Nelle.

J'ai reculé dans un coin de la cabane jusqu'à sentir la cloison dans mon dos, je m'y suis appuyée pour toucher quelque chose de solide, car à l'intérieur je vacillais. Abélar me contemplait d'un regard neutre où je ne discernais ni pitié ni colère, peut-être une certaine impatience.

— Tu n'as aucun droit sur moi, ai-je bredouillé, va-t'en.

Abélar s'est penché. J'ai sursauté encore, prête à esquiver un coup, mais sa main tenait une plaque en métal gravée mouillée de pluie.

— Voici un laissez-passer pour toi. Tu dois m'accompagner en ville.

— Je ne vais nulle part avec toi, surtout en compagnie de miliciens. Vous n'avez pas le droit...

Abélar m'a interrompue avec un calme forcé.

— Léane se meurt, Nelle, elle a demandé à te voir.

Léane ? Pas elle, pas encore, *je ne veux pas*. J'ai roulé sur moi-même, la tête au creux des genoux. Le ton d'Abélar s'est fait cinglant :

— Il faut que tu viennes. Et tâche de passer par l'escalier, cette fois. On t'attendra là-haut.

L'instant d'après, il n'y avait plus que le chant de la pluie sur le toit de la cabane. Je me suis redressée. J'aurais cru à une hallucination s'il n'y avait eu le laissez-passer sur le sol, devant moi. *« Il faut que tu viennes. »* Léane se mourait.

Je n'irais pas, je ne voulais pas, je n'avais plus la force d'avoir mal, *laissez-moi tranquille avec vos malheurs, vos morts, votre détresse*.

Léane avait demandé à me voir.

Devon, pourquoi ? J'avais besoin de toi, tu n'avais pas le droit de mourir, pas le droit !

CHAPITRE 13

Les miliciens s'abritaient sous le porche malodorant. Ils m'ont regardée venir avec méfiance dans mes vêtements trempés. J'ai gardé mon laissez-passer bien tendu – je n'avais nulle envie que l'un d'eux pointe son arme vers moi. J'avançais d'un pas mou, bizarre, comme en rêve, mes jambes manquaient de ressort, toute énergie coupée. Si quelqu'un m'avait adressé la parole, je me serais évanouie. J'aurais disparu. Fondu. L'un des hommes de garde s'est approché, a pris la plaque, l'a étudiée pendant un long moment, les traits crispés dans son effort pour tout déchiffrer, tout classer, tout comprendre, mais finalement il a dû admettre que mon laissez-passer était en règle. Comme à regret, il m'a cédé le passage et je me suis engagée sous le porche.

L'écho de mon pas a éveillé des souvenirs en vrac, Léane et l'homme en gris, Tomir et ses amis, une aube frissonnante sur le port... Mes pieds raclaient les degrés, il a fallu que je m'arrête, les muscles lourds et le souffle haletant comme celui du vieil éfan. Abélar savait-il, pour Devon ? *« Et tâche de passer par l'escalier.* » Y avait-il quelqu'un, là-haut, qui tenait le registre de nos faits et gestes, à nous du ghetto ? Il était plus logique de croire qu'Abélar m'ait fait rechercher, après cette nuit où il m'avait aperçue. Facile pour lui de déduire que je n'avais pas emprunté l'escalier. Mais pourquoi avait-il prononcé ces mots ? Pour me troubler, sans doute, m'obliger à réagir. Je ne lui ferais pas le plaisir de me mettre en colère.

En haut des marches, le porche résonnait des bruits de la ville haute, des bruits mouillés sous un rideau de pluie. Les miliciens se sont tournés vers moi, intrigués. J'ai tendu à nouveau le laissez-passer, son sceau bien visible. On nous a examinées, la plaque et moi, on a fait signe à une femme officier qui s'est amenée, la mine suspicieuse, qui s'est tournée vers moi – j'ai senti mes jambes trembler, j'ai cherché où m'enfuir. Ils pouvaient me couper toute retraite en criant à leurs collègues d'en bas de m'intercepter. Pouvais-je tenter de forcer les barrières ? Je ne savais plus, je n'avais pas la force de réagir. La femme officier m'a adressé un salut froid mais poli.

—Nous sommes chargés de vous conduire.

Elle m'a fait signe de passer devant. Ses hommes se sont écartés et j'ai franchi les barrières. La panique a reflué vers les tréfonds de mon être. Une escorte s'est formée, composée de deux miliciens et de l'officière, étrange cortège qui a traversé la ville sous l'œil étonné des rares badauds à braver l'averse.

Nous n'avons pas pris la Ceintane, où j'aurais aimé retrouver la place du marché, familière – presque les mêmes marchands qu'en bas, les mêmes marchandises, la même mascarade. Au lieu de quoi, nous avons emprunté une large avenue que je ne souhaitais pas revoir, celle où s'était tué l'éfan. Ma raison me dictait d'aller de l'avant, mon corps répugnait à avancer.

Mais l'accident avait eu lieu plus haut, dans un secteur moins résidentiel. À la hauteur où nous nous trouvions, la voie se faisait bien propre, bien mise, bien bourgeoise – mais étrangement achalandée, surtout sous pareille averse. On aurait dit que toute la ville s'était rassemblée ici. Des miliciens patrouillaient sans arrêt et la foule se pressait en une longue file comme pour assister à un spectacle.

Nous sommes arrivés devant la façade blanche d'une grande maison dont la pelouse revigorée par la pluie descendait en pente douce vers la rue. La demeure cossue était gardée par la milice qui contrôlait le flot des gens aux vêtements ternes, la tête protégée par des parapluies sous lesquels j'ai aperçu quelques yeux larmoyants pressés contre des mouchoirs. Comédie grotesque. Qu'est-ce que je fichais là ?

À l'officier qui montait la garde devant la maison, ma guide a montré le laissez-passer, puis elle s'est écartée après un bref salut.

Prise en charge par un nouvel officier, je me suis avancée sous le nez des bourgeois qui faisaient la queue avec leur mine mécontente. On a murmuré dans mon dos – à cause de ce passe-droit ou parce que je portais des vêtements sales et usés ?

La foule se bousculait dans l'escalier. J'ai soudain perçu un cri dans le tumulte :

—Nelle !

Une jeune bourgeoise fendait la foule au sortir de la maison. Sa robe ajustée soulignait sa taille fine, ses cheveux noirs étaient tressés de fils d'or et d'argent et un lourd collier pendait à son cou. Il m'a fallu un moment pour identifier cette inconnue, puis Béryliane a pris mes mains, elle les a serrées avec force, le rouge aux joues.

—Toi ! Je ne savais pas qu'Abélar t'avait retrouvée !

Elle s'est hissée sur la pointe des pieds, m'a embrassée puis a reculé, soudain intimidée.

—Tu ne me reconnais pas ?

Quelle question, elle disait encore des bêtises – mais ma propre voix manquait d'assurance. Que faisait-elle ici ? Où étions-nous ? Pourquoi ces gens, cette maison...

Impatient, l'officier qui m'avait conduite jusque là a salué Béryliane, qui lui a donné son congé d'un signe de tête distrait. Mon escorte m'a abandonnée entre les mains de mon amie.

J'ai répété mes questions. Béryliane a répondu à voix basse.

—C'est à cause des funérailles.

Funérailles ? J'ai tressailli ; elle a pris mon bras.

—Tu ne savais pas ?

Abélar m'avait juste dit que Léane voulait me voir. Non, je ne savais pas.

—Elle est morte cette nuit, pendant qu'Abélar te cherchait.

Dans l'escalier, les gens ont protesté, mais Béryliane leur a dit de se taire avec sa petite voix devenue autoritaire. On s'écartait devant elle. Je suis montée, menée par une main ferme qui me paraissait étrangère. Par la porte d'entrée restée ouverte, je voyais le vestibule trop vaste, rempli à craquer. Je suis restée collée à Béryliane. Cette maison trop grande – je ne comprenais rien. Tous ces gens semblaient étouffer dans le petit salon tendu d'un lourd tissu rouge, lumières tamisées... Une pièce pleine d'odeurs et de monde. Béryliane m'a entraînée à l'écart, sa main délicate serrée autour de mon poignet.

—D'où viens-tu, qu'as-tu fait tout ce temps?

Comme si elle ne voyait pas mes vêtements usés, tachés par la boue!

Son avidité me faisait mal, j'avais envie de me rouler en boule, loin de la foule, loin des gens qui me heurtaient et s'écartaient avec des sourires faux pour se glisser tout autour. J'ai voulu répondre, je n'ai pas pu et Béryliane n'a pas insisté, la pression sur mon poignet se muant en caresse. Les questions me bousculaient aussi, comme des importuns: où étions-nous? pourquoi Léane m'avait-elle fait venir? pourquoi Abélar? toutes ces questions que je voulais poser et dont les réponses m'effrayaient. Je suis demeurée silencieuse, le regard fixé sur Béryliane, ma douce petite chose. Les années fondaient et se confondaient. Quel âge avait-elle, maintenant? L'âge de l'apprentissage.

—Est-ce que tu vis avec ton Éridon?

Elle a souri, d'un sourire rassurant.

—Non. Léane s'est beaucoup occupée de moi, après ta disparition. J'ai été adoptée par l'un de ses amis du conseil municipal.

Du conseil municipal? J'ai regardé autour de moi, cette foule, cette maison. Je ne voulais pas comprendre.

Béryliane a pris mon bras.

—Il faut que nous trouvions Abélar. Il doit t'attendre. Et puis, il faut te sécher un peu...

Dans le couloir de bois éclairé par des lampes ouvragées, j'ai observé le profil sérieux de Béryliane. Portait-elle toujours un masque ? Je n'ai pas eu le temps de le lui demander, nous nous sommes trouvées soudain face à mon ancien maître. Je suis restée figée en l'apercevant, renvoyée au passé, redevenue son ancienne élève, avec le souvenir de sa main sur ma tête, sa présence déterminée la nuit de mon départ. Béryliane a deviné mon trouble. Sa main a pressé la mienne une dernière fois.

—Je te verrai plus tard...

Abélar et moi sommes restés face à face un très court instant.

Si semblable et si différent ! Il avait vieilli, Abélar, des rides marquaient déjà le coin de ses yeux – mais le regard était le même, juste un peu plus las peut-être. Très vite, il s'est détourné, m'a fait signe de le suivre. Ici, la foule était plus disciplinée, les gens se tenaient les uns derrière les autres, ils avançaient à pas très lents. Nous les avons dépassés – mais personne n'a protesté –, pour pénétrer dans un autre salon, plus vaste, tout aussi sombre, le plancher couvert d'un tapis portant encore la marque des meubles que l'on avait retirés.

La pièce n'était pas vide. C'était à cet endroit qu'aboutissait la foule, pour se recueillir devant un cercueil peint en noir dont une moitié était fermée.

Abélar n'a rien dit, il s'est arrêté, bras ballants. Un peu vacillante, je me suis approchée du cercueil, de la forme blanche qui reposait dans ce berceau capitonné. Je me suis avancée, fascinée par le profil que j'entrevoyais : Léane endormie, mains posées sur la poitrine, ses mains fines qui, me semblait-il, allaient bouger, s'ouvrir, se tendre vers moi. Elles m'attiraient, ces mains, je suis allée vers elles, je me suis agenouillée près du cercueil et j'ai effleuré, doucement, les doigts immobiles.

Son visage était paisible, ce n'était pas un visage de vieille femme et pourtant ce n'était pas tout à fait la Léane que j'avais vue la dernière fois. La maladie, peut-être, et la souffrance, lui avaient fait prendre des années, mais c'était la paix que je lisais sur ses traits, la bienveillance que je lui avais toujours connue. J'aurais voulu qu'elle ouvre les yeux, que ses lèvres s'écartent et qu'elle prononce mon nom.

Je savais que ses paupières resteraient closes désormais, je savais qu'elle ne me parlerait plus jamais et, pourtant, ce n'était pas encore le chagrin, je n'avais aucune envie de pleurer. Léane était là et moi près d'elle. C'est tout.

◆

Le silence s'est abattu sur nous comme une porte qui claque. Un couloir sombre, un escalier qui sentait le bois verni. En haut, sur le palier, plusieurs portes. Un panneau s'est écarté sur une antichambre qui empestait l'infirmerie et la mort. Abélar a soulevé un rideau, découvrant une vaste pièce avec au centre un grand lit vide dont on avait ôté les draps. Abélar s'est avancé dans la chambre, il m'a fait signe d'attendre là. J'ai aperçu dans un coin un vieillard recueilli, ravalé sur lui-même. Abélar l'a rejoint. Mon ancien maître a posé une main sur l'épaule du vieil homme qui a levé la tête. Il pleurait sans bruit. J'ai contemplé un moment ses yeux rougis. Il avait fait partie de la vie de Léane, une vie de ville dont j'ignorais tout. Sans doute l'avait-il beaucoup aimée. Qui était-il, un ami, un amant ? Je respecterais son chagrin en silence. Sa Léane ne m'appartenait pas.

Je sentais encore sur ma joue la main de Léane, sa main froide, sa main de pierre, sa main fraîche sur ma joue brûlante. Cela n'avait plus d'importance: la chaleur de Léane, je la portais en moi.

◆

Le second étage était étrangement désert, comme si la rue ne pouvait atteindre ses fenêtres closes. Je percevais parfois un bruit, un murmure en provenance du premier, un cri montant de la foule, le sifflet d'un milicien rappelant à l'ordre les badauds. Là, en haut, le petit bureau était éclairé par la lumière du jour. Les rideaux écartés laissaient entrevoir d'autres toits et le sommet de quelques arbres décharnés qui, symboles amers de notre survivance au seuil du désert, semblaient si futiles avec leurs bras nus...

Telle une vie inachevée, des dossiers qui ne seraient jamais étudiés surchargeaient une table de travail occupant le centre de la pièce, entourée de meubles sombres, de fauteuils aux formes rondes. Dans un coin, d'une grande jarre surgissaient les branches d'un arbre en métal garnies de fleurs blanches en tissu. Aux murs, une série de tableaux. Des portraits, mais aussi des paysages, dont l'un représentait la côte verte et or d'un étrange fleuve qui venait battre la grève dans un éclat de mousse blanche. J'ai fait le tour de la pièce, le parquet craquant sous mes pas, pour m'imprégner de son odeur – celle de la cire citronnée.

Abélar se tenait immobile, dos à la fenêtre. Je n'apercevais sa silhouette qu'à contre-jour. Il était muet encore ; moi, je ne savais que dire. Je ne m'attendais pas à le trouver ici, dans la maison de Léane, pas plus que je ne comprenais pourquoi *lui* était venu me chercher dans la basse ville.

Il ne bougeait toujours pas. Puis, finalement, sa voix est sortie de l'ombre.

—Quand je t'ai aperçue, cette nuit-là, sur la rue de l'Institution... Car c'était bien toi, non, je n'ai pas rêvé?

J'ai acquiescé dans un murmure, il a repris:

—Je suis venu voir Léane. Je ne sais pas comment j'ai pu échapper aux patrouilles, ni comment ses serviteurs ont pu entendre mes appels, ni pourquoi ils m'ont ouvert, en pleine nuit. Tout ça s'est fait si vite... J'étais venu lui dire que je t'avais vue, enfin, que tu étais vivante, mais je ne suis pas reparti.

J'ai essayé de deviner la scène. J'avais peine à imaginer Abélar, le visage bouleversé, se précipitant à travers la ville endormie malgré le couvre-feu. *« Que tu étais vivante... »*

—J'ai tellement regretté de t'avoir ouvert la grille. Je croyais... J'étais certain que tu reviendrais au matin. Je croyais qu'une nuit en ville te servirait de leçon. Je t'ai attendue, toute la nuit, et après l'aube, et toute la journée... Et puis j'ai fait prévenir Léane.

J'ai fixé sa silhouette, presque aveuglée par la lumière autour de lui. « *Je t'ai attendue.* » Je détestais tant Abélar, je l'avais toujours détesté. Du moins, il me semblait. Je suis allée vers lui sans réfléchir, mais il s'est écarté et je me suis retrouvée face à la fenêtre. J'ai collé mon front contre la vitre, comme je le faisais, enfant, à l'Instit, quand le froid régnait au dehors. La foule se pressait toujours, en bas, des gens soulevaient le bord de leur parapluie pour regarder la maison, d'autres s'étiraient sur la pointe des pieds pour apercevoir le début de la file, la plupart bavardaient en attendant. Comme au spectacle...

Abélar est revenu vers moi, la proximité de sa voix m'a fait tressaillir, mais je ne me suis pas éloignée.

—C'était une femme de pouvoir. Depuis une décennie elle présidait le conseil municipal.

Tomir l'avait pourtant dit, la nuit de mon départ. « *Il peut y avoir des tas de " Léane " en ville, même la mairesse s'appelle comme ça!* »

Pouvais-je me douter...

Je me suis à nouveau appuyée contre la fenêtre et mon haleine a tracé un cercle de buée sur la vitre. Léane au pouvoir...

J'ai soupiré avec amertume:

—Voilà qui explique pourquoi elle avait dû m'abandonner, moi, la rebelle de l'Instit.

La voix d'Abélar, encore plus près.

—Elle ne t'a jamais abandonnée. Quand je suis venu la trouver, la nuit où je t'ai aperçue, elle m'a dit de ne pas m'en faire, qu'elle te savait en sécurité et que bientôt elle enverrait quelqu'un vers toi, pour te chercher. C'est à ce moment qu'elle m'a demandé si je voulais être ce quelqu'un, et c'est pour ça que je suis resté.

Je me suis tournée vers Abélar avec une telle brusquerie qu'il a reculé – nos visages ont failli se toucher. « En sécurité... » Comment Léane pouvait-elle me savoir en sécurité dans le ghetto, à vivre dans la cabane d'un vieil éfan ? Sous la protection d'un vieil éfan, qui jouissait d'une bien extraordinaire liberté pour un esclave...

Je suis restée silencieuse, incapable du moindre mouvement. Pendant tout ce temps où je désespérais, dans la solitude et la détresse, elle savait où j'étais ? Chaque fois que j'avais fait le rêve fou de la voir apparaître et me venir en aide, elle savait ?

Je me suis mise à rire, un rire triste et silencieux, puis les mains d'Abélar se sont posées sur mes épaules.

—Il lui a fallu du temps pour te retrouver, Nelle, mais, juste avant sa maladie, les documents étaient prêts, les documents d'adoption.

Je ne voulais pas le croire, ni même l'écouter. Qu'est-ce que je faisais dans cette maison trop grande, trop riche pour la Léane que j'avais aimée ? Les mains d'Abélar ont accentué leur pression. Je ne comprenais pas, j'avais la tête atrocement lourde et en même temps vide. Abélar ne me quittait pas, ses mains pesaient sur moi, j'avais besoin de leur poids.

—Léane avait mis tellement d'espoir en toi... Elle rêvait de t'offrir sa succession, c'est pour cela qu'elle s'est tant occupée de toi, quand tu étais petite. Et puis, tu as réagi avec une telle violence, je crois que tu échappais à son contrôle.

J'ai tourné la tête vers lui. Nos visages auraient pu encore une fois se toucher, mais Abélar ne reculait plus.

—Moi, je crois que j'échappais surtout à ton contrôle à *toi*, Abélar, c'est pour ça que tu me détestais tant, non ?

Il m'a répondu avec gravité.

—Je ne t'ai jamais détestée, Nelle, au contraire. C'est justement pour ça que je rageais tant de te voir gaspiller ton talent.

Il a hésité ; j'aurais voulu l'interrompre, je ne pouvais pas.

—C'est vrai que tu échappais à mon contrôle, peut-être que tu as raison, peut-être que j'attribue mes propres pensées à Léane, mais quand je dis qu'elle voulait te confier sa succession, c'est la vérité.

Je me suis éloignée, j'ai tourné en rond dans la pièce: *pourquoi ?*

—Pourquoi m'avoir fait voir le port, m'avoir fait entrevoir la liberté, si elle souhaitait que je devienne son apprentie ? Comment ne pas me révolter après avoir appris la liberté ?

Abélar a écarté les bras.

—Je ne sais pas. Peut-être qu'elle voulait que tu voies le monde avec des yeux différents. Léane Demer était une grande femme, Nelle, une femme de pouvoir et de puissance. Elle n'aurait pas voulu d'une apprentie conformiste, incapable de penser par elle-même.

Pourquoi avoir fait de *moi* une enfant différente des autres ? Cela pouvait-il me mener ailleurs qu'à la révolte ? Je me sentais impuissante, dépassée. Léane, qu'as-tu fait de moi ?

—Nelle, elle ne s'est pas trompée tout à fait, puisque tu es là, maintenant.

—Mais il est trop tard !

À nouveau, il est venu vers moi, a tendu les mains dans ma direction, puis s'est arrêté.

—Il n'est pas trop tard, Nelle. Léane a laissé pour toi...

Il a cherché autour de lui, un moment égaré, a ouvert un tiroir pour en tirer un document gravé sur métal fin. Il me l'a tendu.

J'ai parcouru la feuille des yeux sans parvenir à lire, ou plutôt à déchiffrer, car c'était écrit dans un jargon de juriste. Abélar a pointé le doigt vers quelques lignes, j'ai lu mon nom, associé à celui de Léane. *Nelle Demer*. J'ai levé les yeux vers lui, incrédule.

—Elle t'a laissé son patronyme, Nelle.

Un éblouissement m'a obligée à reculer jusqu'à un fauteuil. Moi, la fille sans identité, voici que j'étais devenue quelqu'un. Le nom de Léane, précieux héritage. Du coup, j'ai levé vers Abélar un regard neuf.

—Qu'est-ce que ça signifie, qu'est-ce qu'elle attendait de moi ?

Abélar a désigné la pièce, tout autour.

—Elle s'attendait à ce que tu demeures ici, à ce que tu reprennes ta place en haute ville.

Dans cette maison ?

—Qu'est-ce qu'il advient de cette maison, maintenant ?

Abélar a baissé le nez, gêné.

—Elle a laissé la maison à mon nom. Comprends, elle n'était pas *sûre* que tu reviennes, elle ne pouvait te la donner, alors elle t'a confiée à mes bons soins.

Je l'ai contemplé, les yeux écarquillés. Aux bons soins d'Abélar ? Léane avait-elle perdu la raison ? Cet homme... Non, il ne me détestait pas, je ne pouvais plus croire cette bêtise d'élève révoltée. Léane avait mis sa confiance en lui, et c'était également lui qu'elle avait envoyé vers moi dans le ghetto. Abélar s'est détourné, a repris le document, l'a déposé sur le bureau.

—Il vaudrait mieux oublier tout ça pour aujourd'hui. Tu as été éprouvée par cette remontée en haute ville...

J'ai protesté. Non, il fallait en finir. Ainsi, Léane voulait me voir demeurer dans cette maison. Elle ne souhaitait tout de même pas que je m'implique en politique ?

Abélar a rangé les documents, paupières baissées. Sous ses yeux, l'ombre de ses cils dessinait des cernes noirs. Son visage m'a paru tout à coup marqué par le manque de sommeil. Je me suis rendu compte que nous avions, tous les deux, partagé une affection : il venait de perdre Léane, et de façon bien plus cruelle que la mienne puisque, moi, je l'avais déjà perdue des années auparavant. Elle m'avait manqué ; à lui, elle manquerait encore longtemps.

Je me sentais maladroite, j'avais envie de le consoler, je ne savais pas comment faire. Quelles drôles d'idées me traversaient l'esprit !

Abélar... Il a levé les yeux vers moi, s'est détourné encore, affairé, et j'ai respecté son silence, envahie par trop de pensées nouvelles. Voir en Abélar un allié plutôt qu'un ennemi, et puis ce lien mystérieux qui unissait Léane à Devon... Je n'avais jamais imaginé que son geste absurde de me recueillir dans sa cabane lui avait été dicté par autre chose que de la compassion. Évidemment, j'avais attribué des sentiments humains à un éfan qui ne rêvait que d'eaux libres... Devon pouvait-il avoir agi sous la contrainte, forcé par Léane et la barrière à protéger une petite gourde échappée dans le ghetto ?

Par chance, j'étais encore trop troublée pour me mettre à pleurer.

CHAPITRE 14

On est venu chercher Abélar. Béryliane est montée en compagnie d'un serviteur. Je ne me souviens plus de ce qu'elle m'a dit à ce moment, je ne voulais écouter personne, alors elle m'a conduite à ma chambre. *Ma* chambre.

La vaste pièce était tendue d'un tissu bleu pâle. Tout s'avérait clair et lumineux dans cette chambre, même l'air qu'on y respirait semblait de la transparence du cristal. Les meubles y invitaient au repos : les fauteuils étaient profonds, confortables, le lit moelleux. J'ai tourné en rond sous l'œil amusé de Béryliane, m'arrêtant soudain devant un coffre de bois, au pied du lit. D'un doigt prudent, j'en ai effleuré la surface. C'était doux au toucher. Mes mains se sont posées sur le couvercle, j'ai jeté un bref coup d'œil vers Béryliane, qui m'a adressé un sourire d'encouragement, comme si elle me signifiait « Mais oui, il est à toi ! » Je l'ai ouvert, pas vraiment par curiosité, plutôt pour établir mon droit de propriété. Un coffre en *bois* ! Quand je regardais passer un chargement de ce matériau, tiré par un éfan, je n'imaginais pas que je posséderais un jour un meuble en *bois*...

Béryliane me souriait sans un mot. Le coffre contenait des couvertures, j'étais presque déçue. De la literie dans un meuble aussi précieux !

Doucement, j'ai refermé le coffre, embrassant toute la pièce du regard. Était-ce la chambre que Léane avait imaginée pour moi ? Trop riche, et pourtant nue, vierge, dirais-je, mais c'était peut-être justement ce que Léane avait voulu, un endroit neuf à imprégner de ma personnalité.

Quelle personnalité ? J'étais une fille du ghetto. Si j'avais donné à cette pièce l'image de ce qui troublait mon âme, ce sont d'autres gens qui auraient empli l'espace autour de moi. Le portrait de tous ceux qui m'avaient marquée occuperait ce mur immense, visages déjà à demi effacés dans ma mémoire : Tomir le jeune bourgeois, Bardassier dans sa taverne, Ilario le Voyageur, Beneter et son regard possessif, Dom le petit voleur, mais surtout Marte, mon amie, et Devon. Sans oublier Léane.

En réalité, je n'avais pas besoin de murs à couvrir, ni de portraits à afficher, l'image des gens aimés se dessinait dans ma tête.

Et Abélar ?

Je ne le connaissais pas, je ne savais rien de lui, sinon qu'il avait été pour moi un maître à défier, envers qui je n'avais eu que méfiance et mépris – mais il m'avait attendue, il avait couru chez Léane en pleine nuit lorsqu'il avait cru m'apercevoir, et Léane l'avait gardé auprès d'elle pour en faire, m'avait dit Béryliane, son secrétaire personnel...

Ma tête, vide et trop pleine à la fois. Si je pouvais tout oublier – je ne voulais rien oublier ! Les questions m'empêchaient d'avoir mal, Léane et Devon demeuraient présents sous les points d'interrogation.

Béryliane était assise sur le coin du lit avec son sourire un peu figé. J'avais envie de la renvoyer, mais il ne s'agissait pas d'une servante, elle était un morceau de mon passé. Son regard pesait lourd et sa voix m'a surprise soudain – j'aurais voulu qu'elle continue à se taire, ses paroles étaient un cri trop longtemps réprimé.

—Tu te souviens de cet éfan blessé qui s'est suicidé ?

Je n'ai pu m'empêcher de tressaillir. Non, pas cela. Je voulais bien me souvenir de tout, sauf de cela. Pourquoi Béryliane prononçait-elle ces mots, pourquoi ? Je me suis tournée vers elle, pleine d'une colère triste que je n'avais pas envie de contenir.

—D'abord, l'éfan ne s'est pas vraiment suicidé, il se mourait de toute façon, blessé à mort par la grue qui l'écrasait au sol. Ensuite, ce geste affreux m'avait paru, à moi, empreint d'une grande noblesse.

—C'est pour ça que je ne t'en ai jamais parlé, a soupiré Béryliane. Nous n'avons pas vu la scène avec les mêmes yeux, Nelle. Tu veux savoir pourquoi ? Parce que tu es comme cet éfan : tu te crois en quête de ta liberté, mais c'est la mort que tu cherches.

J'ai voulu me moquer d'elle ; mon rire s'est éteint avant de franchir mes lèvres. Il y avait trop de bruits dans ma tête.

◆

Après quelques coups timides frappés à ma porte, le battant s'est écarté sur Abélar. Il est resté sur le seuil, se tenant très droit comme s'il avait peur d'être pris en défaut.

—Je suis venu voir si tu es bien installée.

J'étais seule, Béryliane m'avais laissée. J'avais besoin de comprendre, alors je lui ai demandé d'entrer, ce qu'il a fait en hésitant avant de refermer le battant derrière lui. Il est resté planté au milieu de la pièce, le regard las.

Je me suis écriée :

—Si seulement Léane m'avait dit un mot de ses espoirs, quand j'étais encore à l'Instit ! Si j'avais su qu'elle voulait me prendre comme apprentie... Les choses auraient été tellement différentes !

—Est-ce que tu le crois vraiment, Nelle ? Honnêtement, réponds-moi... Si Léane t'avait dit tout ça, est-ce que tu aurais modifié ton comportement ? Si elle t'avait fait miroiter la possibilité de devenir son apprentie, de venir vivre dans sa grande maison, de faire peut-être carrière en politique...

Il avait raison. J'ai essayé de remonter le temps, de comprendre ma révolte. Si Léane m'avait dit tout cela, j'aurais cru qu'elle tentait de m'acheter, de m'obliger à me taire, à me tenir tranquille, de me transformer en bourgeoise conformiste. Tous ses espoirs auraient été autant d'atteintes à ma précieuse liberté.

Abélar n'a pu s'empêcher de sourire. Il avait presque retrouvé le ton mordant d'autrefois.

—Qu'est-ce qu'il est advenu de ta liberté, Nelle ?

Je me suis assise sur le lit avec un haussement d'épaules. Ma liberté ? Franchement, je ne savais pas. Est-ce que Béryliane avait raison, est-ce que je souffrais d'une folie suicidaire ? Non, je cherchais autre chose. Et il m'a semblé alors que je n'avais pas abdiqué complètement mon idéal. Je m'étais heurtée à mes propres limites, bien sûr, mais avec mon travail chez le boulanger Solin j'avais réussi à trouver un certain équilibre.

Abélar s'est tourné vers la porte pour me laisser et, tout à coup, j'ai eu très froid.

—Viens près de moi, Abélar.

Il a obéi, à contrecœur. Je lui ai tendu une main qu'il a prise. Son contact était tiède. Je l'ai attiré vers moi, il s'est assis sur le lit, nous sommes restés côte à côte sans bouger pendant un long moment, puis il a murmuré :

—Écoute, Nelle...

Je l'ai fait taire, mes lèvres sur sa bouche. J'avais envie de pleurer, mais je suis restée soudée à lui, tandis qu'avec une fureur qui me surprenait moi-même j'ai entrepris de défaire sa chemise.

◆

—Tu as toujours l'air d'une voyageuse en instance de départ...

Sous la douce ironie de la voix d'Abélar, je devinais l'inquiétude et ne pouvais m'empêcher d'avoir mal.

Nous étions étendus, enlacés, sous l'auvent qui abritait le grand patio derrière la maison de

Léane – *notre* maison. La cour intérieure était entourée d'un haut mur qui nous protégeait des regards indiscrets. L'auvent de toile exhalait une odeur de chaude humidité dans le soleil qui perçait la couche nuageuse. La légère bruine de ce matin s'évaporait doucement. Bientôt, sans doute, il ne pleuvrait plus du tout.

Une voyageuse en instance de départ... Abélar faisait preuve d'une troublante perspicacité. Alors même que je me lovais contre lui, tandis que son bras me serrait, qu'il me communiquait son amour, moi, en esprit, j'errais sur le port. Je venais tout juste de me rendre compte que la saison des pluies aurait dû prendre un autre sens à mes yeux : ne signifiait-elle pas le retour du Voyageur ?

Le fleuve coulait à gros tourbillons, au pied de Vilvèq. Ilario avait sans doute regagné sa chambre dans la maison de la rue de Pierre.

Et moi, je restais ici, à soupirer...

Les funérailles publiques avaient eu lieu des semaines auparavant. J'y avais assisté, sous les regards intrigués de la foule : qui était cette fille maigre au bras du secrétaire ? D'où l'avait-on sortie ? Lors de l'incinération, nous avions donné notre spectacle, Abélar et moi, la foule avait murmuré tout son saoul. Lorsque la cérémonie s'était terminée, je n'avais eu de cesse que je vienne me réfugier ici. Abélar était resté près de moi, bien sûr. La rue devant la maison était demeurée pleine de curieux, même bien après les funérailles, du moins au dire d'Abélar. Moi, je n'en avais rien vu, j'avais été très malade. Un médecin avait passé toute une nuit à mon chevet. Maintenant remise, je n'avais pas mis le nez hors des murs de la propriété. Il y avait toujours au moins une patrouille de miliciens dans le quartier. Était-ce à cause de leur présence impassible ? Je préférais m'enfermer dans cette forteresse de puissance et d'argent. Pourquoi serais-je allée en ville ? Revoir les lieux de mon enfance, me faire souffrir pour le plaisir d'avoir du chagrin ? Non merci. Je devinais cependant que cet état de choses ne pourrait durer : ce n'était pas raisonnable aux yeux de mes nouveaux amis les bourgeois...

La veille, Béryliane était survenue pour une petite visite surprise. J'avais lu une lueur complice dans le regard qu'elle avait échangé avec Abélar. La petite était accompagnée de son bourgeois, dont je me suis empressée d'oublier le nom, cet ami de Léane membre du conseil municipal. Le premier mouvement de colère réprimé, je me suis dit : autant en profiter. Je me suis faite cajoleuse pour emmener l'édile au salon et j'ai évoqué très calmement – de façon très *raisonnable* – nos échanges commerciaux avec l'homme blême venu des « pays sous d'autres soleils ». La tête du bourgeois ! J'aurais montré un caca oublié sur le tapis qu'il aurait été moins gêné. Quant à seulement suggérer qu'un lien ait pu exister entre la noble mairesse Léane Demer et un vieil éfan de la basse ville... Je n'ai pas insisté. Ce bourgeois portait à son insu (ou volontairement ?) une « barrière » immatérielle, faite de conventions et d'interdits.

Après leur départ, j'ai demandé à Abélar s'il y avait quelqu'un en haute ville capable de répondre à mes questions. Il a écarté les bras avec un geste d'impuissance qui m'a rappelé le jeune maître face à la bruyante classe des grands. « *Je ne connais pas la réponse à tes questions, je n'ai jamais prétendu le contraire.* » Honnête Abélar, pourtant prêt à tricher afin de me réinsérer dans l'existence bourgeoise...

À quoi songeait-il, aujourd'hui, à quoi rêvait-il? *Une voyageuse en instance...*

Son regard restait accroché à moi, il attendait toujours réponse à sa question, mais je n'avais pas envie de parler. Je voyais qu'il était bien, là, contre moi. Tout ce que je pouvais lui dire gâcherait ce bien-être. *Je suis, je reste, une voyageuse en instance de partir.*

—Tu n'es pas heureuse, Nelle.

Heureuse ? Si le bonheur signifiait demeurer étendue là pour toujours, serrée contre le corps chaud d'un homme qui m'aime, oui, sans doute aurais-je pu prétendre au bonheur. Je goûtais la paix de cet instant – mais comment le faire durer? Tous attendaient de moi que j'entre dans un carcan préparé par Léane qui avait placé tant d'espoirs sur ma tête...

—Tu rêves encore à la liberté absolue?

Non, bien sûr, il y avait longtemps que je ne cherchais plus la liberté ailleurs qu'en moi-même. Depuis quand, tiens, au fait? Depuis Devon, sans doute. Ce n'était pas la liberté qui m'attirait encore. C'était... autre chose. *La mort,* aurait sans doute dit Béryliane.

—Je ne suis pas à ma place dans cet endroit, dans cette maison trop grande.

Abélar a répliqué aussitôt:

—Vendons-la.

—C'est la maison de Léane. Et la tienne, maintenant. Même si tu vendais la maison, de toute manière ça ne changerait rien.

Je n'étais pas à l'aise dans la ville haute. Trop de questions demeurées sans réponse et personne pour oser formuler ne serait-ce qu'une hypothèse.

Abélar n'a plus soufflé mot.

J'ai enfoui mon visage au creux de son cou. Ces moments passés avec lui constituaient une pause, une halte précieuse dans le cours de ma quête, pourtant je ne pouvais rester en place, je n'avais, en réalité, de place nulle part. Désemparé, Abélar s'est écarté de moi pour mieux me regarder.

—Où que tu ailles, je te suivrai, Nelle.

Je savais qu'il n'en ferait rien. Dans ses veines coulait la même sève qui avait maintenu en vie les quelques arbres centenaires que l'on voyait en ville, ses os avaient la même dureté que la pierre de nos maisons. Il était lié à ces lieux, alors que, moi, je n'appartenais, je n'appartiens à aucun lieu, je suis étrangère à tout, presque étrangère à moi-même.

—Je t'aime, Nelle.

Je sais, Abélar, je sais.

◆

Il n'a pas tenté de me retenir. Ce n'était pas nécessaire, son amour était l'attache la plus difficile à dénouer. Mais chaque jour où le soleil brillait, au dehors, accumulait autant de nuages en moi, entre nous.

Le jour où j'ai fait mon paquet, il n'a rien tenté non plus. S'il m'avait suppliée de rester, sans doute n'aurais-je pas trouvé le courage de partir. Mais il s'est tu.

L'aube pointait sur les toits voisins quand j'ai bouclé mon sac : des vêtements, mais aussi des objets précieux enlevés aux vitrines de Léane dans un geste sacrilège qui n'avait même pas fait broncher Abélar, et puis un peu d'argent, plus en fait que je n'en avais jamais possédé.

— Tu reviendras ?

Ramassé sur lui-même au milieu des draps épars, Abélar me buvait des yeux, pour ne rien oublier de moi. Revenir ? Je ne savais pas encore où j'allais. Il fallait que je retourne en bas, au pied de la falaise, sur la berge grise où Devon avait disparu. Il y avait eu là-bas un bateau, une voile. S'ils existaient encore, et si j'en avais le courage, je pouvais les mettre à flot pour que le vent m'emporte au delà de la frange brune...

Revenir ? Quand j'aurais trouvé réponse à mes questions, peut-être. Autant dire jamais.

◆◆◆

Tangue, ma prison. Et puis danse.

Le vent me caresse de son souffle chaud, le vent du désert et de la mort – le vent de la liberté et de la vie ?

Ma prison de toile s'agite, on dirait qu'elle veut s'envoler.

Il n'y a pas de prison, bien sûr, hormis l'immensité du désert qui m'entoure, effrayant par son infinité, le désert-prison qui m'oblige à rester derrière les murs de toile, à abriter sous mes mains anxieuses les pages de ce cahier, pour les empêcher de prendre la fuite, de m'abandonner dans cet endroit où nous avons fait halte – en attente.

Ce n'est pas – pas encore – la fin du voyage.

Chapitre 15

Les tuiles qui couvraient le plancher et une partie des murs de la cuisine, rue de Pierre, étaient du même roux que celles de la demeure de Beneter (les deux maisons dataient de la même époque), mais ici une grande table occupait le centre de la pièce, entre l'âtre immense et les fenêtres du jardin. Les filles y déjeunaient en bavardant quand je m'y suis montrée le premier matin, mon sac entre les mains.

J'étais débarquée la veille, mon barda jeté en travers de l'épaule tel un marin arrivant du port – et c'était bien de là que je venais. Je m'y étais rendue dès que j'avais mis le pied en ville basse, filant comme une flèche vers les quais, pour y stopper net, abasourdie. Le navire aux voiles de soleil ne s'y trouvait pas. Dans l'immense bassin, il n'y avait que les petits bateaux de pêche. Un soleil éclatant me dardait de ses rayons. Trop tard. J'étais venue trop tard.

Mais non. Je dramatisais. Le bateau était reparti pour mieux revenir. La frange n'avait pas repris son aspect compact et solide, le niveau du fleuve semblait encore bien assez haut pour être navigable, Ilario reviendrait.

Partagée entre la déception et un espoir confus, j'étais revenue à pas lents vers le cœur du ghetto, vers la place du marché où les étals abondaient, surchargés. Le Voyageur ne devait pas être reparti depuis longtemps... Qui sait? Ilario était peut-être resté rue de Pierre.

Marte m'avait accueillie sans un reproche, sans une question non plus. Elle m'avait emmenée dans sa chambre et nous avions bavardé durant des heures de tout et de rien, comme si nous ne nous étions quittées que la veille. Je lui avais tout raconté, cependant. La mort de Devon, mon retour en ville haute... Mon espoir.

Non, Ilario n'était pas à Vilvèq. Parti, mon espoir.

Marte, ma douce Marte, m'avait offert son hospitalité sans que je le demande, devinant les mots informulés. Elle m'avait donné une chambre de serviteur, là-haut sous les combles, une chambre dont la lucarne ouvrait sur la rue et non sur le jardin de Beneter. Je m'y étais enfermée, croyant que j'allais pleurer de dépit, mais je m'étais endormie sur le lit étroit avant même de m'en rendre compte.

Et nous étions au matin, un lendemain de soleil dans la cuisine.

Le silence s'est fait à mon entrée. Marte est venue vers moi pour me guider jusqu'à une place libre, à côté d'elle.

—Nelle va rester avec nous, maintenant.

J'ai déposé le sac (les bibelots qu'il contenait ont tinté contre le plateau de métal dépoli), puis je l'ai poussé en direction de la patronne.

— J'espère vous dédommager de mon séjour...

Marte a tourné vers moi un regard étonné, mais elle n'a rien dit. La patronne a accepté le sac avec un hochement de tête et, comme à son signal, les conversations ont repris autour de la table. Chacune allait se servir aux plats laissés sur le poêle, alors j'ai fait de même. Tandis que je revenais m'asseoir en portant une assiette, ma voisine a soupiré :

— Ce n'est pas de chance ! Tu as choisi la période la plus calme de l'année pour te joindre à nous.

Je me suis d'abord renfrognée (je ne le savais que trop !), puis, me rappelant que je me devais d'être aimable avec mes hôtesses, j'ai affiché une mine poliment étonnée. La jeune femme a expliqué :

— Tu as vu le port ? La saison sèche est commencée, ma chère, nos pensionnaires ne reviendront pas.

— Mais non, a protesté une autre, je te parie qu'il y a encore des pluies à venir, ta saison sèche ne débutera pas avant un bon mois !

J'ai hoché la tête avec un sourire faux, et je n'ai rien entendu de la discussion qui a suivi entre les tenants du retour de la pluie et leurs opposantes. Je me suis rendu compte que Marte me dévisageait avec inquiétude. J'ai secoué la tête.

Abélar m'avait-il vaincue malgré mes efforts ? Serais-je forcée de retourner en ville haute, de reprendre tristement ma place auprès de lui ? Que serait notre vie si je rentrais dans la défaite ?

Et quelle serait ma vie si je demeurais chez mes hôtesses ?

◆

J'ai passé quelques journées dans ma chambre, sous les toits chauffés par le soleil. Beneter avait appris, par je ne sais quelle source, que j'habitais chez ses voisines. Peut-être croyait-il que je cherchais une occasion de me réfugier chez lui. Avertie par Marte, la patronne lui a refusé l'entrée avec une fermeté et une autorité que même lui n'osait défier. J'étais soulagée, mais cet épisode montrait bien que je ne pourrais vivre éternellement ainsi.

Depuis ma lucarne, je scrutais le ciel. Qui aurait raison ? Les filles qui espéraient le retour de la pluie et, avec elle, de leurs hommes, ou bien ma voisine de table, Camélie, qui annonçait d'un ton tranchant le début de la saison sèche ?

Ma seule consolation, c'est qu'avec un temps aussi sec je pourrais bientôt retourner dans l'anse. Je songeais même à m'installer dans la cabane de Ritto, nouvelle ermite entre les cônes de scories. Bien sûr, je n'avais pas fait part à Marte de ce projet farfelu, cela l'aurait peinée.

Un après-midi, à l'heure de la sieste, j'ai quitté ma mansarde sur la pointe des pieds pour descendre au deuxième étage. Je me suis arrêtée devant la porte de la chambre d'Ilario. Le panneau en était de métal mais, contrairement aux autres, il était fait d'un matériau neuf à l'aspect solide. Inviolable, il fermait la pièce d'une façon étanche.

Dans le coin supérieur droit se découpait un petit carré. Un judas ? Je n'ai pas osé y toucher. Je suis restée immobile, à me demander si un jour je verrais cette porte s'écarter pour laisser entrer le

Voyageur, ou si j'étais vraiment condamnée à vieillir dans le ghetto.

Marte m'a surprise dans cette position. Elle a pris mon bras et m'a entraînée à l'extérieur. À pas lents, nous avons déambulé jusqu'au marché. Marte m'a acheté une pièce de tissu pour me faire une robe, un flacon de parfum à l'odeur sucrée de fruits, un verre de jus à la terrasse d'une taverne... Le soleil brillait, le ghetto prenait des airs de quartier bourgeois, et j'étais malheureuse de tout ce bonheur.

◆

Le lendemain, il pleuvait à torrents, de ces averses tardives qui laissent brutalement place à l'été. Postée derrière une fenêtre du salon, je contemplais le lourd rideau de pluie quand Marte est venue se glisser près de moi sur la banquette. Mon amie a posé une main affectueuse sur mon épaule.

—La pluie a l'air de te faire jubiler ! Je voudrais bien savoir ce qui te plaît autant dans cette averse, Nelle...

J'ai effleuré ses cheveux avec douceur.

—Ma pauvre Marte... c'est l'espoir de te quitter encore.

Elle n'a rien dit. Elle devinait bien que j'attendais Ilario – mais pouvait-elle vraiment comprendre ce que j'espérais d'un tel retour ?

◆

En fin de journée, une chape d'humidité enveloppait la ville basse. L'eau s'évaporait des pavés fumants et, au crépuscule, il ne restait déjà plus la moindre flaque. Mais il s'est remis à pleuvoir durant la nuit.

Une semaine plus tard, au matin, la porte de la maison s'est écartée dans un joyeux bruissement de tissus, des mètres et des mètres de soieries portées en brassée par des mains couvertes de gants. Derrière le monceau de tissus, une voix a crié :

— Où est-ce que vous êtes toutes, paresseuses ? Venez m'aider !

J'avais déjà fini de déjeuner et ce n'était pas mon jour de vaisselle – cela explique pourquoi je me trouvais sur le seuil de la cuisine. Ilario s'est figé en m'apercevant ; je suis allée vers lui pour le décharger de son fardeau.

— Bienvenue à la maison, Voyageur.

Alertées par son cri, mes compagnes avaient surgi de la cuisine. Elles ont fait la fête, car derrière l'homme blême venaient les marins. Le salon n'a plus été qu'embrassades et concert de rires joyeux. Chaque fille avait son homme, chaque homme apportait des présents, chaque couple resplendissait de bonheur.

Ilario n'a pas eu le temps de s'étonner de ma présence, accaparé par la patronne et par d'autres filles qui l'accueillaient avec plaisir. Je voyais pourtant, à la raideur de sa nuque, qu'il sentait peser sur lui mon regard.

À la nuit tombée, toutes les lampes de la maison éclairaient notre fête. Les hommes avaient pris un bain, les filles s'étaient toilettées et parfumées. Je m'étais mise au diapason, félicitant à rebours Béryliane qui avait échangé mes habits du ghetto contre des vêtements qu'elle avait jugés convenables mais qui, sur le moment, m'avaient paru impossibles à porter. J'avais choisi une robe de soie si fine qu'elle en devenait transparente. La jupe à multiples pans retombait sur mes jambes comme les pétales d'une fleur.

Quelques couples s'étaient retirés dans les alcôves formées par les fenêtres, mais les marins plus âgés restaient au salon à bavarder avec la patronne et les filles les plus sages.

L'un des hommes possédait une flûte. Il a commencé à en jouer, une lente mélopée dont le rythme s'est accéléré peu à peu. Je me suis mise à danser au milieu du salon.

Je me mouvais avec lenteur, les yeux fixés sur Ilario vautré dans un fauteuil. Je guettais une lueur dans son regard. Mes pieds nus ont battu le sol à un rythme de plus en plus rapide. Mon corps se balançait, s'étirait, tressautait, cherchant à éveiller en l'homme blême le désir qu'il avait ressenti jadis à mon égard.

Ilario a renversé la tête contre le dossier de son siège capitonné et m'a contemplée entre ses paupières mi-closes. La chaleur des lampes faisait luire sa peau blanche, là où perlaient des gouttelettes de sueur. Lorsque la musique s'est arrêtée, je me suis laissée retomber sur le tapis. Quelques marins ont applaudi, les filles ont réclamé encore de la musique. Ilario s'est redressé dans son fauteuil, il a glissé quelques mots à l'oreille de la patronne, puis il s'est levé pour quitter la pièce. Je l'ai suivi sans hésiter.

À l'étage, mes pieds nus ont heurté le plancher de tuiles, là où le tapis s'interrompait. Ilario s'est retourné brusquement, arrêté sur le seuil de sa chambre hermétique. Il m'a regardée venir vers lui, visage impassible. Je me suis collée à lui, une main moite pressée contre la porte froide.

—Tu ne veux plus de moi, Voyageur ?

Dégantée, la main d'Ilario s'est posée sur mon poignet pour m'obliger à baisser le bras.

—Pourquoi cherches-tu à me provoquer, Nelle ?

J'ai soutenu son regard sans ciller. Un coin de sa bouche s'est relevé en un sourire désabusé.

—Tu te donnes beaucoup de mal pour rien. Nous ne pouvons pas avoir de relations sexuelles. Je ne suis qu'un voyeur, tu ne savais pas ?

J'aurais dû comprendre, à ce moment, ce que le Voyageur venait acheter en ville, cette précieuse marchandise dont on ne parlait jamais, mais j'étais trop absorbée à tenter de déchiffrer ce sourire.

—C'est tout ce que j'ai trouvé à t'offrir, Voyageur.

—À m'offrir ? En échange de quoi ?

J'ai relevé un pan de ma jupe pour y dissimuler mon visage, courbant mes bras nus dans un mouvement provocateur.

—Dis-moi d'abord si la marchandise t'intéresse, Ilario.

Il m'a saisie avec rudesse par les bras, m'obligeant à laisser retomber la robe, et m'a plaquée contre le froid panneau de la porte.

—Cesse ton jeu ridicule, Nelle. Qu'est-ce que tu attends de moi ?

—Une place à bord de ton bateau.

Il m'a laissée tout aussi brusquement, a reculé d'un pas, stupéfait. J'ai ajouté très vite :

—Je danserai pour toi, Ilario, je danserai nue, mais emmène-moi.

Sa voix a montré à quel point ma demande l'avait estomaqué.

—T'emmener avec moi ?

Il s'est repris, avec une étrange colère dans les yeux.

—Si je t'emmenais, que gagnerais-tu à me suivre ? Tu serais complètement dépendante de moi. Je pourrais faire de toi mon esclave, tu n'aurais aucun moyen de t'échapper.

J'ai frissonné.

—Je n'ai pas peur, Ilario.

À nouveau, sur son visage, l'étonnement a masqué tout autre sentiment.

—Mais pourquoi, qu'est-ce que tu cherches ailleurs ?

—La réponse à mes questions : d'où viens-tu ? Es-tu le Voyageur de la chanson ? De quel droit possèdes-tu le monopole du commerce par bateau ? Pourquoi sommes-nous prisonniers de nos propres murs ? Quelle est cette marchandise si précieuse que tu viens acheter et qui nous évite d'être, tout simplement, abandonnés au désert ?

—Voilà bien des questions, en effet...

À mon tour, je lui ai saisi les bras, mais c'était pour m'accrocher à lui, l'empêcher de me laisser sur le seuil de sa chambre.

—Ne te moque pas de moi, Ilario.

—Je n'ai pas envie de me moquer, je t'assure. Si tu venais avec moi, tu ne pourrais plus jamais remettre les pieds à Vilvèq.

J'ai tressailli dans l'ombre du couloir. Pourquoi ? Pourquoi mon départ serait-il sans retour ? La question n'a pas franchi mes lèvres.

—Je n'ai pas peur, ai-je répété avec défi.

Un mouvement dans l'escalier. Bruit de voix. Un couple enlacé surgissait en titubant, avec force rires. Ilario s'est écarté de moi, il a baissé le ton.

—C'est idiot. Je ne peux pas t'emmener. Ce n'est pas moi qui mène sur le bateau, tu comprends ?

L'obscurité d'une chambre a englouti le couple, nous avons quand même continué à chuchoter.

—Non, je ne comprends pas, Ilario, je ne peux pas croire que tu permettes à un marin de te dicter ta conduite.

J'ai cru un instant qu'il allait laisser éclater sa colère, cependant c'est avec une étonnante douceur qu'il a répliqué.

—Petite ignare, que sais-tu de notre vaisseau ?

—Je sais qu'il emporte ailleurs une marchandise de grande valeur tout en nous laissant prisonniers ici.

—Entêtée !

L'épithète était affectueuse, mais la main qui me repoussait gardait toute sa fermeté. J'ai reculé dans le couloir. Sans plus se soucier de moi, Ilario a écarté le petit panneau carré, dans le coin de la porte. J'ai entrevu des touches blanches sur lesquelles il a pianoté. La porte s'est écartée en chuintant et Ilario s'est engouffré dans l'ouverture.

Je suis restée un moment immobile devant le battant refermé. Il n'avait pas dit non, il n'avait pas refusé.

Chapitre 16

Tirée sans ménagement d'un cauchemar confus que j'ai vite oublié, j'ai cligné des yeux dans la lumière diffuse d'une lampe voilée. La main sur mon épaule était blanche, le visage penché vers moi presque bleu dans l'obscurité, noir était le double globe du regard qui me fixait.

Le cœur battant, je suis restée immobile sous la main qui me serrait à me faire mal.

—Regarde-moi, a murmuré Ilario, et réponds-moi : es-tu prête à quitter tes amis, cette maison, cette ville, tous les lieux que tu as aimés, à ne plus jamais y remettre les pieds, à vivre dans un autre monde comme une étrangère ? Je ne serai pas toujours à tes côtés pour te défendre. Ton avenir, ta survie ne dépendront que de toi. Le veux-tu vraiment ? Réponds-moi et ne me dis surtout pas que tu n'as pas peur !

Peur ? J'aurais pu hurler à cet instant si quelqu'un d'autre était entré dans la chambre, mais la maison entière dormait d'un profond sommeil. Un lourd silence s'étendait sur les lieux. La lampe répandait une odeur d'huile un peu écœurante. Je ne me sentais pas l'estomac très solide. La présence de l'homme blême à mon chevet venait si bien ponctuer mon cauchemar que je ne songeais pas à m'en étonner.

Cependant, le Voyageur exigeait une réponse. Je ne pouvais me soustraire à sa poigne, ni à son regard.

—C'est vrai, j'ai peur. Je ne sais même pas si je suis prête, comme tu dis, mais je franchirai les obstacles un à un. J'en suis capable.

Il ne disait rien, j'ai ajouté doucement:

—Je suis une étrangère dans ma propre ville, Ilario.

Sa main est retombée, il s'est écarté du lit, se penchant au passage pour prendre la lampe dont la flamme a vacillé un moment.

—Lève-toi.

Frissonnante, j'ai glissé mes pieds nus hors des draps. Par la croisée, le ciel pâlissait à l'horizon. L'aube, bientôt, allait percer l'obscurité. Mes compagnes se lèveraient pour trouver mon lit vide... Marte comprendrait-elle ce départ nocturne effectué en catimini telle une voleuse ? Ma chemise entre les mains, je me suis arrêtée. Ilario a eu un claquement de langue impatient, alors je me suis expliquée.

—Est-ce que je ne pourrais pas dire adieu seulement à Marte?

Il a hésité, puis avec un soupir:

—Tu sais écrire?

Sa suggestion m'a emplie de soulagement. J'ai fait un pas vers lui.

—Il y a une ardoise, à la cuisine, je pourrais laisser un message...

—Je ne veux pas que tu traînes à la cuisine. Habille-toi et attends-moi ici, je reviens.

L'ombre du couloir l'a avalé sans bruit, à part le faible craquement de tuiles mal ajustées. J'ai arraché mon pyjama pour enfiler des vêtements confortables – un pantalon et une veste chaude par-dessus la chemise. L'excitation rendait mes mains tremblantes. Comme j'ignorais s'il m'était permis d'emporter quelque bagage, j'ai rassemblé mes rares possessions – la dague achetée par Beneter, un caillou trouvé dans la cabane de Devon et sans doute désincrusté de sa peau durant son sommeil, des vêtements, le flacon d'huile parfumée offert par Marte –, j'ai roulé le tout dans mon sac qui restait un peu flasque, à moitié vide. Voilà, j'étais « prête », aussi prête que je pourrais jamais l'être.

Ilario est entré dans la pièce sans frapper. Il portait un sac, lui aussi, qu'il a jeté contre le seuil. Entre ses mains, une sorte de boîte plate et rectangulaire dont il a soulevé le couvercle. Stupéfaite, je me suis rendu compte qu'il s'agissait d'un paquet de feuilles de papier reliées *(le cahier dans lequel j'écris ces lignes)*. Jamais je n'avais vu autant de papier, même au musée, surtout du papier vierge. Ilario a arraché une feuille et me l'a tendue avec un marqueur, non pas de ces pointes sèches que nous utilisions à l'Instit pour poinçonner les ardoises, mais plutôt un tube d'où sortait de l'encre.

—Dépêche-toi !

J'ai débarrassé la table de chevet et j'y ai posé la feuille avec précaution. Pas le temps de réfléchir : Ilario, à mes côtés, ne m'en laissait pas le loisir. J'ai griffonné d'un geste pressé, tachant le papier avec le liquide du marqueur, traçant quelques mots à grands traits en craignant qu'ils ne soient illisibles.

Mon amie, je dois partir sans espoir de te revoir un jour et je ne sais que dire, sinon que je garderai toujours le souvenir de ton affection.

Marte, mon amie, aujourd'hui mille mots me viennent, tant de « j'aurais dû », « il aurait fallu » mais, à l'instant où j'ai noirci la première page vierge dans l'ombre exaspérée d'Ilario, je n'ai trouvé rien à ajouter pour mettre fin à notre précieuse amitié. Lorsque je me suis redressée, une impulsion soudaine m'a fait ouvrir le tiroir de la commode pour en tirer une paire de ciseaux. Avec vivacité, j'ai coupé une mèche de mes cheveux et l'ai posée sur la feuille encore humide. C'était le seul misérable souvenir que je pouvais te laisser.

Ilario m'a saisi le bras. Je n'ai eu que le temps de rafler mon sac ; l'homme blême m'entraînait vers le couloir. En prenant son propre bagage, il a brusquement jeté le paquet de papier dans mes mains et j'ai serré l'objet contre moi. À la première occasion, j'ai glissé le cahier dans mon sac – Ilario y attachait-il si peu d'importance ou me l'a-t-il volontairement abandonné dans notre fuite ? Je n'ai pas eu l'occasion de le lui demander. À sa suite, je me suis retrouvée au sommet de l'escalier plongé dans l'obscurité, puis au milieu du salon endormi, avant la rue calme où aucun passant ne s'attardait.

Ilario a enfilé ses gants, abaissé sa voilette, et nous sommes descendus vers le port. Je marchais comme en rêve, le bruit de mes pas qui claquaient sur l'esplanade me semblait faux, les façades obscures n'étaient qu'un vaste décor, j'allais m'éveiller dans mon lit à l'Instit que je n'aurais jamais quittée...

À l'embarcadère, le bateau aux voiles de soleil se balançait au bout de ses amarres. La passerelle de métal a résonné sous moi et je suis passée par l'ouverture dans le plat-bord sans même apercevoir la frange dans laquelle baignait la coque. Deux hommes seulement se trouvaient sur le pont, qui se sont éloignés en m'apercevant. L'endroit m'a surpris par sa taille. J'aurais pu me croire sur la terrasse d'une demeure bourgeoise, dominée par une tour carrée ainsi que par une grue, et plantée de mâts chargés de larges panneaux d'où pendaient des câbles.

Au milieu du pont, un grand trou carré s'ouvrait, celui par lequel j'avais vu la grue faire descendre en cale des marchandises apportées par les chariots. J'ai échappé à Ilario pour aller me pencher vers le bord de ce trou. Mon compagnon m'a rejointe aussitôt, non sans jeter un regard du côté des deux marins qui, l'ai-je constaté, se tenaient à bonne distance mais ne nous quittaient pas des yeux. Ilario a voulu m'entraîner encore, je me suis débattue : malgré l'obscurité, je pouvais apercevoir l'angle clair des caisses empilées les unes par-dessus les autres.

—Dis-moi d'abord, qu'est-ce qu'il y a là-dedans ?

—Pourquoi ? Vas-tu abandonner déjà si je réponds à ta question ?

Il n'avait pas tort, je pouvais encore m'enfuir, sauter sur la passerelle et courir dans la ville – si je pouvais échapper à la vigilance de ces marins que j'ai désignés à Ilario.

—Tu crois qu'ils me laisseraient « abandonner » ?

Ilario m'a pris le bras avec brusquerie.

—Viens, ce n'est pas l'endroit pour bavarder.

Nous avons dépassé l'entrée de la cale pour atteindre une autre ouverture où une échelle plongeait vers les entrailles du navire. Ilario m'a fait descendre si vite que j'ai failli débouler. Nous avons suivi un couloir très étroit aux parois peintes de couleurs claires, jusqu'à une porte que mon compagnon a écartée. Il m'a fait passer devant lui et, sans bruit, a refermé le battant derrière nous. La pièce où nous venions de pénétrer était meublée de façon fruste : une couchette à peine assez large pour une personne, une table et une chaise fixées au plancher, une armoire peu profonde pour pendre mes vêtements. Un tapis élimé était jeté sur le sol, le lit n'était pas fait, des draps pliés avec soin s'y empilaient. Une minuscule fenêtre, qu'Ilario a appelée hublot, constituait la seule ouverture vers le dehors, mais elle était située tout en haut de la paroi.

—C'est ta cabine, a jeté Ilario avec un geste las. Tu y resteras pendant le voyage. Quelqu'un t'apportera à manger...

Il a montré le guichet qui s'ouvrait au bas de la porte. J'ai contemplé l'homme blême d'un regard interrogateur. Il a esquissé un bref haussement d'épaules.

—Je t'ai dit que ce n'est pas moi qui mène, sur ce bateau. Il vaut mieux que tu restes à l'écart. Et puis, ça te laissera tout le temps pour réfléchir.

Réfléchir – à quoi ?

—Tu n'auras qu'une chance de changer d'avis, Nelle, lorsque nous embarquerons sur le vaisseau.

Un autre navire ? Jusqu'où nous irions ainsi, Ilario ne semblait pas disposé à me l'apprendre. J'ai croisé les bras devant lui et adopté le ton qu'il avait employé plus tôt à mon endroit.

—Je ne m'embarque pas sur ce bateau pour le seul plaisir de quitter des gens que j'aime, Voyageur, alors réponds-moi : où allons-nous, quelle marchandise y apportons-nous et pourquoi, de tous les miens, suis-je la seule à avoir le privilège de quitter la ville ?

Ilario a levé sa voilette, découvrant un visage fatigué.

—Tu es une entêtée, Nelle. Je commets probablement une erreur en t'emmenant avec moi, mais tu es bien la seule qui en souffrira.

Ses mots m'ont heurtée comme des coups, pourtant je suis restée impassible.

—Tu ne réponds pas à mes questions, Ilario.

—Les tiens ont perdu une « confrontation », il y a longtemps déjà.

Il avait buté sur le mot. Confrontation – cela évoquait les concours académiques que tenait l'Instit, mais je me doutais bien qu'il s'agissait d'autre chose.

—Confrontation entre qui ? Des villes ? Des citoyens ?

—Une confrontation entre des mondes ennemis, Nelle.

Des mondes. Ennemis. Ces mots abstraits ne signifiaient rien. Je n'ai pas voulu montrer mon ignorance, car Ilario s'impatientait. J'ai joué à celle qui comprenait.

—Une confrontation... dont vous êtes sortis gagnants ?

Il a eu un sourire las.

—Est-ce que j'ai l'air d'un gagnant ?

S'il voulait se moquer de moi, je n'étais pas d'humeur à le supporter. Il a repris :

—Personne n'est jamais vainqueur de la violence, Nelle, et cette confrontation a été particulièrement violente. C'est pour empêcher que cela ne se reproduise que les tiens sont tenus à résidence dans Vilvèq.

Nous avions joué à un jeu violent et perdu, mais cela n'expliquait en rien pourquoi le Voyageur continuait à nous apporter nombre de produits sans lesquels notre survie aurait été menacée.

—Que venez-vous chercher chez nous ? Quel gage devons-nous payer pour avoir perdu cette confrontation ?

Il m'a jeté un regard froid, énigmatique.

—Nous avons un monde à rebâtir.

J'ai fait un pas vers lui, menaçante.

—Cesse de te moquer de moi ! Que veux-tu dire ?

—Allons, Nelle, ne sois pas si naïve : que pourrions-nous venir chercher dans cette ville agonisante, grugée par le désert ? Nous venons pour cette grande usine que vous nommez la Genète.

Je suis restée sans voix un moment. Naïve, ça je l'avais été ! J'ai réussi à bredouiller :

— Des esclaves... c'est ce que nous sommes pour vous ?

Il a eu un rire amer qui m'a surprise.

— Tu crois que nous allons à la Genète pour choisir des embryons en critiquant la couleur des yeux ou des cheveux, comme font vos bourgeois les plus puissants qui s'y pavanent tels des clients devant un étal de marchandises ?

J'ai secoué la tête – si je pouvais chasser toutes les pensées qui s'y bousculaient ! Des cageots de marchandises apportés en échange de cageots de fœtus... Je me suis écriée :

— Je comprends que toi et les tiens vous teniez au secret, sinon ce serait la révolte dans tout Vilvèq !

Une ombre a passé sur son visage, et c'était la tristesse, une tristesse dont je ne saisissais pas la raison.

— Tu te trompes, Nelle, ça n'a jamais été un secret pour certains de tes concitoyens. Ceux qui ont eu des enfants après la confrontation ont raconté leur histoire à leurs petits, qui l'ont racontée ensuite à leurs propres enfants... Il y a encore des gens qui savent, à Vilvèq, des gens qui ne sont ni sourds, ni aveugles, et qui ont gardé la mémoire.

J'ai revu le recul brutal de Zélina lorsque j'avais évoqué ces « marchandises » à la table de Beneter... Lui aussi, il savait, malgré son jeune âge. Ritto également. Mais Beneter et Zélina ne portaient aucune barrière.

—Pourtant, a soupiré Ilario comme en écho à ma pensée, tu as raison quand tu dis que nous craignons la révolte, parce qu'elle nous obligerait à vous abandonner.

La vérité m'a griffée en dedans tel un vilain rat de ruelle. J'ai reculé jusqu'à sentir la couchette contre mes mollets, je m'y suis laissée tomber.

—C'est pour ça que tu m'emmènes, parce que tu as peur que je pousse les miens à la rébellion ?

Ce que j'avais pu être bête !

—Léane Demer était une femme habile et rusée, elle savait ce qu'elle faisait quand elle t'a adoptée.

Il a dû lire le désarroi sur mon visage, s'est détourné.

—Oui, je me suis renseigné ce soir. Ça n'a pas été difficile de trouver la trace de ton adoption. La mairesse Demer était une femme dangereuse, elle a fait de toi une véritable bombe à retardement.

J'ignorais ce qu'était une bombe, pourtant je le devinais assez pour être envahie par le dégoût. Léane... Ilario se trompait, je ne pouvais pas avoir été un simple instrument entre ses mains ! J'ai bredouillé :

—Je voulais seulement être libre.

Ilario a eu un sourire qui a modifié son visage blafard, le rendant presque bouffon.

—Tu n'imaginais tout de même pas que nous emmenons des passagers à chaque voyage ?

Je n'ai rien trouvé à répliquer. Ilario s'est dirigé vers la porte et, cette fois, je ne l'ai pas retenu.

◆◆◆

Depuis combien de jours ai-je quitté la ville ? J'ai perdu le compte. Plus de trois semaines se sont écoulées, je crois, le temps qu'il a fallu pour remplir les pages de ce cahier qui achève maintenant. Comment passeront les jours lorsque je n'aurai plus de feuilles à remplir ? Ce cahier inutile, je le sais, puisque je n'ai aucun moyen de le faire parvenir aux miens, prisonnière de ma propre liberté.

Je n'ai pas peur, bien que j'ignore ce qui m'attend. Les hommes qui manœuvraient le bateau, qui vont et viennent maintenant à l'extérieur de mon abri en toile, n'ont pas la peau blême d'Ilario même s'ils semblent parfois lui commander. Ces hommes sont leurs propres maîtres, en réalité. Ils sont aussi mes frères, issus de la Genète. Et ce ne sont pas des esclaves. Comment disait Ilario ? «Nous avons un monde à rebâtir.»

Lui-même, qui est-il, sinon un étranger parmi les étrangers ?

J'ai tellement d'énigmes à déchiffrer !

CHAPITRE 17

Je croyais ne pas revoir Ilario de tout le voyage en bateau quand il est venu me chercher afin que je monte sur le pont. Quelques heures à peine s'étaient écoulées depuis notre départ.

J'ai demandé :

— Qu'est-ce qui se passe ?

— Viens prendre l'air.

Enfin, respirer l'odeur des eaux libres !

En réalité, l'étroite surface navigable n'était guère différente de ce que j'en avais vu depuis le ghetto, sinon que la frange de chaque côté devenait si large que je ne distinguais plus l'endroit où finissait le fleuve de celui où commençait la rive. La boue semblait avoir envahi le paysage à l'infini.

Le soleil atteignait son zénith, dardant sur les eaux ses rayons aveuglants. On aurait dit des flammes qui dansaient sur l'eau.

Au loin, le fleuve semblait étaler une surface unie, d'un bleu si profond qu'il donnait envie d'y plonger. Mais tout près, contre la coque du bateau, on voyait que l'eau était brune, couleur de frange et pas très invitante. Le choc des vagues contre le bateau formait une affreuse mousse jaunâtre. Un si vaste cours ! Je me suis demandé s'il ne s'agissait pas plutôt de la « mer » dont rêvait Devon. Ilario a souri derrière sa voilette. Non, s'il fallait l'en croire, la mer s'avérerait encore plus vaste, encore plus bleue.

Où allions-nous, était-ce vers la mer ? Ilario a répondu avec réticence.

—Nous remontons le fleuve.

—Jusqu'où ? Irons-nous dans une autre ville ?

Je me demandais encore à quoi ressemblaient les « ailleurs » de la chanson, bien sûr, s'ils étaient semblables à Vilvèq. Car les rives du fleuve, à la hauteur où nous nous trouvions, ne différaient pas du tout de ce qu'on apercevait depuis les remparts de la ville : le désert à perte de vue, une étendue d'un ocre aux nuances grisâtres sous les rayons du soleil, ponctuée çà et là de buissons enchevêtrés ou de petites étendues d'herbe jaune.

—Il n'y a pas d'autre ville, Nelle.

J'ai dévisagé Ilario (du moins ce que je voyais de ses traits dans l'ombre de la voilette).

—Pas de ville ? Alors, d'où proviennent ces biens que vous nous apportez en échange de... de notre « marchandise » ?

—D'ailleurs.

Ilario a jeté un regard bref du côté des marins qui se trouvaient sur le pont.

—Je t'expliquerai plus tard.

Il me fallait déjà retourner dans ma prison. J'ai levé les yeux pour m'emplir la tête d'images, pour tout au moins observer le navire qui m'emportait. Au-dessus du pont, les voiles rectangulaires et rigides paraissaient abaissées, en position presque verticale par rapport aux mâts qui les soutenaient. Juchés tout en haut, des marins m'observaient en silence. Ilario m'a touché le bras.

—Viens.

Mais je n'ai pas bougé. J'hésitais à quitter le pont. Sous mes pieds, le navire tanguait de terrible façon. Je percevais des craquements dans la coque et j'avais très peur que le bateau ne casse, que nous ne tombions à l'eau.

—C'est parce que nous n'avançons plus... m'a confié Ilario, croyant sans doute me rassurer. Allons, viens...

—Pourquoi nous n'avançons plus ?

L'homme blême a soupiré.

—Nous devons attendre la nuit. Après le lac...

Il a désigné la vaste étendue brune autour de nous. *Le lac*. C'est ainsi qu'on l'appelait.

—Après le lac, le fleuve rétrécit beaucoup, nous passons trop près des rives. Avec la nuit, l'obscurité nous protégera.

Nous protéger... contre les hommes sauvages, bien sûr, les créatures du désert. Je me tenais aux côtés du Voyageur. J'étais entrée en pleine légende.

Cette fois, Ilario a pris mon bras avec fermeté, il m'a poussée vers l'échelle.

—Viens. Tu ne resteras plus enfermée longtemps.

Non ? Le voyage serait-il si court ? Plus tôt, il avait parlé d'un autre vaisseau... Nous allions donc changer d'embarcation et, à bord du prochain navire, je pourrais sans doute circuler plus à l'aise.

Ilario m'a accompagnée en bas. À la porte de ma cabine, il a demandé :

— Tu n'as toujours pas changé d'avis ?

— Est-ce que j'ai le choix ?

Ilario s'est détourné. J'ai eu un frisson en pensant à Ritto, à la transe dans laquelle le plongeait toute allusion à ce qu'il ne devait pas révéler. Si je demandais à rentrer en ville, quel implant poserait-on dans ma tête ? Et puis, sur ma route, je n'avais encore trouvé que peu de réponses, plutôt de nombreuses autres questions.

◆◆◆

C'est à ce moment que j'ai résolu d'écrire mon histoire. Un peu pour passer le temps aussi, bien entendu. J'ai commencé ce cahier sur le bateau. Ensuite...

◆◆◆

Ilario ne m'avait pas menti. J'avais vu tomber la nuit par le hublot de ma cabine, la lente progression de l'obscurité qui allumait les étoiles du ciel, lorsque le mouvement du navire m'a indiqué que nous avions repris la route. Je me suis alors hissée jusqu'à l'ouverture pour tenter d'apercevoir la rive qui, au dire de l'homme blême, se rapprocherait de nous. Je n'ai rien vu, bien sûr : la nuit nous enveloppait.

Des heures ont passé, si longues dans l'isolement de ma cabine... Je me suis endormie, la tête sur la table. Des cris m'ont tirée du sommeil, des appels, un échange de répliques dans la nuit. Les marins s'adressaient à d'autres hommes. Grimpée au hublot, j'ai distingué la lueur de lanternes, puis

Ilario est venu me chercher. J'ai pris mon paquet, je suis à nouveau montée sur le pont.

Des lanternes émanait une lourde odeur de gaz. Elles projetaient le cercle jaune de leur éclairage autour d'elles mais, au delà, je ne distinguais que de vagues silhouettes. Nous étions à quai, amarrés en tout cas à une plate-forme métallique où nos pas résonnaient. Des hommes vêtus de longues robes pâles et coiffés de turbans bavardaient avec les marins de notre bateau. Un treuil avait été mis en place, mais il ne s'y attelait aucun éfan. Un homme en robe a jeté un ordre. Il y a eu tout à coup un bruit, un grondement, et la poulie s'est actionnée toute seule.

Ilario m'a entraînée dans l'ombre.

— Où sommes-nous ?

L'homme blême a hésité, puis il a murmuré, très vite :

— Nous appelons ce lieu Moraille. Mais, je t'en prie, ne prononce pas un mot, quoi qu'on fasse, quoi qu'on dise. Tais-toi.

J'ai ouvert la bouche pour répliquer – pourquoi me taire ? –, mais un regard d'Ilario m'en a dissuadée. Il avait relevé sa voilette et je voyais la sueur perler sur son visage, même si la fraîcheur nocturne nous caressait d'une délicieuse brise. J'ai regardé autour de moi, tentant de déchiffrer la forme obscure que je devinais près de nous, hors du halo des lampes. Anguleuse, elle s'élevait très au-dessus des mâts du navire. Il me semblait contempler le squelette en métal d'une haute structure dont les arêtes auraient été de guingois. Un immense échafaudage, peut-être, conçu pour grimper à quelque gigantesque édifice...

Si Ilario m'avait affirmé qu'il n'existait plus de villes, j'étais maintenant persuadée qu'il mentait : ces hommes à robe et à turban, d'où venaient-ils ? Ils habitaient bien quelque part ! Si ce n'était une ville, alors comment s'appelait leur lieu de résidence ? Ils n'avaient pas surgi du néant, avec leurs lampes et leurs chariots mobiles !

Car ils conduisaient de grands chariots pour emmener les marchandises, des chariots possédant une plate-forme montée sur un curieux élément d'engrenage, une sorte d'ovale aplati qui paraissait dentelé. À l'avant de l'engin, se trouvait une cabine dans laquelle il fallait se hisser.

Ilario m'a poussée en avant quand les hommes en robe ont commencé à grimper dans les cabines. L'homme blême m'a aidée à y monter devant lui. Je me suis retrouvée assise sur la banquette avant d'un véhicule, coincée entre Ilario et l'homme qui s'y trouvait déjà. Le conducteur du chariot m'a dévisagée, interloqué.

—Elle vient avec nous, a dit Ilario d'un ton sans réplique.

L'homme a haussé les épaules sans un mot. Il avait le teint très bronzé de ceux qui travaillent au grand air. Encore l'un de mes « frères » arrachés à la Genète ? Ce n'était pas le moment de poser des questions...

Grimpé après moi, Ilario a refermé la porte de la cabine avec un claquement sec. La banquette épousait la forme de mes fesses, apportant une moelleuse sensation de confort. Ç'aurait été agréable, s'il n'y avait eu les autres hommes, déjà installés sur la banquette arrière, et le silence qui a pesé sur nous durant tout le trajet.

Devant le conducteur, assis à ma gauche, il y avait une curieuse fenêtre éclairée de l'intérieur où apparaissaient des symboles. L'homme a effleuré la surface de la fenêtre. Un grondement sourd a fait vibrer le siège sous mes fesses. Je me suis agrippée au bras d'Ilario. Le conducteur a posé ses mains sur le volant devant lui et, tout à coup, le chariot s'est mis à reculer. Je me suis mordu les lèvres pour ne pas crier. Jamais de ma vie il ne m'avait été aussi difficile de garder le silence !

La main d'Ilario a couvert la mienne, il a pressé mes doigts. Voulait-il me rassurer – ou s'assurer que je me taise ?

Le chariot automobile a reculé dans l'ombre, puis il a viré et nous nous sommes mis à avancer en cahotant. Soudain, des lanternes se sont allumées. Attachées à l'avant du véhicule, elles éclairaient notre route. Leur faisceau de lumière a ébloui d'autres hommes en robe qui nous ont adressé un signe de la main. Le chariot a continué. Il vibrait tant que je sentais mes dents s'entrechoquer. Puis, le mouvement s'est adouci, je me suis détendue.

Dans la lumière des lanternes, j'ai vu défiler des rochers, des débris de métal de part et d'autre de la rue – car il fallait bien nommer ainsi l'espace dégagé facilitant le passage des chariots, même s'il n'avait rien en commun avec les rues de Vilvèq.

Nous avons progressé durant ce qui m'a paru des heures. Enfin, un édifice a surgi dans le faisceau des lanternes, une haute tour en béton à la surface pleine d'aspérités. La « tour de contrôle », m'a dit Ilario plus tard. *(Je me demande d'ailleurs ce qu'elle peut bien contrôler, cette tour. À moins qu'en certaines saisons il ne circule de nombreux chariots sur la route ? Il faudra que je demande à Ilario.)*

Nous avons dépassé la tour et avancé encore pendant quelques instants, puis le chariot a viré et s'est arrêté devant de grands entrepôts de tôle d'où est sorti un autre homme. Celui-là ne portait ni robe ni turban, mais un pantalon et une chemise, comme n'importe quel citoyen de Vilvèq. D'ailleurs, les robes des autres cachaient des pantalons, je m'en suis rendu compte depuis. Notre hôte, qui nous a accueillis au sortir de l'entrepôt, avait le même teint bronzé que ses compagnons. *(Ces gens du désert ne semblent pas craindre les ravages du soleil comme nous. Du moins, ils ne se soucient pas de s'en protéger, d'où leur teint bronzé.)*

Lorsque je suis descendue du chariot, j'avais les jambes flageolantes. Ilario était déjà dehors, s'adressant à notre hôte. J'ai dû me retenir à la coque de notre véhicule pour ne pas tomber. L'homme a allongé un bras vif pour me soutenir. Il a dit quelque chose que je n'ai pas compris. Je l'ai contemplé, les yeux écarquillés. C'était un bel homme, de grande taille, bien découplé. Il a froncé les sourcils. Ilario a touché son bras et l'homme du désert m'a laissée. Ilario et lui se sont éloignés pour discuter, tandis que je restais appuyée au chariot.

Ilario m'a expliqué depuis qu'Éliude (c'est son nom) est le chef des hommes du désert. C'est lui qui a demandé que je reste la plupart du temps dans ma « prison » de toile. Il n'y a que des hommes, ici. Et ils ne sont pas chez eux. Ils font partie d'une « équipe » qui repartira avec nous, quand l'autre navire viendra nous prendre.

Et j'ai compris pourquoi les hommes d'Éliude portaient des robes et des turbans: hors de la ville, il n'existe pas de murs pour arrêter le vent. Son souffle transporte du sable et de la poussière. Cela crisse sous les dents, les cheveux en deviennent tout poisseux, on en retrouve jusque dans le pain.

Quant à cet endroit au milieu de nulle part, je n'ai pu le voir en entier avant le matin qui a suivi notre arrivée nocturne. Quand je suis sortie de la tente où j'avais essayé de dormir (Ilario ne m'avait pas encore demandé de la quitter le moins possible), je suis restée figée sur le seuil, éblouie par le soleil. Les tentes s'alignaient derrière les entrepôts, tout près même (pour couper le vent, a dit Ilario plus tard). Dans mon dos, se dressait un mur de tôle. Devant moi, il n'y avait – il n'y a toujours – que le désert, immensité grise aux nuances d'ocre et de beige, vallonneuse, raboteuse, des dunes et des dunes de poussière entrecoupées de rochers.

Je suis allée faire un tour devant les entrepôts, sous le regard des hommes qui étaient déjà levés. Certains d'entre eux m'ont souri, d'autres m'ont dévisagée avec une franche hostilité. Je n'ai pas fait attention. Ce qui a attiré mon regard, tout de suite, c'est une vaste aire dégagée, dont le sable semblait avoir été balayé, là-bas, à bonne distance des entrepôts. On aurait dit un grand plat rond creusé dans le sol. À quoi cela pouvait bien servir?

Dans les entrepôts étaient rangés les chariots automobiles. Il s'y trouvait aussi d'autres appareils, mais je n'ai pas eu le temps d'aller voir de plus près. Quand j'ai voulu pénétrer dans l'un des édifices, Éliude a surgi près de moi. Sa main a encerclé mon poignet, il a dit :

— Vous retournez sous la tente, s'il vous plaît.

Quelle drôle de façon de parler ! J'aimais bien la manière dont il prononçait les mots. On aurait dit qu'il les faisait rouler dans sa bouche. *(Il a les cheveux sombres comme ceux de Béryliane, Éliude, et le regard d'un gris translucide. J'aimerais bien qu'il soit né à la Genète.)*

Ilario est apparu tout à coup à côté de nous, s'adressant à l'autre dans sa langue. Éliude a laissé mon poignet et s'est éloigné. Ilario m'a ramenée à ma tente.

— Je croyais que tu m'avais emmenée pour répondre à mes questions ! ai-je protesté.

Ilario est resté un moment silencieux. Enfin, il a soupiré :

— Il y aura beaucoup de questions sans réponse, et beaucoup d'endroits où tu devras me faire confiance, Nelle.

Il m'a tout de même expliqué qu'ici, ce n'est qu'une étape vers l'ailleurs. Les hommes d'Éliude sont les gardiens de l'étape, ils doivent parfois se défendre contre les créatures du désert – même si je me demande, en fin de compte, quelles créatures peuvent craindre des hommes aussi farouches possédant des chariots automobiles et des outils qui permettent de construire une « tour de contrôle » au milieu de rien, des hommes possédant des armes (je les ai vues hier)...

Quelles créatures redoutent-ils, sinon d'autres hommes ?

Mais au moment où Ilario a parlé des gardiens de l'étape, trop de questions se bousculaient sous mon crâne pour que j'arrive à les formuler. Ce qui importait pour moi, c'était le fait qu'Ilario ait parlé d'une *étape*. Nous allions poursuivre notre voyage. Quand ? Très bientôt, a-t-il dit, sitôt que le vaisseau viendrait. Le vaisseau ? Un engin énorme qui nous conduirait très loin.

J'ai imaginé un chariot automobile gigantesque, capable de traverser le désert – s'il existe quelque chose au delà du désert.

—Où irons-nous, Ilario ?

L'homme blême a levé une main pour caresser ma joue.

—Très loin, Nelle. Tu ne verras pas grand-chose cette fois encore.

Je l'ai contemplé d'un air étonné, il s'est expliqué :

—Nous dormirons pendant la plus grande partie du voyage.

Le fait qu'il ait dit « nous », je crois, m'a rassurée.

—Nous dormirons dans ce vaisseau ?

Il a hoché la tête avec un sourire protecteur.

—Dans le vaisseau spatial.

Je n'ai pas compris. C'était agaçant. Spatial ? Spécial ? Ilario se jouait-il de moi ? J'avais l'impression d'être retournée au temps de l'Instit. Encore maintenant, au moment où j'écris ces lignes, j'en ressens la frustration. J'ai quand même hâte de connaître la suite : emprunterons-nous un bateau ou un chariot ? Irons-nous vers la mer ou vers le désert profond ?

Ilario n'a toujours pas répondu à mes interrogations. Le jour où il m'a parlé du vaisseau «spécial», il s'est contenté de me renvoyer sous la tente, loin du regard des hommes. J'y suis confinée depuis, enfin presque tout le temps. Ilario vient me rendre une petite visite parfois mais, dès que j'ouvre la bouche, il soupire:

—Patience, Nelle!

La dernière fois, ce matin, j'ai failli lui lancer mon cahier à la figure.

◆

J'arrive aux dernières pages du cahier et j'ai peur d'en fermer la couverture sans avoir résolu toutes ces énigmes. Nuit après nuit, depuis mon départ de Vilvèq, j'ai rêvé aux amis laissés derrière moi, Marte et Abélar, et à mes morts, Léane et Devon...

Le vent s'est levé, tout à l'heure, et je suis restée étendue sur ma couche, ce cahier serré contre ma poitrine, craignant qu'une brusque rafale n'arrache la tente du sol et ne m'emporte avec elle. Puis, j'ai compris que le tourbillon m'avait *déjà* emportée: je suis en plein cœur. Et j'ignore dans quel désert, au bord de quel fleuve, la tempête viendra me déposer.

Je n'ai plus de temps pour écrire. Ce soir, il s'est abattu une terrible tempête – celle que mon cauchemar appelait –, mais le vent n'a pas emporté les tentes, il s'est contenté de faire gémir la tôle des entrepôts, de secouer les poteaux qui soutiennent nos abris de toile, et de soulever des tourbillons de poussière. Le grondement qui a retenti était si assourdissant que je me suis roulée en boule sous les couvertures, me bouchant les oreilles de mes mains. Le sol en tremblait sous ma couche ! Ensuite, j'ai perçu un chuintement, on aurait dit le sifflement d'un éfan gigantesque.

Et puis, dans le silence qui a suivi, j'ai entendu des cris, la voix des hommes, alors je me suis décidée à sortir de la tente. Par prudence, j'ai fait mon paquet, j'y ai fourré mon cahier ainsi que le marqueur et je suis allée voir. La nuit était tombée depuis un moment. Le ciel couvert de nuages rendait toute forme indistincte. J'ai suivi le mur d'un entrepôt à tâtons pour gagner le devant de l'édifice. Là, je me suis arrêtée, paralysée par la stupeur : il y avait un nouvel entrepôt ! Un édifice trapu sur les murs duquel brillaient d'étranges lanternes rouge et or. Une porte était ouverte dans son ventre, les hommes d'Éliude s'affairaient à y transporter des caisses.

S'agit-il d'un entrepôt automobile semblable au chariot qui m'a amenée ici ? Sans doute, puisque Ilario m'avait annoncé que nous ferions le voyage dans un vaisseau spécial. En tout cas, il est sûrement assez puissant pour nous conduire de l'autre côté du désert!

Je n'ai pas eu le loisir d'admirer le vaisseau plus longtemps, car Ilario m'a trouvée plantée devant. Il a paru soulagé en me voyant.

— Je te cherchais!

Dans l'ouverture d'un des entrepôts, derrière nous, Éliude a crié. Ilario s'est tourné vers lui d'un mouvement vif. Il a répondu au chef des hommes du désert, puis a reporté son attention vers moi.

— Si tu es prête, dépêche-toi. Nous partons dès que possible.

Quand il a constaté que j'avais mon paquet, il m'a entraînée à l'intérieur du vaisseau, par un couloir étroit aux murs recouverts d'un matériau rugueux au toucher. Cela m'a fait penser au bateau : des coursives comme des boyaux sur lesquelles ouvrent des réduits. Ilario m'a fait grimper à une échelle, puis traverser une autre coursive, jusqu'à une petite pièce toute blanche, équipée de curieux meubles, entre autres une table capitonnée sur laquelle je vais devoir m'étendre pour un « examen ».

J'ai été accueillie dans cette pièce par une femme vêtue d'un pantalon très moulant, recouvert à mi-cuisses par une tunique collante. Ses cheveux sont protégés par une résille comme celle que porte Ilario, mais là s'arrête toute ressemblance avec l'homme blême. Dolcie (c'est son nom, on dirait le mot « douce », et cela lui va très bien) a le teint pâle mais d'une légère nuance rosée. Elle m'a posé tout un tas de questions sur ce que j'avais mangé aujourd'hui, à quel moment, si j'étais souvent malade... Elle m'a donné à boire un liquide ambré, dans un verre de plastique. Ensuite, elle m'a laissée en me disant qu'elle reviendrait.

Cela fait bien une heure que je suis seule dans cette cabine, le temps de rédiger ces lignes.

Et j'ai tellement sommeil... Aucune envie de dormir, bien sûr. Qu'a dit Dolcie, tout à l'heure ? Un examen. Et puis dodo.

Ilario m'a prévenue... Dormir. Tout le voyage.

FRANCINE PELLETIER...

... est née à Laval en 1959. Après des études en enseignement du français à l'UQAM, elle publie, à partir de 1983, de nombreux textes de science-fiction, d'abord dans des revues, puis dans des anthologies et collectifs, remportant à deux reprises le prix du «concours d'écriture sur place» des congrès Boréal. Depuis 1987, elle a consacré la majeure partie de son œuvre romanesque à la jeunesse, sans toutefois délaisser l'écriture pour adultes puisqu'en 1988, son recueil *le Temps des migrations* a reçu le Grand Prix de la science-fiction et du fantastique québécois pour la nouvelle « La Petite Fille du silence », puis le prix Boréal du meilleur livre de l'année.

EXTRAIT DU CATALOGUE

ALIRE

www.alire.com

QUAND LA LITTÉRATURE SE DONNE DU GENRE !

COLLECTION « ROMANS »

ESPIONNAGE

DEIGHTON, LEN

009 • ***SS-GB***

PELLETIER, JEAN-JACQUES

001 • ***Blunt – Les Treize Derniers Jours***

POLAR

MALACCI, ROBERT

008 • ***Lames sœurs***

FANTASY

KAY, GUY GAVRIEL

(1998) • ***Tigana***

(1998) • ***Les Lions de Al-Rassan***

ROCHON, ESTHER

002 • ***Aboli***

007 • ***Ouverture***

(MARS 98) • ***Le Rêveur dans la citadelle***

SCIENCE-FICTION

PELLETIER, FRANCINE

011 • ***Nelle de Vilvèq*** (Le Sable et l'Acier –1)

(FÉV. 98) • ***Samiva de Frée*** (Le Sable et l'Acier –2)

(1998) • ***Issa de Qohosaten*** (Le Sable et l'Acier –3)

VONARBURG, ÉLISABETH

003 • ***Les Rêves de la Mer*** (Tyranaël –1)

004 • ***Le Jeu de la Perfection*** (Tyranaël –2)

005 • ***Mon frère l'ombre*** (Tyranaël –3)

010 • ***L'Autre Rivage*** (Tyranaël –4)

(NOV. 97) • ***La Mer allée avec le soleil*** (Tyranaël –5)

FANTASTIQUE / HORREUR

CHAMPETIER, JOËL

006 • ***La Peau blanche***

(MARS 98) • ***Les Amis de la forêt***

SÉNÉCAL, PATRICK

(FÉV. 98) • ***Sur le seuil***

COLLECTION « RECUEILS »

SCIENCE-FICTION

MEYNARD, YVES

• ***La Rose du désert***

COLLECTION « ESSAIS »

SCIENCE-FICTION

BOUCHARD, GUY

• ***Les 42 210 univers de la science-fiction***

FANTASTIQUE / HORREUR

MORIN, HUGUES *ET AL.*

(OCT. 97) • ***Stephen King – Trente Ans de Terreur***

NELLE DE VILVÈQ
est le onzième titre publié
par Les Éditions Alire inc.

Il a été achevé d'imprimer
en août 1997 sur les presses de

imprimerie gagné ltée

IMPRIMÉ AU CANADA